七等生全集［2］

我愛黑眼珠

七等生 著

上圖　1965年左右，沙究與七等生

下圖　約1967年，住承德路巷子裡

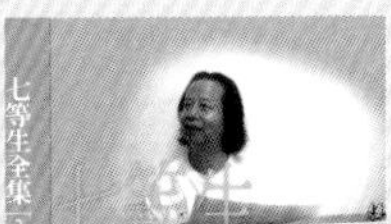

1965年在萬里

七等生
冷眼看繽紛世界
熱心度灰色人生

《七等生全集》總序

七等生

黎明前，詹生駕車來到進城的那條道路上停下，無數的日月他駛過平原田疇和爬山越嶺，經歷許多的鄉村街巷，意欲想回到城市，探望年紀老邁的母親，以及分離許久的妻子兒女，但他不能確信除了他自個孑然獨身之外還有什麼親人，或許他盼望重見老友。他停下車是因爲前面有車擋住，灰灰濛濛的霧氣中，他沒有看到城門，蜿蜒的山路上停靠著一排長龍似的各形各色車子，不知綿延有多少距離。他下車向前走到前面去，一部大卡車的車窗裡，一個斜頭坐睡的人朝車外露出一張錫白的面孔，當詹生走近時，半睡半醒的他緩慢地微開眼皮，裂出眼瞳的一條黑線和一點晶亮的白光，沒有說話，司空見慣似地有種幽深隱埋的表情，眼皮又合上像他先前的休息和等待般的樣子。詹生再走前幾步，注視另一部車子的景象，有一男一女睡著很熟，他沒有叫醒他們，感悟不會探問到任何什麼事，只好往回到他自己的車旁。他想他們和他們的車子都是在等候天亮預備進城，但這景象的意味是他所料不及的，好像回到了久遠的古代。在這黎明的時刻，他是最後到達的一個。他無法可想將來進城是否要有手續，他不能明白將來會遇到什麼事，爲何前面那些人只顧睡覺，沒有聚集談論事情，也沒有任何跡象好教他能夠了解狀況。或許根本就沒有

情況會發生，只是詹生個人的一種疑慮而已。一個熟悉的聲音在他耳膜響起：「你總以為這個世界的人誤解你，其實是你對這個世界充滿了誤會。」他回想起許久以前他是如何離城的，那時刻他年輕，現在他年老了；十年前，二十年前，三十年前……他有些記不清楚，無法可想他是什麼原因出城的。那時似乎是在一個人潮擁擠的車站，他搭上火車，然後火車移動後就迅速消失了城市的踪影。而現在由這山區的隘口進城似乎有些離譜。他自己什麼時候像大家一樣開起汽車來也有點糊塗了。時光或時代在不知不覺中移轉了，他懷疑自己的存在和記憶，似乎個人活命的感覺是無法言傳的……

這段話頗像我寫小說的開頭，我曾經寫過「離城記」，陳述想像和眞實搞不清楚孰是孰非。我們知道在現實生活中是不能有任何含糊不清的事體，否則會有爭執和打戰。但是在思考的世界裡，語言變得十分詭譎和有趣。譬如我總是由現實出發，以免讓人搞不清狀況和分不出頭緒，而有的人的閱讀習慣很頑硬，當小說由現實轉入虛構時，他們不肯跟隨進入，以致大叫荒謬和違背語法倫常。但所幸還有一些認眞和能掌握感覺的人，他們明白沒有幻想的部分是無法釐清現實眞相的。經過了這半世紀的努力和陶冶，人們更為認清存在的現象是一種單獨、短暫、變幻和多樣的事物，而這一切事物似乎越來越快速地往前行邁，感覺現實和想像是一體的兩面，互為裏外和互為眞假，經由電的傳導，知悉宇宙的事物，經由符號而獲得普遍的知識。我們吃食物，是在吸收各種的元素，我們是由元素發酵而成長和演化的不同軀體，個別由意志形成不同的容貌表情。然後由感覺產生了快樂和痛苦的意識，我們意圖在痛苦的意識中尋覓途徑去追求快樂的人生意

義。

我的一生徬徨和掙扎於思考和寫作，由年輕到年老力衰，這些思想的記錄累積，似乎歸不到任何的結論，僅只約略而勉強踏出一個平庸者苟且存活的方法而已。如果人生的目的是在追求快樂的感覺，那是純粹的幻想，就像我們藉助短暫的生涯遙想永恒，想到要全靠這虛無的幻覺去體會眞實存在，不免悲從衷來，有如百姓期盼聖君帶來和平和幸福。此番生存的境遇，重憶過往種種情事，一切屈辱和承受都拋諸於腦後而不復遺留。我的存在意識不外保留一份擁有的醒敏，但這層意涵與酒醉沉迷或昏昏噩噩沒有兩樣。我一直感激於我的父母賜給我這份涵容的軀身，讓我流連在寫作和繪畫的天地裡自由自在獨來獨往。好笑的是，我在鄉下的教職退休後，意想天開地遷來台北，這個城市會是我受學和遊蕩的所在，年邁的我依然如故，喜歡縱情聲色，想和這打扮起來的都會一同邁向二十一世紀，想到這個，有詩自我調侃一下：

粗茶淡飯人猶在
夜遊酒廊入庸塞
高麗歌女唱哭河
站看雲裳天使懷

最後，全集的出版要歸功和感激兩位特別的人士，一位是夢幻出版家沈登恩先生，一位是資深的台灣文學的文評家張恆豪先生。後者說好高興義不容辭地負起編輯的責任，前者表示有始有

終地出版七等生的作品是一種對台灣的愛。呈現一個大略的全貌給二十一世紀的新興讀者，我自己也有提前告別的意味，尤其想在此刻向陪伴我度過貧賤半生的尤麗（百合）致敬和感謝，她辛勤而負責任地養育三個子女長大成人然後隱居身退，我常想起她年輕時美麗的樣子，在早年艱困的日子裡如果沒有她爲伴，不會使我持續不輟進行幾近苦行般的寫作。還有少數幾位不嫌和我飲酒笑鬧的朋友，祝你們健康快樂。

二〇〇〇年七月

編輯說明

張恆豪

一、本全集包括《初見曙光》等十卷，蒐集七等生一九六二年首次在「聯合副刊」發表的〈失業、撲克、炸魷魚〉，至一九九七年「拾穗雜誌」發表的〈一紙相思〉，歷經三十五年的創作及論述作品。

二、全集的分卷，不以文類做區隔，而是以寫作年代來劃分，此一編輯構想來自作者七等生本人，自是有別於本公司過去出版的版本，是作者親編的新版本。

三、第一卷《初見曙光》，蒐有小說與散文，是七等生在一九六二年至一九六五年作品，即寫作於二十三至二十六歲。

第二卷《我愛黑眼珠》，蒐有小說、散文與論文，是七等生在一九六六年至一九六七年作品，即寫作於二十七至二十八歲。

第三卷《僵局》，蒐有小說與詩，是七等生在一九六八年至一九七一年作品，即寫作於二十九至三十二歲。

第四卷《離城記》，蒐有小說與論文，是七等生在一九七二年至一九七四年作品，即寫

作於三十三至三十五歲。

第五卷《沙河悲歌》，蒐有小說、散文與論文，是七等生在一九七五年至一九七七年作品，即寫作於三十六至三十八歲。

第六卷《城之迷》，蒐有小說與散文，是七等生在一九七七年至一九七八年作品，即寫作於三十八至三十九歲。

第七卷《銀波翅膀》，蒐有散文、詩與小說，是七等生在一九七八年至一九七九年作品，即寫作於三十九至四十歲。

第八卷《重回沙河》，蒐有散文、小說、講辭與詩，是七等生在一九八一年至一九八三年作品，即寫作於四十二至四十四歲。

第九卷《譚郎的書信》，蒐有小說與詩，是七等生在一九八四年至一九八八年作品，即寫作於四十五至四十九歲。

第十卷《一紙相思》，蒐有小說、散文及序文，小說與散文，寫於一九九〇年至一九九九年，是七等生五十一至六十歲作品。

四、每卷七等生作品之後，大多附有評論者與該卷作品相關的論文，這些論文都由七等生選定，論文之後，都附有評論者簡介。

五、每卷本文之前，都蒐有相關的照片身影，提供讀者對照參考。尾卷作品之後，另附有七等生生平年表及歷來相關評論引得，以便於有興趣的讀者查閱。

《我愛黑眼珠》目次

小說：

阿水的黃金稻穗 三
午後 三一
牌戲 五一
夜 六七
放生鼠 七五
我愛黑眼珠 一七三

慚愧 一八七
私奔 一九三
ＡＢ夫婦 一九九
某夜在鹿鎮 二〇五
精神病患 二一三

散文：

冬來花園 二九五
黑眼珠與我㈡ 三〇五

論文：

八又二分之一的觸探 三二五

附錄：

論七等生的我愛黑眼珠——周寧 三三一
七等生生活與創作年表 三三五

我愛黑眼珠

阿水的黃金稻穗

一

劉俗艷死後第二天由她的丈夫親自再把屍體從一堆軟沙裡挖出來。男人們帶著好奇心去看她，婦女們站在與死者同樣爲女性的特殊立場對那凶殘的丈夫懷著輕蔑的態度圍繞在南勢山的墓地，且目睹了那個男人的卑賤的醜惡動作和罕有的冷靜升起了一股憎恨和咒罵。遙遠的海灘上，木麻黃森林的樹梢上顯呈著血色的凝塊，巨大的夕陽，山腳下的稻田已經普遍長穗，一列南下的火車的音響隆隆遠逝；那些繽紛的雲彩，那些大塊紅雲，那些由雲塊綻開的隙縫露出的藍色天空，都像靜止地凝視著這光凸的山頭。唯一的響聲是那隻鋤頭鏟沙的低低的沙啞聲音。潦草掩埋的屍體首先很驚駭人地從沙土裡露出半截纖白美麗的腳趾，凸面光滑的趾甲中央有著一道閃亮的光輝，那珐瑯質的東西，似有意而自然地排列著的三隻醒目的貓眼，有一隻半露著，另一隻埋在淺淺的沙裡。當那一層掩蓋的沙土鏟除之後，就露出從裡面滲透出來的一塊一塊血漬的黃色草蓆。那個人；那個殺妻的男人，那張許多人熟識二十多年的沉靜面孔，依然冷酷著，沒有半點悔

恨和戰慄的顏色，像個無感情的工作伕從容地，熟練地，很有臂力地把那整個捆捲的沉重的草蓆由廢墓坑裡搬提出來，摔置於旁邊堆高的沙土上。圍繞觀看的人，都被他那緘默順從和冷酷的姿態以及憑想像的沉重物所震駭和窒息，靜靜地凝視著，沒有一個人敢移動站立的位置，或從倚靠在他人肩膀上的手臂放下來。一張裝扮得異常嚴肅威厲的多髭的職業面孔朝著他；「阿水，背起來，她是你的妻，像你背她來時一樣地背回家去。」他默默地順從，如一位有效率的搬運伕把那捆捲裡面的屍體提起放在右肩上。當圍睹的人緘默地分開一個缺口讓他走過去時，那背影的身後伸露出兩隻雪白的腳板，隨著他在路徑的堅實腳步上下搖盪著離開這墓地的山頭。

此時，可憐的劉俗艷回家的時候，不再覺得寂寞。而昨夜，她的冤家把她搬離家門的時候，卻是淒寂地路過草場、稻田和馬路，然後棄置在一個廢坟坑的黑暗裡。有許多人像在迎送般地跟隨著那位自作自受的男人的腳踵，形成一列人潮。相識劉俗艷的女人的軟弱的心胸不能控制住那景象給她們的感觸而偷偷啜泣著。好奇的男人互相推擠前進，好像深怕和前面那個人拉長了距離而失掉了視線；這些男人，這些客觀冷靜幸災樂禍的男人竟不知不覺地讚嘆起殺妻者來回二次獨自搬運屍體的過人體力。大多數膽小的群眾都露出緊張的面孔議論和指出在夜晚可能很黑暗和陰森的所在。

踏進農莊的曬穀場，中央的正廳，步入劉俗艷彌漫著幽暗光線的臥室，屍體整個沉重地摔在一張古老美麗的木床——那張被人詼諧地談及一直是他們夫婦表示恩愛，繾綣交臂，和產子的雕鑲著花鳥圖案的古床。草蓆解開之後，劉俗艷美好而靜靜地躺臥著；那是她那誘人的豐腴的身材

給人帶來憐惜的印象。其實，整個身軀僅僅裹著一件已經撕裂的絲綢睡衣，雙臂和大腿都赤裸著，佈滿著一條條如河流的血跡，一頭垂散的長長黑髮零亂地糾纏在那張彷彿羞於見人的面孔。可是人們猶記憶，當目睹著劉俗艷臥室裡衣櫃和梳粧臺依然整潔地擺著她日常的應用物品的時候，使許多人想到昨日晌午的時候，她走出車站的情形，她與女兒和兒子親熱地走過市街道路，臉孔展著回家的愉快笑容，頻頻地和熟識的婦人們打招呼，許多人都投著羨慕她享受閒適生活的眼光，讚美著那張誘人的秀麗的面孔。

「阿水，開始，你怎樣殺她的現在再來一次。」那張職業的嚴肅面孔朝著他吩咐著。殺人者依然保持著原有的沉默，臉容帶著使人駭異的悲憤和輕蔑，潔亮的刀光閃著照像機的鎂光燈，從容且無半點畏懼地，有序地一刀一刀刺進佈滿在手肘關節、大腿和咽喉，已經縮合凝血的傷口。那個靜臥的屍體再度遭受到猛烈的刺殺而震顫，發出踩踏泥沼的聲音，手臂猶帶有神經感覺似地痙攣地舉起來，又摔落在床板上，發出駭人恐怖的拍擊音響。突然，殺人者疲倦地停止了那種瘋狂的刺殺；他感到由心中傳佈到手臂的一種不可阻擋的痠痲，全軀都佈滿著厭煩和倦累。有人仁慈地遞給他一杯開水，他飲啜之後，額頭開始冒出一些汗水，臉容浮現著疲困的蒼白顏色，深陷的眼睛發出暗灰的光芒。

之後，在那沉寂中，有許多人來來去去騷動的劉俗艷的幽暗的臥室，那位弓背在角落的男人的裝作和堅持的冷靜，那僵化的悲憤，那男子漢的面目開始瓦解了；他蹲坐在一張房中的矮凳，靠近著美麗的古床，臉頰劃過兩道閃亮的淚痕，他以一種含恨的眼光注視著與他的視線平行在床

板上仰躺的女體。

刑事張樹木走近他，站在他的面前擋住了視線，提起他的一隻柔軟無力的手，且在手頸的地方靜靜地套加了手銬；「走罷，阿水，你的事都完了。」他緩慢而怠倦地站起來，垂低著頭，跟隨著刑事走出那間劉俗艷的臥室，那間他的妻僵睡著被昏暗和冷凄的氣氛所包繞的寢室。整個在竹叢屏圍裡的農舍，那些沒有陽光和顯得孤立幽暗的茅屋漸漸與他分離。他們沿著一條由農莊出來的牛車道向市鎮步去，在那漫長的途程中，大家皆沉默著，誰都不理會誰，互相在緘默黑漆中跟隨前進，煩厭和困倦以及飢餓侵襲他們，在這種痛苦和災難中都想超越未來艱苦的生命和時間。但二個嘮叨的女聲由隊伍的後面微弱地在移動的腳步聲中穿響著。

「要非她的女兒趁著他上街時離開農舍跑去報警，誰都不知道他已經殺了他的妻。」

「和那樣冷靜殘酷的男人住在一起眞可怕。」

「他的妻子不常在家好像已經是很久很久的事了。」

「忍耐是有限度的。」

「太殘酷了，眞駭人。」

「他會責怪他的女兒嗎？」

「妳想他會嗎？」

「⋯⋯⋯」

涉過沙河時的嘈雜的水聲掩沒了談話聲。那位孤獨和冷寂，且失去了自由，如一隻被牽制的

牛的男人，他正在沉思，那些往昔的事都回來了；那些久遠的，依然在腦中可清晰追溯的，七年前他和妻以及他們的孩子們，由市鎮移遷農舍同樣走著這條不曾爲時間改變的車道的一切細節都回來了。

二

二部牛車停在門前。當劉俗艷最後說：「但爲什麼，一定要離開市鎮？」一時，那也許正是最後的結果在最初時的預兆；有什麼事情開始在這個光輝的喜悅的日子之後漸漸醞釀，像平行的鐵軌不再平行，樹幹分出枝椏。那塊門前黃色的土地，牛車及高高疊堆的木器投下了一片奇異的建築物似的影子。車輪的投影變成扁平。拆解後的古床用麻繩綁縛在車柱，一切的家具都是如此與牛車的身體牢牢的縛在一起。無數的炊具都得吊掛或塞進木器的空隙。晨陽銳利地照耀著美麗的雕花古床的紅銅油漆的光澤，衣櫃表面的四方形水銀鏡反射著有如鑽石閃光。清晨九點鐘，它們靜靜的停立在紅磚門口，等待著，甚至招引好奇的稚童前來觀看。它們在陽光下暴露在幽暗的房中角落不曾有的美麗形狀和光彩。雖然如此，它們正代表著即刻的有形的運動，一種象徵人類位置的遷徙，一種移居的必然行爲；他們要搬家，所以如此。可是一切都未曾眞正的開始。首先，同時展覽給頑皮的童子們的二隻黃牛，正受到那些小眼睛的注視探索，小手臂的侵擾和侮辱。牠們平靜地四腳支撐著巨大的渾圓的土紅色的軀肚，在榕樹下的陰涼裡等候著。灰色的角和暗紅的皮膚印著能夠移動的、圓形的，太陽由樹葉細縫穿落的光影。肚腹的皮革彈回打擊的小石頭，搖

動著顴骨凸露的魯蠢巨大的顏面，大眼睛緩慢地擺動眼球，投出寬恕和警覺的表情。牠們在等待的時光所顯露的是慵倦和平庸。但是牠們不再忍受那種尾巴下方陰處的搔癢，揮著那條橫掃有聲的尾鞭，從一隻小手掌裡打落了一根蓄意煩人的竹子。牠的頭生氣地去扯那條一頭在鼻孔一頭縛牢在樹幹的麻繩，龐大的身軀不安地迴轉著，足蹄蹴地，發出憤怒抗議的吼聲。阿福來從屋裡走出來，後面跟隨著他的父親黃阿水。沉默的青年望著已經逃逸而去的稚童們的背影，遲疑著，呈現著一種慍怒的表情，但卻被一聲旁邊的雷鳴吼聲驚駭著：「我剝你們的皮，你們玩我的牛。」然後他的父親的面孔彷彿戴著近視眼鏡，勾低著頭，抬高黑色的眼球巡視周圍。「阿福來，快把牛套上車。」隨即從白天還是很幽暗的屋裡走出來黃阿水的十三歲女兒玉鳳。她穿著方格裙和粗布花衫。鼻梁的左右頰面上散佈著野氣和誠摯表情的黑斑。然後是他的小兒子金，五歲，樣子頗像他的父親，漂亮、體格方壯結實，沒有阿福來那種書生的模樣。最後出來的是十分不高興，帶著羞愧的表情的動人的劉俗艷。古式的長裙款擺著，微微顯露裡面大腿的動人的輪廓，布面是灰色有暗紅條紋，白襯衣外面加了一件薄薄咖啡色的男式外套。劉俗艷不滿意地望著她的丈夫，那位在繩索中忙碌的，結實、狡猾、暴躁和英挺的農夫，那位看來有別於一切農夫們共有的平庸呆癡和老實的男人。她脫下了那件外套，讓豐滿蠟白的手臂浴滿陽光。她立在門邊望著她的發育中的兒子阿福來最後套妥了那隻牝牛。軛加在牛背背上，左手拉抖著繩索。那隻牝牛伸擺著頸脖，使軛安穩地靠在適當的位置。她再由牛車上的家具轉移視線看著回頭巡視的黃阿水。而當他對她詼諧的讚美著——「妳是好看的，這樣的穿著很合適於趕路步行。」時，她說：「但為什麼，你

非要離開市鎮不可？」黃阿水生氣和嚴肅起來，當他臉上沒有笑容時，是頗使人生畏的。她的眼神像一個含恨者所有的蓄意報復的眼睛。

「我已經告訴妳多少次了，農夫有他的職責不應該離開他的稻田。」

「你的確從不曾與它們分開，阿水，十年間你從未間斷過一天。」

「是的。可是每一天我和阿福來來回回要走六里路，黃昏回來時，晚上我擔心著它們的安全。」

「擔心？你曾擔心過我，還有玉鳳和金？」

「那不相同的，人本應照應他自己。總之……」

「總之你想變成一個守財奴，孤獨者。」

「總之這裡沒有曬穀場，路途太遠，當收穫的時候，我曾感覺來回搬運的艱苦；一個農夫住在熱鬧的市鎮是不相宜的。」

「整個家庭的生活都因此而暗淡、單調和缺乏、不便。」

「我們是農人，妳是農夫的妻子，農夫的母親，不要跟我再談那些。當天亮起床時抬眼就能看到自己的稻田，晚上睡眠都能聞到它們在晚風中形成波浪呼吸喘息的聲音，這是農夫生活的滿足。」

「是的，我將不再說什麼。而我是那麼厭惡那些雞鳴、牛和稻田以及晚上更多更長的黑暗和早睡。」金的姐姐玉鳳把他抱上前部牛車後面的空位。金對玉鳳無端地笑著。「笑什麼?!」玉鳳

有些惱怒地斥問金。「坐在這裡很舒服。」「我知道，不要講話。」

「把門鎖上，阿福來，然後你趕第二車。」

黃牛臀背的皮革響出一聲繩鞭暴虐的抽打，同時，空際響徹著一聲雷鳴的吼叫，那隻牛震跳起前腳，拖動著那一車家具，木櫃和什麼；於是開始啓程了，黃阿水的臉部的眼眶罩著陽光短截的暗影。他走在牛軀的左側，牽拿著由鼻端引來的繩索，時時去抽拉那隻被鐵器套掛著的潮溼黑藍色的鼻子。阿福來的車跟著他的父親。在那隻巨大而無表情的頭顱前面，金很適快地顛簸著身體，搖盪著兩隻赤裸的腿。女人都走在後面。劉俗艷的臉依然是羞澀不悅的表情，當遇著路人的時候，它變成微笑的紅色的。陽光使那張艷麗的臉看出來不是因爲難爲情而激起的紅潤，卻更像一朵花的煥然和美麗。身旁的女兒也是漂亮的，可是像蒼白和沉靜些。

離開市街的時候，他們的車隊經過那條傾斜和多石的鎮尾路。那些貧困的平民的矮屋門前棄散著甘蔗渣和乾枯的落葉，水溝凝積著發臭的污水，兩旁的泥牆回響著輾壓沙粒的刺耳的噪音，和男性有力的憤怒的趕牛的喉部的吼聲。牛頸的銅鈴優美地搖播著，與女性的話語密切地混合交響。那位母親和女兒的裙裾擺舞不已，腳上的紅色布鞋輕捷地踩踏在地面上。她時時停止腳步和相識的女人們交談，於是雖然那二部牛車是世界上最緩慢的交通工具，依然轆轆前進，與步行的女人漸漸拉長了距離。而那凶暴的男人又給牛抽打一下。他使那部牛車走起來像馬拉車的速度，銅鈴會在抽打皮革之後發出急躁頻頻的亂音。他穿著短褲，露出黝黑圓硬的腿肚，小腿和膝蓋佈滿茂盛的粗毛。阿福來學著他父親趕車的那種嚴厲的急躁的，暴虐的態度，可是即使他有心狂暴

起來，他那欲睡的眼睛，黃白色的細嫩的面孔，斯文怠倦的腳步，都足以解釋爲一個不適宜當農夫的仁慈的憐憫那隻畜生的佛教和尙，那隻高頷亮眼的牝牛是因爲前面一個小孩的嘴臉的挑戲而引發了牠加速腳步。無論如何，阿福來的繩鞭是柔軟的，裝模作樣的，不能使疼痛透過那張堅韌的皮革。但是二部車依然是不曾因此脫離，在那雙露出炯炯凶猛畏人的眼光的頻頻回顧監視下，他們很快走盡這條女人們和小孩倚立門檻好奇地注視他們，以及聽到劉俗艷的述怨的使人產生煩躁和惹火的交談的街道。結束這條鎮尾路是路中央的一處塌陷，牛鈴、車輪和車上的家具齊聲震響了一下。在阿福來和他的車同樣遭到震動和顚簸之後，車輪就像在一次柔滑和天鵝絨上平滑地馳輾。

經過一列草屋和一口長滿青苔的古井，陽光煦和地照耀路旁二邊低陷的沙河的廣大沖積層的稻田。這條筆直的路由細沙積成，路肩長著尖尖的青草。金站起來，雙手扶握著車柱，尋找第二部車的家具的隙縫，由一條亮光看看他的母親和姐姐。阿福來被他的舉動引誘了，回顧著那兩個來到路口下陷的地方的女人。那兩個人一人走一邊，避去那個缺口。她們不再有人與她們交談，抬頭挺胸地擺動著手臂趕過來。

「坐下，金，不要挑戲那隻母牛。」這是黃阿水柔和的聲音。

「沒有啊，我是在看媽媽走到那裡。」

「不値得你去關心的，坐下。」他稍稍粗暴了些。

金頓時收斂了臉孔上的笑容，坐下後那雙腿繼續搖盪著。他懷著不容被人羞笑的心情望著他

的哥哥阿福來，正適阿福來用著他在陽光中縮成一條縫的眼睛，竊竊地觀察他。金生氣了，阿福來轉移爲揮起繩鞭狠狠地抽打他身旁十分平穩地走路的牝牛。黃阿水聽到鞭打的響聲頗爲驚異的回視著阿福來和那隻受嚇的牛，他覺得阿福來的動作屬於一種故意和犯罪的，便對他嚷道：「阿福來，當牛在平坦的路上輕捷地前進時，別酷待牠。」阿福來羞愧地不敢抬頭看他的父親。當他斜斜地移動視線去看金的表情時，那張臉孔充滿了得到報復的反譏的笑容。

晌午時分他們來到沙河的沙灘，車輪陷入鬆碎的軟沙，那些緩慢的腿變得更加遲緩。黃阿水並沒有加鞭於他的牛隻，使他依然在一種適快的情況下延續著，以蓄備一些待用的體力。沙河的沙灘面積頗廣，整個河床幾近乾枯而卻遼濶、荒涼和醜陋。

「抱下金，阿福來。」

一聲命令，阿福來把手上的牛繩結在車上的柱頭，另一手依然握著繩鞭，在牛頭的眼前那一窄狹的空間，依著車的速度，一面走一面抱走了那個小身體。金著地後興奮地踩踏著柔軟的砂土，他充滿了驚奇、愉快和雀躍。他審視著牛、牛車，車上光亮的家具，阿福來和父親，回頭望媽媽和姐姐，像一個大統領的姿態。一會兒，他發現了輾過的下陷的車跡，把一雙小腳小心地套在那帶子似的溝道走著，不使二旁的沙塌落下來。他浮躁和歡欣，跑著、跳著，喚叫他的母親，跑到前面預先去看看那條微急的湍流。回轉來後，很賣力地推著阿福來那部有些落後的牛車。他重又回顧他的母親，展出一張得意興奮的笑容。

第一部車落水過沙河了，水面閃著陽光的燐片。河底充滿著高低不平的石頭，車輪在水中發

出隆隆的響聲，和水流衝擊聲混成一片。黃阿水小心地掌握著那隻驚慌和吃力的黃牛。整部在水面上的車抖顫不已。在五月水量多的時候渡河是生動的。阿福來和他的車停在岸邊望著他父親與牛合力地拉著車。他的表情有點恐慌。他的父親發出宏亮催促的聲音，從水面上傳來令人戰慄的抽鞭的音響。整個景象充滿了殘暴，激烈和生動。又一次抽打聲，那隻前腿剛踏上岸的牛突然用著罕有的勁力急速地把整部車拖拉上岸，且在沙灘上滑行了一段距離。黃阿水發出一聲揚抑的聲音，牛和車一齊停止。

「過來，阿福來。」黃阿水在對岸喚叫著。阿福來發出女中音的聲音效法著他的父親和牛一齊落水，他的繩鞭現在顯得有力了。整個沉重的車在水中轆轆地急遽地行走，「慢，捉牢著牛頭。」岸上黃阿水的吼聲提醒著阿福來。兩個女人剛走到河邊，被那一泓急水嚇阻了。金沒有動彈地望著他的哥哥阿福來那種驚慌甚於牛的舉動。阿福來像迷失了方向牽著牛頭斜斜地在河中前進。他的頭擺來擺去，看著牛，看著車，看著水流。「朝著我，阿福來，朝向著我。」阿福來瞥望岸上的父親，一面用力扳著牛頭。突然，牛，車和阿福來整個陷入於一處低窪的窟窿，那隻牛驚住，拖不動，停在那裡，擺高頭顱瞥視跌倒的阿福來，顯出毫不在意模樣。車頭斜傾，阿福來迅速的從水中躍起來，胸部以下溼黑了一大半，他的手依然緊握著繩索和繩鞭，臉色蒼白，神情緊張。連續抽打二聲，牛出力地拖拉，車子搖顫了一下停住了。水流繼續地從輪縫間穿過。黃阿水憤怒的奔下河裡，從阿福來的手搶奪了繩鞭。他代替那軟弱的兒子，揚起繩鞭，雷鳴的吼聲再度貫徹著遼闊荒漠的沙河。那隻牝牛凸起頸背，但沒有用，車子的前輪陷入泥坑裡，車子抖動一

下便停止了。他開始發揮他的狂暴，鞭策著那隻牛。那隻牛又停止下來，瞥視左右。他開始大聲罵叫，驚慌的阿福來依著他的指示跑到前車抽出一根車柱。黃阿水怒視著河岸旁觀的兩個女人，他對她們大聲嚷著：「脫去鞋子，下來推！」玉鳳迅速的彎下身軀解開鞋帶。劉俗艷站在那裡沒有動彈，像在懷疑著那道命令。她的臉孔在滿佈的陽光中煥然、苦惱、疑問，彷彿她在專心凝聽那道發出喘息的沙河流水。而當黃阿水再度吼著：「女人，下來！」的時候，一朵漂來的花枝浮在水面，迅速從車底下穿過，然後急遽流去。劉俗艷突然瞥視到它，臉面突然憂暗下來，她像能夠領悟到它的急行而去的象徵。但她的眼光沒有貪婪地追隨它，她像知命的，屬於道義的，彎下身軀，解開帶子。兩個女人下水之前把裙子翻上來塞進腰帶。在那接近中午的陽光下，在那遼闊的河床，四隻從遠處看起來很小的，閃著乳油光澤的象牙美腿，漸漸隱沒於那道青藍幽暗的水流。

三

於是劉俗艷開始常常回到二十公里外的大甲鎮的娘家去。當阿福來沒有結婚之前，她說她的女兒長大了，有時可以替代一些家務。而當阿福來結婚之後，她說家中已經有兩個精於農莊家務的女人。劉俗艷的父母兄弟都住在那個中部的大鎮經營布匹生意。小時候，她居住在一個更老更頹舊的鄉下，她喜愛從鎮上拿回來的美麗的布料，常把自己打扮起來。那時的黃阿水父母早死，是村中一個聰明，有力和英俊的牧牛童。他們相愛，十七歲就偷偷地懷孕了。為了有辱於家庭的

聲譽，他們不得不結婚，劉俗艷的父親給他們一些錢，在沙河鎮的鄉下買一塊田地，於是她們搬來沙河鎮定居。從此，劉俗艷僅僅一年一次在春節過後的第二天回到大甲鎮去。但阿水從來不願再回到那個曾經被劉俗艷的父母辱責的地方去，無論如何，雖然他在節儉之下田地擴展了，但十七年之間他避免提到那個地方。現在劉俗艷開始覺得娘家溫暖，漸漸地熱愛那個大市鎮；那裡講究生活，遊樂和交友，她被心中嚮往的一切逸樂、舒適、交遊所吸引，漸漸地對單調、污穢和艱苦勞力的農舍感到乏味和憎惡。於是，當阿福來婚後她有所藉口的時候，她就搭沙河鎮的火車回娘家。

可憐的阿福來是那樣稚氣和意志薄弱，無法窺察這是母親詭秘的仁慈。那天，冬日的太陽照耀他頭上擦油的長頭髮，腳上的皮鞋和那張黝黑沮喪的面孔，穿著過分寬大的灰赤色條紋的毛料西裝，跟隨著他的母親和一個鎮上的媒婆罔市翻過太平頂的山頭。風沙搖曳著他的衣角，頭髮像風中的樹梢。他的手上終於提著沉重的皮鞋，赤裸著赤色的腳板在山道的泥土地上緩緩地和二個談話的女人走著。他在一棵大龍眼樹下的陰影中脫下了上衣，把手掌中的手絹伸進頸脖的襯衫裡面。晌午的時候他們路過一條淺淺的清澈的溪流。媒婆罔市說：「可憐的阿福來——」他的母親則對他說：「把衣服和鞋子穿上。」阿福來沉默地坐在一塊溪中的石頭，低垂著頭，捲起衣袖濯洗他的腳。他的腳從水中抽出來，擱放在他跟前的另一塊石頭上。太陽光在那黝黑寬大溼淋淋的腳上蒸發水氣。「阿福來，用襪子頭擦擦腳。」他的母親說。她站在河岸的樹陰下，手肘的鐲鐶，手指的戒指閃亮著。那位媒婆彷彿一隻瞌睡的母雞蹲在劉俗艷穿著藍布鞋的腳邊。劉俗艷的

手臂吊掛著阿福來的上衣，另一隻手提著沉重飽滿的皮包。阿福來腳上穿著皮鞋像一個稚童般在溪中的石頭跳躍著。越過了午飯的時間，他們到達山中的一個村落，走進一間低矮的茅屋。在那光線灰暗的室中，幾個人圍坐著談話，阿福來羞澀地不敢瞥視那位肥壯的姑娘，他遲疑的、笨拙的用顫抖的手指緩緩地在那隻向他伸來的慣於操作的手掌的中指套進一只金戒，那隻微露污跡的中指曲折起來，在中間擋阻著戒指的前進。阿福來困惑著、顫抖和驚異，他偷偷瞥視著跟前磊磊大方的姑娘，再移視他的母親，退回到自己的位置。

緘默的阿福來像在那條漫長的回途的路上作夢幻想，他的臉整個背向太陽罩在黑影裡，半閉著眼睛。走在前面的兩個女人一面走一面談到婚戒的事。阿福來被那譴責的語聲驚醒似地抬起頭來，因爲那婚戒並沒有遵照媒婆的吩咐敏捷地一下套進指底。

「阿福來是那樣的老實。」媒婆罔市說。

「我不相信那種迷信。」劉俗艷說。

「這是一個傳說罷了。」

「我的阿福來是命定的農夫，那說法是一種象徵的寓意罷了，實際並沒有什麼應驗。」

「這是一生結合的預兆，阿福來是會怕她的。」

「可是我一點兒也不怕阿水，當年我想起來那戒指一定是一直套進指底的，我們沒有媒婆，沒有人告訴我要像那位姑娘一樣做。」

「不要擔心，這一門親事是很好的，第一眼他們對阿福來的印象很讚美，擇定了日期就可以

娶過來，她很勤勞和節儉，手上還有番薯乳的污跡，這一切會帶來幸福給阿福來的。」

阿福來再度沉入心中的幻想和美夢。劉俗艷第二天搭火車去大甲鎮爲阿福來買辦一切婚事的東西。元宵過後迎娶新娘到了農莊。黃阿水豪放地宴請鎮上的一群朋友、商人和附近的農夫喝喜酒。翌晨新娘起來煮早飯。春耕的時候，她熟練地發揮了一個主婦罕有的能幹。她能挑稻苗、收割、曬穀子、餵養家畜，彷彿應驗鎮上那位媒婆冚市的預言；阿福來是幸福的，聽命於她的。於是當劉俗艷要回娘家的時候，她會說：「家中已經有兩個精於操作家務的女人了。」

四

牠們站在竹叢的梢枝搖擺著小身體，那群長於炎熱的南方的麻雀們圍堵著曬穀場那片波浪的稻穀。牠們的小眼睛閃灼著，搖擺著羽毛貼伏的頭注視著浴滿秋天艷陽的黃金的稻粒。西北風吹拂那簇上翹的尾羽，使身體整個像動盪的蹺蹺板。在煩厭的噪音包圍下，房舍門前的簷下陰影裡坐著沉默地低垂著頭的他，雙手忙於一隻未完的簸箕。長高了的金蹲息於附近一間稻草蓋起來的低矮寮子，旁邊靜靜地放著一隻翻稻的長木杓。精靈般的金隨時都會給那群俯衝下來的麻雀以快速狠惡的打擊，他抬頭打量著音律嘈雜，不息地跳動位置的小身體，他在巡辨那一隻是牠們之中的領袖。竹叢繞屏的房舍前那一片曬穀場呈現出靜謐欣喜的，金波閃耀的氣氛。陰影中他的雙手不停地活動，那個臉孔異外的冷默和苦思。雙手是靈活自由的，像不屬於腦的支配的範圍。他顯露出疲倦和黝黑，收穫的忙碌便使他的臉孔因久曬陽光而發出黑色的光澤，他的模樣有些沮喪苦

惱和消瘦。突然他的眼睛抬起來瞥視前方草寮下的金的臉一眼，冷峻和帶有試探的意味，那光芒彷彿隱藏在密林叢中豹子的明亮的眼睛。他再抬起頭注視金，他的雙手停頓了，他思索一下，又看看他的兒子。

「金——」黃阿水的聲音突破著靜謐的氛圍。

「嗯，爸？」孩子的視線由樹梢移視他的父親那冷默的臉孔。

「你的母親走的時候對你怎麼說？」他有些慍怒不悅。

「沒有，僅說……」孩子有點懷疑。

「說吧——」他催促他。

「希望我能乖些，幫忙嫂嫂曬穀子，我都做到了。」

「其他還說什麼？」他有些不滿意地再問。

「沒有，爸。」孩子有點苦惱。

「她沒有說她是什麼時候回來的？」他的臉上露著生氣的表情。

「是的，爸，她說過，那麼算起來明天黃昏會回來。」孩子有點恐懼地但終於放鬆地說著。

「看那些麻雀！」他狂暴地吼叫著。

金迅速的躍跳起來，從身邊提起那隻木杓的長柄，在稻穀的上室揮掃一圈，那群乘機俯衝下來未及停足的麻雀又鼓翅飛升回到竹梢上。金轉身回來矮寮的陰影裡，氣喘著，把木杓放下來。

在這一瞬裡，他的父親的聲音，帶著煩厭，隱藏著怨怒，命令又傳過來：

「不要坐下，把穀子翻一次。」

金十分畏懼那張在簷下的暗影顯露出惱怒的面孔。這時，阿福來的牛車停在門口。走進曬穀場時拖著緩慢懶散的步子。黃阿水的視線盯著這個奇怪的懦夫一般的大兒子。阿福來橫過曬穀場，那雙龐大的腳板顯得很沉重。

「你準備好了嗎？」

「我進去拿麻袋上車。」

「倉屋的兩袋花生送去榨油廠。」

「回來恐怕會太遲。」

「照我說的做。今早你去那裡拖了這麼遲？」

「我去砍一棵樹梢做了一根牛車柱，前面的那一隻看起來不很吃力。」

曬穀場沉靜下來了。簷下暗影的雙手繼續工作著，金走回矮寮坐下。阿福來走進倉屋抱著一綑麻袋出來。他再橫過曬穀場的時候，他的肚子凸抵著那綑多塵的灰色的袋子。他的腳步斜傾、倦怠和無力。簷下的那隻眼睛監視著他後仰的背影。阿福來走到門口車旁，用勁地把它們拋上車裡，打落身上的塵埃，那繩鞭柔軟地抽打一下，車顫動了，向前走去，從門口移動消失。突然，一個捷健的身軀從那簷下的陰影跳出來，一聲雷鳴的怒吼。

「停車，阿福來——」

阿福來驚嚇地勒住了牛，車停止，從背後揮來那隻光亮的車柱，致命般地擊在臀部上。阿福

來雙膝脆下，爬起來，跑前去，躲閃著第二下，車柱的一端打在右邊的臀部，他跑到牛隻的那一面，眼睛擠出痛苦的一顆淚珠，雙手按著痲木的臀部，恐懼地望著那一張暴怒的面孔。

「我曾囑你再幹些什麼，阿福來？」

而這一張黝黑凶殘的臉孔朝著牛背上那一邊的那張顫抖和扭曲的臉。

「那二袋花生呢？你以爲一個農夫一次上街就只能辦一樣事情了。」

五

所以阿福來的母親劉俗艷常常對她的朋友說：「可憐的阿福來，他的父親總喜歡挑剔他打他，不理會他是已經有妻子的長大的男人。」

當黃阿水在冬日的晚上獨自涉過沙河的時候，北風的蠻勁把水花掃起來，濺溼他的面孔。他的臉孔在閒適的冬天依然是黝黑、憂鬱和令人畏懼的冷默。在寒星下他的身影投在水裡是如此孤獨和扁薄，他的心靈充滿飢渴的苦悶。他來到市鎮的時候，街道充滿掃動的枯葉和報紙的碎片。他走進啞巴榮的金雞飯店，許多人看得見那靜默的外表裡隱藏著一股積疊的鬱悶和苦衷。角落裡有人在竊竊細語。白天，當他走過街道時有人會說：「他改變了，蒼老和沉默，自從他搬進農莊。」有人發出一個愚蠢的問題：「他的太太怎麼樣？」有人使出一種眼色。「嘛，可憐的阿水，那女人不應該如此。」於是聚談的人解散走開。阿水對啞巴榮冷冷看一眼。「炒一盤烏賊魚和一碗豬肝湯，紅露酒。」之後，他靜默沉思地坐在角落裡等待著。從臂膀旁邊敞開的窗口，他

看到幽暗中獸肉市場的一座一座肉墊靜靜地躺著，每一座四周的四根木柱亮著暗紅的漆光，像那隻古舊的木床，油漆著褐紅的色彩，靜靜的停立在房中的一角。他的眼光朦朧起來的時候，那些肉墊變成了無數的古床——彌漫著幽暗的光影的雙人床。由窗口流進一股冷冷的從肉墊製來的腥臭和水氣蒸發的難嗅的味道。一小時一小時過去。他飲了二瓶酒。他的意識漸漸忘懷了四周的一切，連那股冷冷的屍味他都不再知覺到。而那張面孔所呈現的是懷念女人的溫柔時呆癡凝思的可憐模樣。他的身體變成一個渴待溫柔觸撫和洩射的那種硬堅的粗糙的物體；那張面孔又再度迷茫和醜惡起來。他的手在顫抖著。全軀貫暢著一股猛烈和溫熱的血液。不安穩。他的憤怒顯露在那雙汾濁的佈滿紅絲的眼睛，像從那二個洞口不斷地蒸發那股待崩的熱流的煙霧。他把錢丟在桌上，起碼要超過他吃的價錢；那是以前人們常說的「吝嗇的阿水」罕有的大方的不在乎的舉動。夜已沉寂，依然流竄著那股千軍萬馬的北風。街道因爲冬季光亮減少了。他感到自己是興奮、膨脹而又倦怠的，他不知自己的腳是否像平時一樣地踏著地面，它們彷彿是不斷向前去支持那傾倒的麻醉的滾火熱的易崩的身體。街道黑漆，兩旁的門戶關閉著，彷彿在擋住他的不禮貌或狂暴的入侵。沒有人知道那是農夫阿水在此走過，喝醉了的，需要一個扶持的人。他顛進廟裡，感到一陣靜謐。他戲劇地在寧靜的堂殿中疑惑地注視著一尊一尊靜靜不動的神像。終於由於困倦而跌進一把廟持常坐的籐椅裡，像一隻歇息的猛獸從張大的嘴噴著煙氣。

第二天人們在店舖和菜場私語著，他們說：「你可看見阿水來到街上怎麼樣嗎？」「他到街上來了?!」「喝醉，找龍江要一個姑娘。」是的，這不足驚奇，許多男人都到過龍江開設的酒家

去要一個姑娘玩玩，甚至許多農夫都那樣做，不足大驚小怪。可是，他是黃阿水；一個硬漢；一個節儉克苦的農夫；一個携家在七年前由市鎮遷移到鄉下與稻田住在一起的忠誠的農夫；一個十分忠貞於妻子，克己和不好色的男人；一個過時的年輕人；當他是個年輕人精力充沛的時候，他不曾荒唐過，他不曾放浪在街道走過，像昨夜。「可憐的阿水，昨夜被那位嘉義來的髒女人奚落了一番。」他靜靜的有如一個修養十足的紳士，許多人都猜想會發生什麼，而都以爲必定會發生什麼。他說話，沉靜而從容，抬起眼睛注視著那個女人：「今晚別的女人我都不要，我只要妳。」隨後他又說：「女人，妳要多少錢？」他坐在椅子裡，臉孔像焚燒的火球一般閃著光彩。是的，當半夜他躡躡地走進龍江的店子時，客人開始散去了，有些人留下來擁著女人走入房間，鎖上門。他陌生地坐在一把牆邊的椅子，審視著從他面前走過的女人，像密叢中的豹眼睛盯著她們的身體和面孔，沉默地，克制著全身沸騰的慾潮。

「小心，麗美，他在看著妳。」

「喂，不認識的。」

「像一個窮農夫。」

「一個酒鬼。」

「這個人怎麼那樣有趣。」

「他看著我有什麼用，我嫌他一身不乾淨。」

「我就要妳。」阿水冷冷地說。

「你的太太不在家嗎？省下錢來爲妻子買魚買肉罷。」

「我就要妳。」他忍住心中的狂潮重複他的話。

「麗美，我說的不錯吧？」

「他要我，也得問我可要他？」

「他的樣子很駭人。」

「喂，死人，你對你的太太不感過癮嗎？都是一樣的東西，這裡也不是安樂窩。」

「嚇死人，他的眼睛——」

「不要理他。」

「走罷，」

「龍江，出來，我就要她。」阿水說。

從此，整個灰冷的冬天他不再在晚上來市鎭。那晚，他終於得到她，他爲了羞恥和心中的憤怒，他非要她不可。第二天，當劉俗艷走下車廂的時候，就有人密密地告訴她昨夜發生的事。她的表情很偷快，顯露笑容，不覺驚奇。劉俗艷像昔日屢次的情形一樣回到沙河那一邊的農舍，整個剩下的冬天她沒有離開他的身旁，他躺在那張笨重的古床沒有起來，醫生被請到農舍爲他診病。他患了嚴重的傷風。

春天來的時候，他習慣很早起床在田邊散步，他變得更穩重，沉默和憂鬱，心中交織著愛和恨。他是個可藉農忙恢復健康的男人。可是隨著春天的蒞臨，那女人又出門了；她對農莊的一切

的憎惡勝過於她的責任心。她的衣服入時，比以前在市鎮時更加美麗動人，搭著一部南下的快車回娘家去了。

六

昨天，晌午，劉俗艷走出車站的時候，人們說：「看吧，那是誰啊？」「不是劉俗艷嗎？」「三個月沒有在市街露面了，她越來越豐腴動人了。」「可是像有什麼事情要發生了。」她的臉孔展著回家的笑容；頭上是那種入時的大鬈髮。她的女兒，也長成爲一個女人的玉鳳和高瘦的金來車站接她。「她眞幸福，最小的兒子已經長得快比她高了。」「那個女兒也可出嫁了。」「還記得嗎？阿水帶她來沙河鎭的時候，她才十八歲，肚子像藏了個大西瓜，一個月後就生阿福來。」「可是，像有什麼事要發生了。」「胡說。」「是的，有什麼事要發生了。」

雪白的刀面閃動著，在樹木陰影下的一塊石頭上磨動，那個倦怠的身軀蹲屈震顫，眼光注視刀鋒。那隻刀舉起來，拇指輕輕觸摸著刀鋒。它又放下，擺在石頭上前後磨動，發出磨損的聲音。屋子裡是靜寂的，那個媳婦被用著溫柔的謊言強迫離開。她的丈夫不在，她的心中感覺著一種奇異的事將要發生的預兆，但是她不能辯白，只是沉默的順從。曬穀場空蕩和靜寂，比一切昔日的日子更加寂寥，甚至比冬季更荒涼。它浴滿光輝，但那不預示著什麼。想到什麼是很可笑的。只有他獨自享受著懼慮的計畫的溫床，體嘗著恐怖和悲哀。突然想切斷一切的思潮和記憶是需要勇氣的，他便是這樣在磨折著那十分可悲的憤怒已經昇華的心靈。磨刀的聲音突然停止，然

後又開始，像計時器發出的來回的聲音。眼光凝固著。有腳步聲靠近來，他嚇了一跳，手中的刀停止磨動。他抬起那張陰沉不悅有些嚇然的面孔。

「喂，阿水，準備屠牛嗎？」一個路過的農夫問他。

「啊，清松，沒有什麼事，上街嗎？」

「很漂亮的刀子。」

「是的。」

「據說你曾是個牛販？」

「我不否認。」

「怎沒看到阿福來呢？」

「駕牛車到沙河鎮的農會。」

「你的媳婦呢？」

「回娘家。」

「其他的人呢？」

「去接她們的母親。」

「好久沒有看到劉俗艷了。」

「你在市街看到阿福來時——」

「有吩咐嗎？」

「叫他快回來。」

那個農夫聳肩感到奇怪走了。在沙河正看到阿福來和他的牛車在過河。

「阿福來，你的父親希望你快回家。」

可以看見農莊的時候，阿福來看見他的父親閒適地正在田邊散步，察看那些黃金色的稻穗，走幾步就伸出手掌托著稻穗低頭細看著。黃阿水聽到牛車的隆隆聲和牛鈴的響聲從緩風中傳來，他彷彿有意地走得更遠。阿福來在路上看到父親遙遠的孤立在稻禾上方的背影。之後看到他突然轉回來，正好阿福來把牛車停在門口。

「把牛車牽到屋前，牛縛在青樹下。」

黃阿水的聲音緩和地說著，沒有昔日的那種暴戾的火藥氣味。

「什麼事？爸爸？」

「秋菊回娘家去了，你去帶她明天早上回來。」

阿福來疑惑地望著他的父親那張沉靜有異乎尋常的臉孔。

「早上我上街前，她沒有表示過要回去啊？」

「她是突然想回去的。我沒有阻止她。但是，明天家中有些事，非回來不可，現在去。」

「母親回來後我再走。」

「你懷念她嗎？」

「是的。」

「你已經長大，不要再有那種小孩的態度。」

「是的。」

阿福來走後，阿水一直在門前的牛車道徘徊。當每一經過門口時，他轉頭望一眼那十分靜寂的房舍。當遠遠出現三個熟悉的人影時，他的腳步不期然地越來越快起來。「那不是你們的父親嗎？」劉俗艷對身旁的女兒和兒子說。終於三個人走近了。阿水立著望著她，彷彿是一次有禮的迎接，她的臉孔露出回到家的高興笑容。當兩個人交視的一刻，他們的心中皆戰慄地感到一種未曾有的不可思議的陌生。

「你的身體健康怎樣？」劉俗艷說。

「很好。」

「家裡都好嗎？」

「妳不在時稻作依然播種依然收穫。」

「阿福來呢？還有秋菊？」

「兩夫婦回太平頂的娘家去了。」

阿水領著他們走過曬穀場，走進灰暗大廳。劉俗艷走入幽暗的臥室，她感到一股冷意，看到整個房間打掃得很清潔，收拾整齊。她將手提著的東西放在那張古床上。她在床沿陌生般靜坐著，凝思著房中的一切東西，它們顯示出沒有女人收拾的有些倒反秩序的清心整頓。

午後，黃阿水到農田看田水。劉俗艷睡了一場勞頓後頗爲安逸的午覺。起床後，突然心中覺

得農莊並沒有那麼可憎。晚餐，她親自下廚。這一天中，阿水沉默而冷靜地做著各種例行的工作，一點沒有昔日的急躁和凶狠的模樣。他心事重重地遊行著，不似一個粗暴的農夫。晚飯後，在幽暗黑漆的曬穀場散步，屋裡的燭火渾紅地從窗戶射出來。眼睛望著那些夏天明亮的星光。四周是寂靜的。之後，他的心蓬勃起來，他思忖看，呼號看，來吧，既往的事物，羞辱的，屬於不平衡的自尊心的，寂寞的，屬於渴慾的，不能拂開的，包纏著他，淹沒了他。他的腳步趨近女兒和兒子的房門，鐵絲縛牢著它們。裡面開始發出叫囂、抗議、哀求的呼號，像籠中困獸的掙扎，哭聲不能越出這農舍的屏圍，在曬穀場的空際迴盪著。他冷默緊張著，直趨臥室。他冷不防地捉著那個無懼的，熟識自己的，曾經熱愛的，可向自己反抗的伴侶。她的臉現出一種不被嚇倒的輕蔑的神情，但是那巨大的震動，有力的手猛烈的搖撼著她，使她粉碎了心中的觀念。他心中那份羞辱的憤怒終於突破著歲月的忍耐，終於不再與歲月同行蘊藏，像崩裂的山洪不可遏阻地來到面孔身軀和手臂。「妳有抵償這羞辱的生命的代價品嗎？拿出來，由妳的姦夫手中所得的都傾出來。」「那同樣對你也是羞辱的。」「為什麼妳要那樣羞辱我？」「我不能解釋，起先我憎惡那次遷家。」兩片紅唇顫動著，她依然強行著鎮靜。刀面在燭光中汲滿著薄薄的紅色。她沒有在第一刀之前抗拒。但是她在第二刀的時候因疼痛和驚懼而奮力抵抗著。而他不能在第一刀之後停止。她哀求他，發出吠一般的哀鳴，與另一個室中的困獸呼應著，傳達著痛苦、悲哀和殘酷。他變得異常冷靜地屠殺下去，依著往昔屠牛的經驗，心中沒有半點憐憫，只熟記工作的秩序。血流血濺，她奔逃著，躲閃著，哀求和跪倒，他捉住她，放在古床上，她已失去了奔逃的能力和抵抗的

氣力，腿、手臂的刺傷已令她癱瘓和充滿痛苦，眼光注視著他，呈露著心中的抱歉、慚愧和贖罪的動人容貌。當她的心漸漸微弱下來的時候，她像在凝聽屋外傳來的一個變成沙啞的悲哀的懷念她的，和代爲求饒的哭聲，直到這死像一場感激的儀式。

午後

一

她的背姿遠遠就感動著一位騎摩托車的青年，雖然在新闢通寥寥行人的午後大道，在挨著路旁粗高的針葉樹的陰涼裡閃閃搖搖的只不過是個郊區棕的膚色的純情的少女。似乎她的心中單薄的學識已足夠使她懂得配合穿著短袖白衫和一襲紫色裙，且那種閃灼在白色的陽光的緩步使這個假期閒逸的青年容易幻想愛情。

摩托車從她的身旁很不禮貌地擦過的時候，她驚嚇地跳避了一下，眼光譴責地對那種魯莽的快速雄風的背影探索凝視，並且預期地看到了一張回顧的同樣是探索的男人的臉孔。

她的內心願意遭遇將會發生的一切，她在等候的時候，心臟加速地跳動著；她繼續往前走，不因心中預感著什麼而遲疑著腳步。摩托車上的青年轉圈回來，她的神經感覺到他又在她的身後轉彎回來，馬達的聲音漸漸的接近她，突然在她向前注視的視框的邊緣突出了他的影像。

「你能夠做到你能做的。」少女說。

「我看到冗長的路途中的疲乏是一種精力的浪費，我是這樣相信感覺和好奇。」

「你能夠——」少女回答。

「那完全是基於同一個方向的緣故。」

「藉口。」少女說。

「嘛，我必須先到大學的網球場去打網球，然後再送妳回家，這和妳本來步行到達的時刻是相同的。」

她坐在摩托車軟彈的後墊，像是在利益中容易親近的現代的典型；青年和少女躍進，在這新闢通寥寥行人的午後大道風馳電掣。她的心中幻想著愛情且感到他的背部的白色的刺耀。

二

在網球場上，一位健美活潑的女子和一位同等高度的青年在一方與另一位高碩的男人已經開始了一場網球賽。

三個人同時耳中聽到摩托車的馬達聲，從傾斜的草坡漸漸靠近，中途馬達熄火，車子滑到一株龍柏樹旁停止。

當球場上的三個人抬頭仰視著這一位修長的中庸的大學生和那位很沉靜的少女的時候，他們的心裡都說——這令我想到昔日的不諧調……

青年和少女坐在龍柏樹的陰影裡俯視著那底下的三個人的彆扭的球賽。

「妳一到這裡就變得很心事的模樣。」

「你載我來，我應有資格要求你的。」

「是的；同來的這一段路是和其他的形式路子具有相等的約束對方的意義存在。」

「我請求你不要參加他們的球賽。」

「但是我需要成長，需要磨練球技；我的裝束和這支昂貴的球拍都是爲了來打網球。」

「你可以改變，或者你可以感覺已經打過了網球。」

「那麼妳要我做什麼？」

「帶我回家或到那裡都可以。」

「但是他們少一個人。」

「你不必對眼前的事實具有同樣的感覺。」

「妳可以看到我參加那一邊，那一邊一定勝利的球賽，爲什麼妳不那樣做，且做一個重要的觀衆？我是校隊的選手，妳沒有看到他們因爲少了一個人打得很邋遢嗎？」

「我會感到寂寞。」

「妳是觀衆妳不會寂寞。」

「我心是寂寞的。」

底下球場的人對上面喊著：

「喂，參加罷——」

「請妳坐一會兒，他們的確需要我了。」青年說。

他站起來，從陡直的草坡滑到球場的邊緣。

看見球場的陣勢的少女，更加的寂冷和落寞地坐在草地上；她看見他靠近網邊與那個誘人的女子相對著十分接近，他（她）們相互牽引著左右跑躍，躬著前身，平舉著隨時殺擊的球拍，像是一場緊張的肉搏戰的姿態。這樣的感覺使她漸漸的感到冷抖起來；好像他和那個女子曾經由這場熱烈的球賽而認識和相愛。她承認著他和那個女子在志趣上是多麼投契和相配。她的頭低垂著注視著腳邊的草很憂悶地感覺著。她抬起頭來對他投視了懷疑和絕望的一眼，他們正是如此熱烈而親密地競賽著的。她想到要是再耽擱回家就會太遲了的這一個念頭促使她警覺地站起來，很苦悶又無趣地離去了。

三

時至黃昏球賽停止，原先的兩個男人腋下夾著球拍，戴上帽子，對那個女子說再見，又朝著青年說再見。他們離去的時候一面擦拭額頭和頸部的汗水，一面背著很詭密地談論著。

那個女子在穿衣服的時候，他攀上草坡，他站在龍柏樹下的摩托車旁望著座墊，想了解那個少女是爲何離去的，但是他迅速拂棄了對在球賽當中不能挽留少女的慚意，這使他回顧了穿好衣裳站立在寂落下來的球場中央像是期待著什麼的女子。他看見紅色的夕陽把她的影子孤孤地拖長在寂寥寬濶的球場，她的白色夾克染成粉紅色，她的臉孔帶著魅惑的暗影，她堅定地朝視著他。

他那感覺處在廣濶的原始的渴慾自腹部幽幽上升。他已經十分的認識她，在那場緊張且友誼的球賽中，他知道她十分美麗，他懂得她在引誘他，他十分喜愛這一切。他輸了午後的這一場網球賽。他承認早已拂去了對那個少女的一切記憶；他不曾見她抱著什麼心情和模樣離去的。他親熱地對孤立且等候著的女子喚著，當他內心馬上找到道義上的禮貌的藉口時：

「要一起走嗎？」

隨即場地上長長的影子隨著那影子的本身的直立的軀體移動著，她拖著遲疑做作的腳步走到坡緣，抬起那張變得清晰的美麗的臉孔嬌作地仰望他。

「幫助我——」

「爬著上來。」

「我不能孤獨地爬著，我羞恥於這樣做。」

「那麼我在半腰處接妳。」

「你送我回家嗎？」

「我只有這樣做。」

「這與棄置我在這塊黃昏的寂寞場地是相同的。」

「妳和妳的家人相處並不會寂寞。」

「家庭是更能觸引著寂寞感覺的地方，那裡已經爲一對情侶佔據著。」

「我們可以在一起。」

「是的，我們要在一起以抗拒寂寞的不幸。」

青年小心地溜滑到半披，伸出一隻手臂給她，另一隻手掌像固定重量一般地按在草坡土地上。

「牢牢地捉住。」他說。

「牢牢地捉住我的手。」她說。

她用勁向上爬，他感覺到他的手臂牢繫著一個巨大的重量而痠麻起來。

「無論如何，妳也得奮力向上啊。」

「我無法找到有可出力的時候，因爲你拉得那麼緊。」

「妳令我感覺到我一放鬆妳就會滑下去。」

「你必須在我需要助力的時候才拉緊啊。」

「我能夠如妳那麼容易對妳自己感覺嗎？」

「好在坡並不陡長。」

之後，青年頗愉悅地注視著那張很接近的臉，他手依然未放棄地捉住她的手，但是她卻裝佯把視線移到暮色的夏空，對周圍的龍柏樹一株一株地審視著，她的視線越看越遠，直到草地消失，再不能從兩株樹幹之間穿過。

四

現在這對男女共騎駛過的這條新闢通的大道兩旁，充滿了來來往往的農夫、工人、在城市街道做買賣的人、送飯的小孩和背著嬰孩的婦人。無數的眼睛都對這兩個風馳電掣的背影投出羨妒和不滿的眼光；青年和身後的快樂女子都站在同一立場感到這羣人是多麼可卑視和無價值。他們在風中交語著，在夜未揭幕之前的這個黃昏，空際交響著屬於他們的愛情的序曲。

「我就是在此地遇到那個少女。」

「看起來這地方沒有什麼出奇的特徵。」

「就是那麼容易就遇上，妳能相信在任何一點。」

「她看起來很美麗。」

「我現在十分相信她是屬於這一群可厭的勞動者的女兒，只不過她先他們於午後的時候走著，假如在這個時候，她不會引起我絲毫的注意。」

「我在她的羞默和恐懼看到這一點。」

「妳和那個少女排在一起時我會選擇妳。」

「我們都是在城市的舒適的家庭中長大的。」

「妳的父親是什麼人？」

「議會的議員。」

「母親做什麼事？」

「婦女會的副主席。」

「我的父親是做進出口的貿易。」

「母親？」

「她的父親是一家鐵工廠的老闆，現在的這一家工廠將來會屬於我；因爲我的外祖父只有一個女兒，我的母親只有一個兒子。」

「你在大學讀什麼系？」

「工商管理。」

「我曾讀過外文系而輟學，因爲我不讀那些古典名著，當然我不會寫心得報告……」

「已經到市街了，我們找一家餐館吃晚飯。」

「找一家咖啡廳兼餐廳好。」

「我認爲找一家大菜館吃了飯各自回家洗澡再去坐咖啡廳。」

「除了家裡，沒有別的地方洗澡嗎？」

「我們都需要換換衣服。」

「除了兩件內褲外，都不需要換，況且誰會知道我們洗了澡沒有換內褲；我們不會互相揭露這個秘密給大衆知道。」

「啊，當然，」青年快樂起來，帶著美麗的原始的幻想說：「我們要有可赤裸的地方，那麼

一切都無需去改變。直到明天午後我們還要去打網球。」

「明天的午後我們仍將重回大學的網球場打網球，領會到你故意輸給我的那份崇高的友誼的謙遜。」這個女子如癡如狂地複述著這一件事。

五

如自然的夜一般的幽黑中，一位戴白色手套的女侍來到這對情侶互相偎依的桌前，她的身段爲一株墨黑的花草遮擋著，只露出面龐和夾著菜單的白色手套。她靜靜地等候著這一對情侶從接吻中抬頭。青年舉目注視她時不覺驚嚇了起來，身旁的女子微笑地對女侍說：兩份全餐和兩份咖啡。女侍離去，青年對身邊重又靠貼過來的女子顫抖地說。

「我相信我看見那個少女。」

「在那裡？」

「剛才她靜立著注視我們在接吻，那個女侍。」

「那不是她，不然她再來時你可以問她什麼名。」

「但是我們不曾知道她的名。」

「那是不緊要的，我們還有其他機會證實她。」

女侍如先前一般地走來。

「請問妳叫什麼名字？」青年羞怯地問她。

「百合。」女侍說。

「很美麗的名字。」

女侍朝說話的女子瞥視一眼，隨即離去。

「我應該相信我的觀察，我的感覺，我的判斷。」青年自信但苦惱地說著。

「你相信自己只不過說明你太主觀，但這並非就是唯一的解答。」

「那麼爲什麼妳愛我，這不是也太主觀嗎？」

「不是我一個人主觀的愛你。」

「還有誰參與了這愛情？」

「除了我的觀察、感覺、善惡之外還有那兩個人。」

「那兩個男人?!」

「網球場上和我們一起打網球，對我們說再見的兩個男人。」

「妳受他們的支配?!」

「我的愛情從他們的身上出發。對你來說李的和張的並沒有區別，但對我來說，我是由李的轉到張的，然後再轉到你。我被養成一個習慣，是我的愛情派別：那就是我不必憑感情的深厚去愛一個男人，我憑著習慣的知覺要一個男人；這是起頭是一個男人，再到一個男人，再到一個男人的結果，所以我並不主觀。」

她說完把一粒粉紅色的藥丸夾在兩個手指之間，在咖啡杯的上空鬆開掉落於黑褐色的水液

中。

「妳有病，因為妳吃藥。」

「不是，它使我不必要做母親。」

「啊……」

「那位被你看成是那個少女的女侍來了，看清楚是不是她。」

「是的，就是那個少女。」

「你再問她的名字。」

女侍像幽靈一般移動到桌前，除面孔和白色手套，身軀為那株墨黑的花草擋遮著。

「請問妳叫什麼名字。」

「我已經告訴過你，我叫薔薇。」

「不，妳告訴我的是百合。」青年抗辯著說。

「不，我告訴你的是玫瑰。」女侍指正地說，然後離去。

「我親愛的，連她都對自己抱著十分客觀的態度。我們可以走了，我們不能浪費時間花在這種無可辨白真實的世事上。我已經說過你太主觀了，假如你稍能客觀點，你就會和她投合諧調，或者她主觀一些，也會諧調，可惜，你太主觀而她太客觀了。」

「那麼我們要去何處呢？」青年墜入於困惑和憂患之中。

「你忘了我們之間的約定嗎？我已飲完了我的咖啡，我們要去一間優雅的旅舍洗澡，然後休

息，如你所說的，我們需要一個可赤裸的地方。」

六

青年躡著腳尖從浴室出來，坐在床上，把圍繞在赤裸的肩背的浴巾解下來，擦乾腳趾，然後皙白的肉軀赤裸裸地鑽進被單裡，適舒地躺臥，眼睛注視著浴室半開的門。從這個門，她同樣圍著一條浴巾走出來，躡著腳尖，坐在床上，擦乾腳趾。青年目不轉睛地望著她那赤裸著的瘦長動人的背。她把兩條浴巾都披掛在椅子背，迅速地鑽進被單裡，躺在青年的身旁，腳踢著被單，感到舒適爲止。他們翻身對側互相注視且耳語……

七

一陣延續很長時間的消防車的警鐘和汽笛，在夜的街道劃了一個弧圓地鳴響著，它騷醒了青年，青年搖醒了窩在自己胸軀旁的女子。

「喂，」

「嗯？」

「妳聽那是什麼？一部一部由遠而近，又漸漸遠去。」

「噉，某一處又爲了能夠請領保險金而焚燒建築。」

「火燒，這件事我知道。但是我從未像在這裡感覺到的那樣驚駭，像一個無助的小孩一般驚

駭。」

「你一定又想到或夢中見到那個少女，火燒是你的藉口和發洩的連帶事件。」

「我沒有。」

「這是你的錯誤，當你想到我們之間有什麼不妥時，你會想到那少女。」

「我們之間沒有不妥之點。」

「有，像第一次你做那事時表現得很笨拙，你的自慚在作祟。」

「我盡量使我自己狂熱起來，然後達到高潮。」

「假如我像你，自己顧到的只是自己，那麼我們就配不起來了，這種情形像手足無措。」

「爲什麼把那樣簡單的事故意想成那麼深奧？」

「你的思想就如一個坐在牛背上的牧童對他的同伴講解幾何學的涵義。」

「我們總可以實驗，無需強辯。」

「這樣你會相當疲乏的。」

「但是我總要知道領會啊。」

「這件事無需那麼急著想馬上完全懂得。」

八

清晨有一陣叩門聲把他們從沉睡中驚醒，腳步聲從廊裡離去。青年揉著眼睛看到白亮的玻璃

窗外青青的天空的一條白雲。

「已經天亮了，因爲我看見了雲。」

「當然，送報的腳步又近了。」

走廊漸漸走近腳步聲，又一陣叩門，青年起來穿衣，他搖搖顚顚地走到那座通走廊的門，拉開門栓，把門打開一條縫，他的惺忪的眼意外地看到一張長滿粗粗的黑鬚的臉，那張臉正對著他的跳動的胸部。這醜陋的矮子搶著說話並且對青年揮動一疊報紙。

「中央、新生、聯合、公論、徵信、臺灣日報，要那一種？」

青年沒有主張地回望著床上的她。

「爲什麼賣報的都故意裝扮得那麼醜？」

「醜能產生憐憫，像病人同情。」

「那麼醜就是病。」

「巧合。」

「要那一種？他在等著。」

「全一樣。」

青年對矮子說：

「我們不知道選擇。」

「你的意思就是要中央報。」

「不是，我要你把它們全都放在門口，當我們需要的時候，我們會去拿來看，但是我們不一定看，可是在今天中我們一定會看。況且我們沒有零錢一元二角，可以隨時給你，交代帳房罷，先生。」

「我看出你是大學生。」

「憑什麼？」

「說話很多。」

「是的。」

「我這裡也有自由中國英文日報。」

「都放下。」

「謝謝。」

青年關上門，轉身靠在門板上，沮喪地望著床上那個躺臥著的女人伸出來的誘人的雙臂。

「過來，」女子說。

「我將過去。」青年說。

青年爬上床，鑽進床單裡。

九

電話鈴的聲音像催命一般吵醒著他們，醒來的他們感到很苦惱，很暴躁、很軟弱。女的伸出

一隻手臂提起話筒，靠在嘴巴前，大聲嚷著：

「我知道，我知道，兩份全餐，一瓶啤酒。」

她粗暴地放下話筒，幸運地是電話機不是玻璃做的。

「我的頭有點暈。」青年痛苦地呻吟著。

「睡眠不足的緣故。」

「是的，我們很不幸，不能安安穩穩地睡覺。」青年苦悶地想了一下。「我感到很不安，吃了午飯，就是午後，又回到昨天的午後了。」

「我們要到大學的網球場去打網球。」

「會遇到昨天那兩個無賴漢嗎？」

「不會，但有其他的無賴漢。」

「假如我遇到昨天那兩個，我會揮出我的拳頭。」

「嫉妒和羞憤。」

「他們姓什麼？」

「李的和張的。」

「說清楚，妳是先和李的或張的？」

「對你來說沒有分別，但在我的生命的譜子裡是先李的然後是張的。」

「什麼生命的譜子？」

「就是把我所遇到的男人列一張表。你有一天也會整理你的那一張表。」

「把我所遇到的女人列一張表？」

「一點兒不虛假。」

「那麼我們要分開嗎？」

「爲什麼不是呢？」

「我愛妳。」

「你不是在我身上找到永恆的愛的人。」

「那麼是誰？妳不是女人嗎？我愛的是一個女人啊。」

「那個少女。」

「那個少女！爲什麼？」

「愛情是相等的；我怎樣待你，你的心中就烙一個永恆的印記，你就怎麼樣待我，有一天甚至你會找到一個機會報復我。但是那個少女是不同的，她純潔和專一，你也會對她以相等的情愛，假如你不是，那麼你不是男人，不是愛情的男人。」

「但是我們昨夜……」

「昨夜並非代表你的墮落或濫情。男人必須要經過昨夜才能成熟和完整。」

青年沉默地尋思著。然後——

「我們眞的要吃午飯嗎？」

「吃午飯是宇宙規律的問題，我們無權干預或免除，並且吃了午飯就是午後。」
「午後我要去打網球。」
「你繞了一個時間的圈子又回到午後，你會再遇到那個少女。」
「那麼我們把門打開，讓午飯端進來。」

一〇

她的背姿遠遠就感動著那一位騎摩托車的青年，雖然在新闢通寥寥行人的午後大道，在挨著路旁粗高的針葉樹的陰涼裡，閃閃搖搖的只不過是一個郊區棕的膚色的純情少女。似乎她的心中單薄的學識已足夠使她懂得配合穿著短袖白衫和一襲紫色裙，且那種閃灼在白色的陽光的緩步，使這個從逝去的殘酷的時光中回來的青年產生眞實的愛情。

她的聽覺聞到熟悉的摩托車的聲音漸漸地移近和擴張，她向前注視的視框的邊緣再次地突出了他的影像。

「如今，你懂得做到你懂得的。」
「我是繞了一個圈子回來，我同樣將去大學的網球場打網球。」
「但我依然在這條路走著，未曾經過任何時間和改變，時間對我只能意味未來。」
「我度過了一個新奇和刺激的昨夜，感到十分的疲乏。」
「我未曾度過什麼，二十年如一日我都在期待著，我依然在午後走著這條路。」

「我必須要去大學打網球，我們同一個方向，然後，我會送妳回家。」

「我們同一個方向，這不再是個藉口，確實是同方向，而且不再有另一個午後，你也不再去大學的網球場打網球。」

她坐在摩托車軟彈適舒的後墊，抱緊著他的腰，以免脫落，她的心中感到眞實的愛情，且感到他的背部的白色的光耀，在這條新闢通的大道風馳電掣。

……

二

牌戲

雷面向著埋在屋角沙發裡的尙達夫。

「來罷，宜蘭人，請坐這把椅子。」

尙達夫，伸伸懶腰，朝著方桌踱過來。他的眼睛瞥汝拉一眼。

「不，不要，我決不坐在汝拉的下手位。每一次，我經驗到，坐在這凶神的下手，就會遭到極壞的牌運。」

大家全望著那個狡笑著，碩大的身材穩穩地坐在椅上的汝拉。

「那麼，尙達夫，你在他的對面怎樣？」

「這倒是個新位；我不曾和汝拉對坐過。」

「我一向不選擇坐那坐這，我的運氣決定在我的第一副牌所給我的心情。」

一直冷靜地坐著，露出兩顆靈活的大眼睛轉來轉去觀察人的黃清松說。

「想玩牌的人都相信一些自以爲是的迷信。」汝拉譏諷地說。

「那麼你相信什麼，音樂家？」尙達夫在對面問汝拉。

「我相信一個比喻——牌戲像人生，所以我不計較輸贏。」

「不要再爭論那無聊的事，沒有異議，我們就開始。」雷說。

「是的，時間很短促，不要再說其他的話題，干預了我們的玩牌。」尙達夫說。

「開始罷，雷。」小黃說。

「汝拉你準備了嗎？」雷故意說。

「你總不忘掉對我幽默這一下。」

汝拉滿意地笑著。

人物	♥Q	♠J	♣J	♦K	♦A
♥Q		維納斯	克拉佩淇拉	心兒	海倫
♠J	萊因霍		文雄哥	畢亞	約翰
♣J	朱利安	武田哥		年輕人	唐琪
♦K	巴貝	潘先生	伯爵		阿狗
♦A	父親	聖王	老魔	父親	

在一間小屋。

♠J：「啊，你終於來了，我最親愛的朋友。你一定接到我的信才趕來的吧？」

♣J：「我完全被你的描寫所感動，當我在讀第五遍的時候，我彷彿變了你，我眞有那麼的希望，太美妙了，文雄哥，我是急於要看她才趕來的。」

♠J：「正好，武田哥，今天是中國元宵節，也叫西班牙狂歡節，也叫亞拉伯的妙夜。今晚，她的家裡在舉行宴會，來賓很多。但是你知道，她僅僅在祈盼我一個人的降臨，我是獨享這個幸運的。朋友，再一刻鐘你就能見到世界最美的女人，聖女與蕩婦之間的混合，有農婦的豐腴和貴族的談吐。你見到她的時候，你會悔恨，假如你沒有在這個機會見她的話。」

♣J：「眞的如你所寫，她曾擁你靠在她的胸乳，你曾將頭埋在她的溫懷；如你所描述，你雙膝跪著，她以母性的溫柔摟抱著一個迷路的羔羊，無慾的，構成純潔的鑲嵌？」

♠J：「的確不虛，在那一刻我感覺到我生命的豐滿。」

♣J：「我眞羨慕你，我親愛的朋友。」

在一間宴會的大廳。

♥Q：「萊因霍，你眞殘酷，你遲到了。」

♠J：「寬恕我，我爲了等待一位朋友的到來，就是他，這位是女主人維納斯，他是我的朋友武田君。」

♥Q：「啊，我很歡迎你，萊因霍常對我談到你的長處，看到你勝於他描述十遍。」

♣J：「很榮幸，克拉佩淇拉。」

♠J：「怎麼樣，我崇敬的維納斯？我的朋友武田君是個拳擊手，我所說和妳現在親眼看

到的相同罷？」

♥Q：「一點兒不差，可是看見了朱利安，就覺得你的嘴是很笨拙的，我的貴客，我帶你去看收藏的古瓶。」

◆K：「畢亞，畢亞，你今晚的臉容很興奮，有什麼可告訴我的笑話？」

♠J：「潘先生，我唯一的笑話就是今晚帶來一位極遠跑來的朋友特地參加你的宴會。」

◆K：「在那裡？」

♠J：「你看那邊，他們才見面不到一刻鐘已談得很相投了。」

◆K：「你是說心兒身旁的那個年輕人嗎？」

♠J：「他就是我的朋友。」

◆K：「他長得很活潑和血氣騰騰。」

♥Q：「走過來的是我的丈夫，巴貝，這位是朱利安，萊因霍帶來的朋友。」

◆K：「高興見到你，年輕人。」

♣J：「謝謝，伯爵。」

◆K：「年輕人，你和善良的畢亞結識很久了罷？」

♣J：「假如我沒有記錯，日俄戰爭那年秋天，我們在一位美籍的藝術家所開的美術班第一次見面。」

◆K：「據我的內人告訴我，善良的畢亞是個音樂理論家兼左手彈奏鋼琴人。」

♣J：「是的，文雄君在我們相識之後，假如我沒有記錯，諾曼地登陸那年秋天他跟隨一位俄籍的音樂家學習了那左手技法。」

◆K：「那麼這樣算來你們都是令人崇拜的有學問的人了，這眞好，現在你做些什麼，年輕人？」

♣J：「農夫，在印度種罌粟花。」

♥Q：「巴貝，你爲什麼不去周旋那一群肥胖的商人，尤其那些身體發臭的威尼斯商人，卻在這裡談天文學。」

◆K：「那麼妳必得好好款待善良的朋友畢亞和他的活潑的朋友，這位年輕人。」

♥Q：「嘁，萊因霍，我是答應照辦的。」

♠J：「我帶來了一位朋友就令妳如此興奮，我感到很光榮。我帶來了我的新作品〈引狼入室〉，這是妳的右手部分的譜子，左手的我已經能熟記了。我的維納斯請宣佈大家安靜罷。」

♣J（自言自語）：「她的美麗和性感太引誘人了，有豐臀和高胸。」

♥Q（拍手一聲）：「今晚年輕的音樂家，萊因霍有著新的作品叫〈惡作劇〉請大家聆賞。」

♣J（自言自語）：「她在注視我，她有意地注視我。」

♠J：「謝謝，來，維納斯，請坐這一邊，開始。」

♣J：（自言自語）：「她整個身軀和臉容生來就使人想到要和她做那一件事——。」

♥Q：「諸位，現在請作者解說作品的涵義。」
♣J：（自言自語）：「我阻不住我要愛她，我要她，她的眼睛在回答我。」
♠J：「我作品的解說人是我的一位朋友，武田君。」
♣J：「這個曲子在說三個眞實的事實，要大家心中自猜其中的一個是最眞實的。」
♥Q（自言自語）：「他眞強壯，他的奕奕眼神在向我投射過來。」
♣J：「第一個：他愛她，所以他們做愛。」
♥Q（自言自語）：「他的眼眼是有意專只注視著我。」
♣J：「第二個：她愛他，所以他們做愛。」
♥Q（自言自語）：「我不能逃脫他的勾引，我相信從第一眼見面到現在我都在特別愛他。」
♣J：「第三個：他愛她，她也愛他，他們的愛相等，所以做愛。」
♠J：「最後的一個也等於是他不愛她，她也不愛他，所以他們做愛。」
◆K：「心兒，心兒，啊，親愛的，對不起，我爲什麼要經商呢？又是商務的電報來催我前去，我眞悔恨我是個不能不現在就飛去而一定要現在就離開妳的商人。多麼美麗和令人興奮的愛情的夜晚，我因晚上不能和妳在一起而深感痛苦。那麼今晚就是不能了，今天是星期四，但是明天晚上，心兒，一定在床上等我。」
♥Q：「我會等你的。」

♠J：「再見，潘先生。」

♣J：「再見，伯爵。」

♥Q：「再見，巴貝。」

◆K：「好好享受這一夜，幸運的人們。」

在一間觀光旅舍。

♥Q：「在這裡多舒服，爲什麼這個旅店收費並不貴？」

♣J：「萬物不能和愛情比價。」

♥Q：「啊，不要，朱利安，不要來萊因霍的那一套，而讓肉體痛苦。」

♣J：「克拉佩淇拉，你和伯爵結婚多久了？」

♥Q：「原子彈投廣島那年的冬天，我十八歲的時候，我們在日本度蜜月旅行。」

♣J：「妳發誓妳不曾和文雄君以及以外的他人？」

♥Q：「沒有，萊因霍是很純潔的，迷茫和富於幻想，矜誇和空虛的人，像他那樣的可憐蟲是令人憎惡的。」

♣J：「我不信，克拉佩淇拉。」

♥Q：「巴貝和我曾發誓要互相忠實。」

♣J：「妳和巴貝一星期幾次，克拉佩淇拉？」

♥Q：「他很忙，忙著全球的商業，一星期約一次半。」

♣J：「妳滿足嗎，克拉佩淇拉？」
♥Q：「巴貝和我都能配合達到高潮。」
♣J：「這是什麼書，妳在旅行中看它，克拉佩淇拉？」
♥Q：「謝國權的性交態位種類研究。」
♣J：「我們何不照著謝君研究出來的種種演習一遍，克拉佩淇拉。」
在月下的花園。
♥Q：「我眞滿意你，朱利安，我要感激你給我，這一份是巴貝不能做到的，世上最大的幸福。我要爲愛情再做一番測驗，我說出三個地點，一個時間，然後你猜想我可能在其中的那一處，你準時去會我。你相信心電感應嗎，朱利安？」
♣J：「我確信我會由心電感應知道妳在那一個地方，請說出那三個地名吧，克拉佩淇拉。」
♥Q：「東京、羅馬、列寧格勒，於人類登陸月球那年的聖誕節。」
在她的家中。
◆K：「心兒，心兒，我回來了，我回來了，我眞高興，妳在那裡？」
♥Q：「我正在等候著你，巴貝，晚餐以後，我已洗了三次澡，怕你回來時，我的身體是髒的。」
◆K：「我告訴妳一個好消息，我的事業又獲得了空前的成功，這是給妳的禮物，一顆印度

鑽石。」

♥Q：「嘸，這多麼好，多麼美，我多麼愛你，親愛的巴貝。我可以旅行東京、羅馬或列寧格勒。啊，不，巴貝，我想測驗你，這是一個很有趣的遊戲。我說的三個地方你任選去一處，看是不是和我心裡想去的相似。」

◆K：「我的有學問的美人，我贊同，我們一向缺少遊戲，可咒的商業阻止我，我知道我們的心電將在那裡交觸著了。什麼時候？」

♥Q：「人類登陸月球那年的聖誕節。」

◆K：「妙，妳不必暗示我，這不算，我已經從我的心臟預知妳會去那一處，妳保密。」在田野。

♠J：「我的生命充滿了光輝，痛苦的惡魔曾居寓我軀，我的心靈正蘊藏著爲妳而作的偉大的樂章。可是，維納斯，我的永恆的愛神，我感覺妳在改變中，妳已多次有意迴避了我，妳爲何不再降臨我那靈感的小屋？」

♥Q：「萊因霍，我忠誠善良的羔羊，愛情不是肉體的，不是視覺感官的，愛情只能活在靈魂深處。」

♠J：「偉大至高的維納斯，我音樂的啓示神，我們曾踏著光榮美麗的路，我們曾浴在永恆的愛湖中，太陽罩著面紗柔和地照耀著我們聖潔的身膚。準備著，在這優美的夏之黃昏，我崇敬的愛神，讓我如往昔般投向妳，投向著妳。」

♥Q：「萊因霍，請聽著，我們的愛情將受到一次光榮的考驗，我們將於人類登陸月球那年的聖誕節飛往異處密會，讓那偉大的城因我們的潔淨的足跡的落印而榮耀。」

♠J：「那裡，那裡，快告訴我，那裡？」

♥Q：「東京、羅馬、列寧格勒，你選擇一處，憑著你的充滿愛情的心去做決定。」

♠J：「多美妙的設計，多麼偉大的恩澤，我會如期趕到。飛吧，飛吧，飛吧，來吧，來吧，樂章啊，讚美維納斯，我已捉牢著妳了……。」

在羅馬的街道。

♠J：「羅馬，羅馬，羅馬，我的維納斯降臨了。妳多麼光彩耀人，我的愛神。但是妳爲什麼面帶愁容呢？」

♥Q：「萊因霍啊，我是很傷心來此會你的，因爲你的朋友朱利安……。」

♠J：「我的朋友武田，怎麼樣，什麼事？」

♥Q：「他多麼膽大擾亂了我的心靈的安靜；我來時前的那段時光他已寄了一百封的肉麻書信給我，我已被第一封嚇壞了，其餘我把它們焚燒以懲罰他的無禮。」

♠J：「啊！可恨的叛徒，貪婪的賤種，我發誓，在妳的面前我發這一定會實現且對妳忠誠的誓言：當我再見到他時，我將親自誅他，啊，這可惡的獸心的叛徒。」

♥Q：「你激昂如烈士，憤慨如英雄，我相信你，萊因霍，有你的保護我將獲得安全，始終保持我靈魂的純愛。」

♠J：「現在我們已離他甚遠，不必擔憂他的干預。維納斯，我的愛神，我突然有一個靈感想告訴妳。」

♥Q：「那是什麼？」

♠J：「我徹悟靈魂必得靠肉體維持其存在。」

♥Q：「不，不要，萊因霍，你不是這樣的一個人，要那樣就不是你。關於肉體我只能允承我合法的丈夫所有。」

♠J：「但是在這聖城羅馬，甚至教宗將允許神父娶妻，雖然神父自古就不必靠合法獲得女人。」

♥Q：「假如你那樣想，萊因霍，假如你蓄意污染靈魂的聖潔與愛的純潔那麼我們完了。」

◆A：「海倫，海倫，妳幹的好事，先是約翰，後是唐璜，妳已玷污我的門楣和我王國的名譽。我已經是株腐朽的老樹，無慾的肉體，無望的靈魂，死神在跟前牽著我的手。」

♥Q：「寬恕我，父親。」在家中的花園。

他走向一口停放在胡桃樹下的棺材，他粗暴地推開棺蓋，抬腳進去，坐下，躺下，眼望著天空。

◆A：「海倫，叫阿狗來，在最後的一刻，王國的金鑰我要交給他。」

♥Q：「巴貝，來罷，是父親的最後一刻。」

◆K：「心兒，幫我尋找斧頭和鐵釘。」

♥Q：「巴貝，自從鴉片戰爭以來，你已右手握斧，左手捉釘，不曾放下，」

♣J：「等著我，克拉佩淇拉，妳爲何忘記了我們絢爛的夏，生命的飲泉的交融？」

在午後的森林。

♥Q：「流浪漢我不認識你，但我曾記得萊因霍所說的一個禽獸穿著了美麗服飾的朋友，那可能指你。」

♣J：「可是我們曾快樂過。他妒嫉他不能做而別人能夠的事。爲何現在妳想錯過眼前？我曾再鍛鍊了我的身體，爲的是能滿足妳。」

♥Q：「住嘴，惡徒，你要的是錢，這些能滿足你罷？它們足夠使你變成一個立不住腳的瘦人。」

♣J：「那麼我祈求最後的一次。」

♥Q：「這是狡猾的狐狸的危險的詭計，我的丈夫來了。」

◆K：「啊，高興遇到你，年輕人，原來你也在這裡散步。請看看今天的報紙，他們譽我是最偉大的商人，金錢的國王。」

♣J：「對不起，我無心觀看，對你也沒有興趣，而我要對你宣佈一項足使你致命的事實——。」

♠J：「你想宣佈，可是你的時間已來不及了。」

♣J：「我曾尋找你。」
♠J：「我也曾尋找你。」
♣J：「讓我們飲下最後一杯友誼的酒。」
♠J：「乾杯，叛徒。」
同時飲下。
♠J：「讓我宣佈你的罪狀：你的罪孽使聖王死不瞑目。」
♣J：「你指那老魔嗎？哈，你自己宣佈的同樣適合於你。」
♠J：「舉槍，淫賊！」
♣J：「舉槍，玻璃質的人。」
二聲槍響，一前一後，僅隔半秒，其中一個人應聲倒下。
♦K：「畢亞，我同情你，法律是屬於另一國度的人，那裡沒有同情心，殺人者死，但請你保重。」
♠J（流淚）：「再見罷，諸位。」
♥Q：「啊我忠實的朋友，偉大的音樂家。」
♠J：「請妳記住著我，像我永記住著妳。」
♥Q：「再見，萊因霍。」（頭轉向一邊。）
在馬車廂中。

◆K：「心兒，我們來談談那一次的遊戲。」
♥Q：「我到達了東京。」
◆K：「多麼妙，我猜對了，我也去了。」
♥Q：「但是……。」
◆K：「這不能怪妳，應該責怪我。」
♥Q：「我非常的失望悲痛。」
◆K：「我向妳解釋，我知道妳已來到東京，心電是永不會錯的，但是我一出機場，我的經理和商務的關係人把我架走了。寬恕我，親愛的。」
♥Q：「啊，巴貝，你爲了你的商業，卻待我何等殘酷。」
◆K：「如今我將退休，我們必須重訂做愛的時間，成爲規律的、正常的，改星期四五爲二、四、六罷。」
♥Q：「這樣我很滿足，巴貝。」
◆K：「妳看前面誰來迎接我們？」
♥Q：「噉，其中那位瘦削的俊美的男人是誰？」
◆K：「我新購得農莊的狩獵人。」
♥Q：「他和僕人們住在農莊的側房嗎？」
◆K：「不，他獨住在森林的小屋中。」

♥Q：「巴貝，你安排得太好了，你對我太好了。」

汝拉從位置上站起來，把贏來的籌碼推到對面的尙達夫。

尙達夫臉色蒼白神情沮喪。

雷對面的黃清松慶幸地笑著說：

「我不輸也不贏。」雷對他們說道：「諸位，戰爭不會在這個地球上的那一個時間突然永遠消失，或者勝永遠勝，敗永遠敗。隔壁的晚餐已經擺好，飯後我們再繼續。」

夜

一

看門人曾經屢次見過他在夜闌人靜的午夜走出眷屬區的門口，一會兒，偕著一位嬌小的女孩子沉默地走回來。看門人是個碩壯的漢子，曾經好奇地注視她。門口的柱燈以薄明的光線投在她的臉上，顯露著她姣美的輪廓；在側影裡看見額頭毗連著一隻挺直且高傲的鼻梁。他們是比肩走著，嚴肅不悅、互不注視。她的一手提手提袋，一手搖曳著洋傘，腳步輕捷猶如散步。以後看門人就失掉了審查的興趣，坐在一張躺椅中吸著香煙，對那一位莊嚴冷靜而不悅如幽靈的青年，感到一種妒憤的憎惡。

二

他輕輕地掩上門，由漆黑的屋內移到淡薄的星空下。他因長久的等待而內心感到焦灼和痛苦，整個心事都反映在那張嚴肅而不快樂的臉孔，整個身軀都由於心跳而產生微微不能抑制的顫

抖。他移步經過噴水池，水花在幽黑的空隙產生細粒的光澤，溫柔的水語聲帶著音律。池水黑的死怖，岩石呆板而冰冷。他靜悄悄的走過，發出幽靈般癡怖的腳音。道旁的柳樹彷彿垂披著長髮的巨大鬼魔。沒有微風，它們靜靜的倚立。整個龐大的眷屬區被黑暗和沉寂所包繞。他走過童子們白天的遊樂場。牆頂露出鞦韆的骨架和垂吊的鏈條。滑梯架整個是一座呆癡的藝術雕刻，轉輪倒斜地靜立著當想到白天它的轉動永遠不能拋越那個被限的圓周時它的形姿像一個滑稽的小丑令人堪憐。圍牆很低矮，一切都能看到，連那黝黑的青草。他走進網球場圍網的投影裡，他的臉上和身軀佈滿著網紋，他喪失他本身的清晰且單純的影像，彷彿一隻帶有移動的花紋的奇珍怪獸。當他走過大門的時候，那一帶的景象就像是永恆的自怨；他的視覺不變，意識到看門人的碩壯大軀永遠躺睡在那張不曾變動過位置的躺椅中，看不見他的臉孔表情；整個頭顱和半胸隱沒在黑影中，有如一個死物般靜止。於是他不曾思慮看門人對他有什麼觀感。他一心思戀著她。長久的等待使他變得呆癡和冷淡。他循著一條眼前筆直的單車道走去。首先兩旁是一些延展到很遠很遼濶的田野，然後道路的一邊有幾間連綿的新建築，還未完工，坦露著疊砌的紅磚牆壁和平平的屋頂。最後這路沒有了，接連著一條行駛車輛的橫行大馬路。馬路對面有一座車站亭子，賣票人已經鎖門睡覺。一盞日光燈在屋緣投著孤寂的光芒。這一邊有一個四方形的站牌，處在黑漆中。他往那站牌瞥一眼，轉身踱步到建築物的前方，坐在一根平坦的石柱上，彎身撿起一塊小石子向路中央的一塊靜立石頭投去。

三

一部汽車急駛而來，地面因而震動，在站牌的旁邊急急煞車停止。他停止投擲，抬起臉孔，藉著車廂裡的燈光可以看清裡面並沒有多少乘客。車門打開，一群夜歸的男女喧嚷著走下來，手中提著樂器箱。車離去。他們向眷屬區的道路走去。他站起來深吸一口氣，煩悶地看著四周。而四周靜悄悄的。皮鞋的雜亂聲遠去了，屋頂傳來細微難辨清楚的說話聲。他的皮鞋在地面響亮地蹀躞著，又回到石柱坐下，開始投石。

四

屋頂的談話聲脆密而細碎，帶著猜疑和危險性。那是幾個年紀很輕的工人，從外地來的，偕同本地的無業青年在那頂上睡覺。

有一個頭顱探出來向下望著他，然後許多頭都靠著屋簷靜靜地注視著他。他們看見他每一次精確而有力的投中了路上的散石。

然後有一個試探的小石頭從頂上筆直地墜落，他猛然驚覺，轉身抬頭，那些在屋簷露出半截臉孔的頭一齊迅速地縮回。

一切都復歸於靜寂。

五

他繼續投石，走去眷屬區送了女孩子們回家的附近一所大學的男孩子走回來了。他們的皮鞋聲此前彼後地敲響著，由遠至近。在空際中傳播著他們家鄉口語的諧調。他們站在站牌的旁邊等待汽車。汽車急駛而至。他又站起來巡視著車廂裡的乘客。車廂裡乘客稀坐著。一個中年戴眼鏡的男人下車。幾個男孩子擠上去了。車開去。他坐下，撿起一塊略大的石頭，看準著一個目標，但他頓時感悟放棄，站起來，石頭從手中落下。他踱步到車亭，又走回來。他在這段路之間一直來回踱步憂思。

六

屋頂上的人紛紛從建築物後面的一隻板梯走下來。一齊對著踱步沉思、臉容不悅的男人審視著，細聲而帶著陰謀地商討著。幾個人結伴離去，互拍著肩膀。剩下的兩個走進大馬路近旁的一間屋宇。門內半掩。

他煩厭了，默然地站在車牌近旁，深深地思索，他的頭靠著錫柱，以手支頤。他注視著來車的方向，道路通往黑漆，無以物視。他又回到建築物的前面石柱坐下，眼睛茫然注視前方地面靜止的散石。

之後，他突感到地動和車輛聲，敏感地站起來。汽車不停地駛過，車廂裡零落地坐著兩三個

乘客。於是他思慮著，猶疑地站立在那裡，呆癡地，有如一個將倒的巨像。終於，他很懊喪，往回走。那條通往眷屬區的道路筆直地在他的跟前伸展。他看到兩盞門燈在遙遠之間彌漫著霧靄。大地黑漆而寧靜。他的腳步再度機械地發著單調的音響。幽黑朦朧的田野有幾個人影正在游動。

七

看門人看見他慢慢地往前走回來。看門人吸他的紙煙，那個人的影像細小地在他半閉的眼眶裡。

當他走離大馬路約七十公尺的時候，一部急行的汽車聲響使地面震動地傳達到他的腳和耳。他轉身回顧。汽車閃過馬路那個開放的視框，兩個人影在汽車消失之後出現在馬路中央，兩腳分開，擺出威脅和挑撥的決鬥身姿。他的心中只有一片失望的愁煩。他回轉身拂去那兩個不善的影像。但，遠遠的後面傳來一聲堅硬和不友善的呼喚——「喂」。他被那音響激發得要跳起來，心中的警覺驅散了原有的情緒。他繼續往回走，以原有的那種怠倦喪敗的緩慢腳步。又是一陣汽車的震鳴，但他已經距離得更遠了。他照例地回顧，盼望一線最後的希望。汽車黑漆漆像急行的鬼魅投出兩道電光迅捷地閃過。在此一瞬間，他的臉容改變了原有的模樣；兩個人邁向他走來，手中握著木棒，兇暴地，帶著戰鬥的腳步漸漸迫近他。他回身時田野裡正好來了四五個短小的男孩子。

八

看門人曾看到他轉身回顧的動作，他也被汽車的音響引誘了。有兩次他都正好瞥望到。他還看到更多的事情發生，那一幕一幕在霧靄包繞的道路中演展下去的一切。就如他心中期望的，有如他導演和親自做的。他冷默而悠閒地躺著，把心中的卑視擴展得更加遼濶無際。看門人曾有一刻感到害怕，但他壓抑這份天生應有的憐憫。

整個心身都驚嚇和戰慄起來的他，開始奔跑起來，想迴避穿過那些從田畝的小徑上來的人，但是他們展開站成一堵活動的牆，擋住他，抱住他。有一個被他摔出幾步路遠，沉重的落地。他和這群矮子扭成一團，五六隻手臂抱困著他的腹部肩膀和大腿。他的頭致命地被猛擊一記。痙攣由頭頂傳佈到全身。在還記憶的一刻，他的眼看見天空閃耀的星星。

看門人看見最後的一個人的腳狠力地在那個躺臥下來的男人的腿肚上踩一腳。他們遠去了。有一個突然從群體中跑回來，舉著木棒對著那坦露向上的胸膛再擊打一棒，發出一聲很滯重的胸部碎裂的共鳴。

九

第二天晚上，她回來了；乘著往日同樣時刻的那班汽車降臨。她的臉容因內心的歉慚而扮得很冷靜。她單獨一個人走下車廂。她的眼睛落視在那個凸立在建築物前的石柱。她環視四周尋找

他。看門人從躺椅裡坐起來。而在大馬路旁的那間半掩的門戶的屋宇，探出一個人頭看到她。那隻頭縮回。之後，一群人陸續走出來，漸漸包圍著那位站立著感到困惑的女子。這群人其中的一個領頭挺身走向驚嚇的她。看門人從椅旁拾起一支帶有紅外線的望遠鏡的來福槍站起來。他對著已經靠近她的那個人瞄準射擊。

放生鼠

「彈簧的捕鼠器。要是一次沒有捕捉到，牠不會再來第二次的，牠已經獲得了經驗。」

「鼠藥……。」

「千萬不可用鼠藥。」

「要是牠吃了鼠藥後死在櫥櫃底下，或者陰暗的角落，我們沒有查覺，牠的腐蝕的臭味彌漫著全屋，會是惱死人。」

「捕鼠籠最妥善了。」

「現代捕鼠籠已經少見了，那是農業社會的產物。」

「到那裡去找個捕鼠籠呢？」

一座竹篷屋的窗戶蓋，緩緩被裡面的一根竹子挺開，伸出一個蓄著長髮的奇異的頭顱，他的視線很不幸地正好平直地越過一座小道路旁邊的短牆，對著站在那邊庭院葡萄架下的陰涼裡的幾位會聚的家庭主婦投視一眼，畫家的目光就像鑽石反射著這晌午的陽光一樣，使她們馬上查覺到這種窺視的意圖。談話突然中止下來。畫家裝模作樣地看看左右後，把他的那個令人不喜愛的頭

縮回到裡面，再把窗戶蓋放下來。那些女人們的臉孔就像被別人知曉了她們的私事一般呈露著羞怒的顏色，全都朝著距離她們有十公尺的那座神秘的竹屋的小窗睨視著。然後他們竊竊地私語起來。於是其中的一位挺身朝著這個方向喚著：

「瘋子！你在竊聽我們女人的話嗎？」

竹屋的窗戶蓋再度地翻上來，伸出來的畫家的臉孔帶著極度的輕蔑。

「任何的女人和她們的事都不會再引起我的絲毫興趣……」

「那麼你伸出你的貓頭鷹的頭是爲了什麼？」

「我沒有這個自由嗎？」

「你明明對我們偷看。」

「是的，我關心妳們要捉的那隻老鼠。」

「老鼠?!哈哈。」

「瘋子，這關你什麼事，我們捉老鼠關你什麼事？」

「妳們不是正需要一個捕鼠籠嗎？」

她們在葡萄架下的陰影中又細聲地交耳談著。然後她們的神態就變得很和善了。

「你也以爲捕鼠籠比較妥善嗎？」

「假如妳們願意慈悲，我動手來做一個捕鼠籠，但妳們捉到的老鼠歸於我，好嗎？」

這個提議使得那幾個先前是苦惱無措的女人們快樂了起來。那些笑容中的眼睛瞥視畫家的表

情是帶著風騷和羞嬌的媚態的。

「記著，捉到了那隻老鼠是我的。」

「你的捕鼠籠呢？」

「黃昏時我會送給妳們。」

「喂，你要吃煮那隻老鼠嗎？」

「總之，那隻老鼠是我的。」

他縮回頭且把窗放下來，把那一簇女人們的笑聲摒棄在外面晌午的空際熱浪中。

翌日。

一整天，昨夜跑進捕鼠籠的那隻大灰鼠，在捕鼠籠的囿限空間竄撞著，極欲逃出這個生平的囚牢。籠子交給畫家後被吊掛在幽暗的竹屋樑柱下。畫家走近牠，從絲網的隙縫中帶著迷疑的喜悅，再度審視這隻在右臀上有著一疤黑痣的標誌的灰鼠。他甚至帶有迷信一般的喜愛牠，才滯留到黃昏。牠就是葉太太想要捕捉的，每天晚上會在她們的睡床踩踏著他們的腳踝的十分可惡的那隻。

「我認得你，我很喜愛你，你十分幸運，可是……」

於是畫家提攜著捕鼠籠中的灰鼠走出竹篷屋，對毗連著的一所屋子的門口，向裡面叫著：

「月娥啊，我散步去了。」

走出了這一帶的住宅區，畫家沿著一條緩流著黃濁的水流的河邊走著，搖盪著那隻驚慌不安

的灰鼠。他幾乎習慣在晴美的黃昏來到這條河邊幾哩之內的草地散步著，望著霞光映照著的那些半浮沉的漂流物。從一座石泥橋下走過，距離住宅區已經很遙遠了；散置在附近的住宅也都離得遠遠的，再遠去就是屬於這個鄉的公墓山地和幾座毗連著的燒灰窰和煤場。他坐在河邊草池上，把籠子放在他的面前，戀戀不捨地凝視著牠，然後才下決心把門打開，灰鼠迅速地跑出來，搖著牠那有黑痣的臀，拖著一條沉重彎曲的長條巴，在暮色中竄進一簇草叢，馬上隱避起來。畫家朝著那簇隱藏著牠的草叢沉思許久。才有點惘戀般地站起來，帶著空鼠籠回家。

那隻獲得自由的灰鼠，竄進草叢後，便迅速地潛行，爬上河岸，經過田溝，往燒灰窰的住屋逃去。

幾日後的黃昏。

畫家又帶著另一隻在張太太家被捕到的老鼠來到河岸，像昨天或往常散步時一般無異。這時在那岸邊的河水中一個阻滯不前的漂流物的形象吸引了他，他愈注視牠愈驚覺和疑慮起來，遂用著一枝竹竿把牠撈鈎到岸上腳邊，於是他很清楚地看見是那隻他放生的右臀有著黑痣的被毒死後拋進河水中的老鼠了，這是一隻腫脹的灰鼠……

第一章

一

有一天羅武格的飲泣煩厭地驚擾了他母親的耳膜。夏季，早晨，一如往昔的那些漫長日子，他醒來把眼睛打開，昨夜，黑色的窗，現在變得金光閃耀，一個美麗的假日又迎著這個不快樂的孩子。簡陋的客廳，不平的泥土地面，一張四方形的餐桌，一道門通外門的街道，另一道門通往臥室和廚房，當他的母親從此道門經過的時候，都以生氣不堪的怪眼怒視著坐在竹床上的羅武格。誰能了解這個平常沉默的孩子有一顆善良的心，雖然孩子們都可能是善良的，所以沒有人會特別注意這件事。他能感覺，趨近暮年的母親，佝僂的背是過分操勞的結果，整個家庭均屈服在不幸而艱苦的命運之下；殘廢的兩個姐姐，從小就得習慣編織草席，以可憐的價錢賣出，幫助家庭的生活費用。羅武格，彷彿乞丐群中的小王子，幸運地能繼續他的學業，從八歲開始，已經接受六年的義務教育，和兩年的初級中學教育。他的那群姐妹常常會以不滿的眼光注視著他，無法相信帶有暴虐的脾氣的羅武格將來有偉大的成就光耀門第。她們也無法長久等待，享受到由他施

出的恩澤。三個年紀很小的妹妹從國校放學回來的時候，都必須帶著籃子到海邊的木麻黃樹林撿乾枯的枝葉，羅武格除了讀書不再幹其他的事情。

羅武格沒有享樂和獨尊的優越感。雖然母親顯著的特別疼愛他，順依著他那柔弱的天性，晚上還像撫慰嬰孩一樣地和他共睡在廳堂的那張涼爽的竹床。羅武格的最年幼的妹妹還不能享有這份慈愛和關照。這種在同一個家庭中生活的懸殊，反而強烈地觸引他的羞恥感。在那些羅武格漸漸成長的夜晚，他的小小的生理在他的身體的內部變化著，產生著性慾的雛型，就像一隻童雞一樣地要躍躍一試。這常常把他的疲乏的母親從僵硬的休憩中擾醒，使她早已斷慾的清淨的身心感到又羞澀又生氣。他的母親在醒來時，狠狠地打他的手和擰他的大腿，她憤怒不堪，翻轉痠痛的身軀。可是有時她縱容羅武格柔撫她的乳房，醒來時感覺一個嬰孩睡在她的懷裡，她像羅武格在嬰孩時代的吸乳，一隻小手掌握弄著另一隻乳頭時的情形。有時她感到羅武格的大手掌像男人一般地帶著十足的性慾戲撫著她，她憤而起身，把羅武格孤單地拋棄在他害怕的牆角的黑漆裡，走進房間去，睡在那些姐妹群中。

被母親怨棄的羅武格就不再能成眠。他躺在幽黑的牆角，保持著興奮和挫折後的清醒。他經常如此，變得異常敏感；在白天不是過分的羞怯和自卑，便是像惡魔一般對人怒吼，只要小小的一件不順遂的事就能觸引著這顆敏感的炸彈。羅武格躲在被單裡像穿山甲靜靜地伏睡著，在沒有結論的對母親的戀慕的羞愧之後，身體像為繩索束縛一般的難過，他極力想法要掙脫它們，以獲得暢快的呼吸；這在他的意識思想裡，竟孕存有所謂抱負的影子。他幻想著能做一些事情。就在

這樣明媚的清晨，羅武格蒼白的臉孔充滿了哀凄的珠淚。母親惱怒地在客廳和廚房之間急遽地來回走著，赤裸的腳板響亮地打在地上，忙亂地做著一些家務。她並不理睬他，瞥視到羅武格皺眉的哭相更令她惱怒地感到這個孩子所帶來給她的無比深沉的厭煩。那幾個早起而溫順的姐妹站在客廳的一旁，對羅武格莫名其妙的哭泣譏笑不已。

二

有一位婦人，像一根竹竿從黃昏的街道人群中走出來。牙膏工廠的外務員攞一張靠背籐椅在門口走廊上，他肥胖的身軀坐下來就像永不再動彈了，那一張曬足陽光的紅紅的臉孔朝著一個方向望去。那個女人戴著眼鏡頗像個含蓄的淑女，向他走來，事實上她已經老皺而乾枯，身體幾無青春的模樣。外務員把籐椅搬回屋裡，再出來迎著這個女裁縫師走進房裡。

當羅武格經過外務員的寢室時，看到那半敞開的拖拉紙門裡張著蚊帳，裡面黑漆漆像瀰漫著一團黑霧。沉靜而神秘使他的想像力活潑起來。羅武格從廁所回來，辦公桌上躺臥著炳輝技師的助手阿吉，他爬上去睡在他身旁。街道外面燈火燦爛，但天空是越來越幽黑，夏季的繁星不倦地耀著。女裁縫師走出去了，由他們的桌邊經過，像幽靈一般沒有聲響。

三

辦公廳後面有一間雜物房兼睡房，從低矮的天花板中央垂吊著一隻二十燭光的獨光的燈泡，

發出微弱的紅光。年輕的木匠和他的學徒睡在下榻的位置，他們躺在那裡，低低地談著話。羅武格十分艱辛地爬上狹窄的上榻位置，頭部觸到天花板的一根木條上。他爬上去，就得橫著睡下來。下面的談話聲漸漸地稀低下來，一會兒就完全靜止了。屋中雜亂的木板、木條、廢去的廣告牌和那盞發出可憐的光線的燈泡，都像瞪著它們無形的眼，看著塞在天花板下無法睡去的羅武格。他恐懼和他對視的天花板會在半夜的時候塌下來壓著他的臉孔。辦公廳傳來皮鞋的腳步聲，另一個學徒回來了，羅武格閉著眼睛像睡熟了一樣躺著。他爬上來，很快地就發出鼻鼾的聲音。當羅武格再睜開眼睛的時候，一顆淚珠劃過太陽穴掉落在耳槽裡。

四

「沒看到你的名字。」

「後面還有許多名字。」

「你報考的不是普通科嗎？」

「再報考私立學校吧，父親。」

「你自己找找看，我的眼睛看不清楚。」

「在中間那一行，我看到了。」

羅武格的視線離開了那張會使人煩累的表，他的心情沉靜下來，轉而注意著那些來往觀看的人們。一群學生結隊地從人群中離去。

「我早有預感沒有希望了。」

「完了，我不知道你對課本怎麼讀的……」

「並不考課本裡的題目。」

「整天抱著籃球上學，整天都是要錢，以爲你的父親在做黑市生意賺大錢？」

「我爲什麼要讀師範？我本來就討厭老師……」

「當然，這是你今天的結果，你希望當流氓，白吃白……」

「你還不是一樣嗎？」

「完了，你這個叛徒。」

「又落空了。」

「還有那一個學校未招生？」

「不要灰心，明年再來。」

「好幸運喲！」

「啊，我傷心透了。」

「不要傷心，我們的命運相同。」

「謝天謝地，你考上了，現在起進入這個學校，一切要聽師長的話，保持一貫的優良成績，你看你太瘦弱了，營養不良，太用功了，你的母親會殺雞燉補藥……」

「不，那不是我，我的號碼是三五一二，他的是五六七四。」

「怎麼搞的，那不是你的名字嗎？」
「同姓同名的。」
「唉，去問清楚……」
「完蛋了。」
「糟糕……」
「早知道，不必多花報名費。」
「我怎樣回去見我的老子呢。」
「看開一點，回家去吧。」
「這個鬼學校。」

五

羅武格手中的毛筆塡完最後一個字後，從跪著的沙地站起來，那些字體幾乎和幾年前未爲風雨蝕洗褪色之前完全一樣，這塊夾在許多圓石中間的紅磚小碑，已經無法恢復昔日的光澤，與現在明亮的黑墨字產生著不諧調的對比。

「我一定要努力成爲一個偉大的畫家，帶光榮給我們全家，使昔日不曾善待你的人們，不再看輕我們，我們不會再貧窮，並且貧窮將離我們遠遠的，父親，保佑我，使我有一天成功……」

他沉痛地立在他的父親墓前，已經充滿了滿頰的淚水，聲音變成沙啞，垂低著頭，無言地凝

視著。然後他緩慢地依依不捨地離開。在他的背後，荒涼的山頭凸立著無數的墓碑，一個個小丘都秘密而靜靜地存在。在更遠處，紫色的雲彩凝聚在樹林的梢頂，從樹幹之間透出藍色的海洋。秋天的涼風突然在這黃昏之際靜息了，沒有樹葉的嘶聲和風沙的飛揚經過。一部經過的火車拖曳地鳴叫著，劃過山下的稻田，撕破了靜寂。當他經過一座大理石磨刻的墳碑時，他記憶著一位慈祥和幽默的老頭的令人發笑的面孔，這是父親的一位長輩，較晚一些時日逝世，他立住了腳，對墓碑注視。當他再往前面的小徑走去時，那個簡陋的可憐的墓坟已經逐漸的細小……。

六

固本教師急躁的鼻音在說話時容易重複，他的背後黑板上貼滿了學生拙劣的作品。整個樓廊迴響著他的斥責聲。他那十分漂亮和白皙的臉孔（免不了是有點浮腫）以及兩顆光亮而激動的眼睛，的確也極具魔力地吸引著講臺下不敢隨便私議的學生們。他顯得浮躁——這是由於一面當教師，一面還得趕回家畫圖案賺外快的結果，——他忘掉了學生們的拙劣的鉛筆畫，轉爲輕鬆的訓話時，他的臉孔就有著可貴的笑容。

「……當然，天才的本質可能使他成爲畫家，但是訓練和早期長時的摸索，依然不能免除。那些古今的大師們的作品，曾經是我、如今是你們最好的榜樣，臨摹總可以深入了解。每一個畫家的作品，都是他經驗記憶的呈現。在開始，你們不可忽略素描所給你們的可貴的經驗。……」

七

那位臉孔朝著街道，昏睡在大籐椅裡的中年胖子，打開了沉重的眼皮，極輕蔑的瞥視羅武格一眼。他艱難地移動了一下已經充塞了一頓午飯的沉重身軀，眼睛重又瞇閉地蓋合起來。羅武格站在傾斜的污黑的書架前，一面翻著手上的畫冊，一面偷偷地注意那位慵倦的男人。他的心臟打從拿起第一本畫冊時，就通通地悸跳著。突然睏疲的書商警覺地打開眼睛，他的笨重的身體幾乎要隨著彈起來。但看到羅武格沉迷般地研究著手上的畫冊，才使他露出輕蔑厭煩的表情。看書的人不一定要買，午後的生意一向是停頓的時候。他又沉重地蓋合那折磨他的精神的眼皮，並且這一次他的意識完全停頓了。從他那呆呆翹開的鼻孔傳出喉部的鼾聲。羅武格將喜愛的四本畫冊夾在臂彎裡，對書商的甜蜜的面孔瞥視最後的一眼，從容地走出來。

八

「……（指著一位體育科的學生）鞋子沒有鞋帶，腳不穿襪子（指著一位音樂科的男生）沒有洗臉……（指著羅武格）頭髮像女孩子，留著鬢角，多久沒有理髮？」

「兩個月。」

「你到底怎樣進來的？」

「考試。」

全操場一片笑聲。

「我知道，你的衣服爲什麼那麼髒，去換一條乾淨的褲子。」

「只有這一條。」

「你平時換穿什麼？」

「短褲。」

全操場再爆出一陣鬨笑。

「你跟我到辦公室來。」

羅武格跟著教官走進辦公室。

「你和我開玩笑嗎？」

「沒有……」

「爲什麼只有一條長褲？」

「那是事實，我以爲學校會很快地發制服。」

「仰靠學校嗎？」

「是的。」

「在未發下制服以前先寫信回去寄褲子來。」

「我僅有這一條，家裡沒有男人穿的卡其褲。」

「不能做一條嗎？」

「沒有錢……」

「貧窮最好不要讀書，你要不要理髮？」

「要的。」

「以為是藝術家了嗎？」

「不是。」

九

在羅武格未下決心跳過戲院的鐵柵之前，他在那個較為暖和的廊下徘徊觀察。他看見一位警察從欄柵裡的樓梯走下來，很適閒懶散地四周看一下，轉身又上樓去。約五分鐘又照樣走一次。有一個時候，穿制服的年輕小姐從賣票房出來。遲到的觀衆從邊門進去，由那個樓梯上去。緊張不安的羅武格的手在褲袋握著幾個銅板。他望望壁上的鐘，要是再延擱，就快賣下場票了。這時有一對情侶走進來，站在照片窗櫥前。當警察轉身上去一會兒，羅武格對四周再掃視一眼，然後走近鐵柵經捷地跳躍過去：一如在學校跳窗戶跳圍牆或在車站跳木柵一樣。他外表從容地走上樓梯，像遲到的人一樣一步一步走著。他由廁所的門口經過，多此一舉地推動了一下那扇彈簧門，警察這時正從販賣部轉身回來，羅武格搶先一步推開入口的門，走進充滿了聲音的黑暗中。他投視銀幕，詹姆斯都華和金露華正在接吻。有一盞手電筒的孤光照過來，羅武格拂開她，自己朝前面的空座位走去。

她和她的父母送他們到門口，羅武格窘困地埋著身體穿襪子，這時那麼多的眼睛都看到了他的腳趾頭和後踵亮出去，他急急地將腳板套進皮鞋裡，就站起來。來到街道，羅武格掏出手帕擦汗，他的同學疑惑地望著他。

十一

僅僅隔開幾個小時，那時，她和幾位同學站在單槓架的下面，對跑道上的他鼓舞地呼喚著，滿臉笑容，而當晚上在走廊上再遇到她時，那是在餐廳發生了那件事之後，她便不再理會他，眼光從此沒正視過他。

那時，運動場四周的帳篷的繩索已經鬆軟下來，午後春天的陽光照在對比的煤屑跑道和石灰白線上，黑色的陰影裡躺坐的都是爲這熙和的陽光曬紅的面孔。僵硬痠痲的大腿伸直休息著。運動場的草地上，靠近足球門的一個角落。正在進行著女子的鉛球項目。跑道的一端男子四百決賽已經完畢。架在樓上窗口的擴音器的女學生的聲音呼叫著男子一千五百公尺決賽的選手請出場在中央的跑道上集合點名。連續地說了三次，高高瘦瘦的選手紛紛從帳篷裡鑽出來，向那個吹哨的地點集中。羅武格草草結束了預備操走過去。

是的，在起跑點兩旁圍繞的人群間隙，能夠看到她站在單槓下，她的面孔充滿了期望和興奮

朝向他。槍鳴的同時，她挽著的那些女學生也同時跳躍了起來，好像與緊張心跳的選手一起要跑出去。

羅武格一直緊跟在長腳金鎊的後面。一位體育科的男生站在起跑點對經過的選手喚叫圈次。前面的長腳金鎊跌了一跤，羅武格越過他，另一位也越過他。她興奮得離開了單槓架，來到跑道邊緣，和許多人站在一起。

羅武格排山倒海地一般衝進終點的混亂裡。他的意識恢復過來，爬伏在帳篷外的草地，有人用力地在揉他僵硬的腿。他感到興奮快樂，一如那天晚上從潮州街回來時一樣充滿了幻想。他多麼幸運，金鎊跌倒了。這種興奮一直延到走進餐廳的時候。

十二

就這樣他站在餐桌上跳躍舞蹈，晚餐的菜又經過了剝削，敲碗的聲音應和著他的腳步。然後教官的面孔出現在門縫之間，冷酷而無情，投出陰森的目光，一切都隨之靜止了。

十三

古禮的第三次鑼聲在廟前響亮，廟持添福伯走出來，皺縮的臉孔帶著謙卑的表情，他呼叫龍隊開始遊行。在這冷峭的華夜，小孩的提燈塞在通霄的商店街道。堅硬的鼓聲催促著那活躍的布龍跟隨著紅色的龍珠，一位紮頭巾的老頭撐著它，引誘著那猙獰怪獸在空際翻舞和盤旋以及叩首

和怯退。

這是人們忘掉了生活是悲痛的夜晚，彷佛喻示人們是爲這不朽的節日而才忍受那無窮盡的艱苦的日子。爲宗教的神，爲撐住勞苦繁瑣而單調免於精神錯亂的神，爲那些靈魂無形地伴在我們的左右保佑我們平安的祖先，人們願意奉獻積存的一切。虔誠而馴良地聽命指揮，使這個夜晚充滿意義。這夜華麗、熱鬧和興奮。直到最後，曲終人散，那執行神的意志的人們撐握著報酬時，還是無人領悟那是一種欺騙和愚弄，或者他們的意識早已因整夜的疲勞和醉酒而懶於說穿了這一切。單薄的清醒難以抗衡群衆的愚昧，從來無人要和愚昧爭辯，無損於自己的利益，爲何要接受智慧帶來煩擾！古老的神蹟在這新的年代依然還充滿了鎮服的壓力，無能的人依賴它可以安全度日，以矇騙艱苦的代價。

所以年輕的腿忘記了疲乏，他們的頭顱包藏在布巾裡免於受傷，拳師的力氣耗盡在龍首的揮舞中，接受著瘋狂的炮竹的無情洗禮。在街道的灰煙濃燻之時，赤裸的封神爺閒逸快樂地穿梭在爆烈震耳的炮竹中，手中搖搧著一只圓形的燃焦的紙扇，毫無動情和害怕。

人潮洶湧著，把布龍包圍在有趣的攻擊圈裡，肺部吸滿了刺激味道的煙霧，耳朵痛苦地承受炮竹的尖鳴，如在雲霧中翻騰掙扎，那痛苦的布龍叩禮感謝，寬濶的嘴巴銜著禮金，像一條死蛇一樣直直的退去，路面落滿厚厚一層如秋葉的碎紙。

這隻貪婪的怪獸，頗受人們和商店的歡迎，從不遺落任何求乞的角落，最後它像爲那群看熱鬧的人們推擁著，浩蕩地來到黑暗的巷弄，像一個醉酒的男性接受院落裡跑出來的酒女們的迎

迓，她們穿著薄而透明的絲衣，要比一個胖壯的商人更狠辣地燒焚這隻苦鬥的巨獸，使那巨大的頭額焦爛，眼球爆烈，變成獨眼和殘傷地哀鳴出來。它站在街道喘息，讓封神爺進入那院落逍遙搖擺，從那裡這布龍目睹著爬在樹幹，站在門柱，立在階梯的男女的惡狠行爲而嘆息。當老闆呼叫和命令：「炮竹猛放——」時，封神爺被燒成如一個黑鬼抱頭踉蹌地逃出來，獨角怪獸翻躍起來，重又冒著毀滅之險鑽進那可怕的重圍之中……

一夜的喧嘯終於結束，人群解散，布龍只剩著骨骸回到廟裡，靠在牆壁如一隻死亡的軀體。羅武格拉開了頭巾，和那些年輕人交換著深沉的嘆息的笑容。他的眼睛發紅，耳朵轟轟鳴響，一時不能恢復聽覺。有人傳遞汽水給他，仰口灌進卻吐出惡心的氣霧。他跌坐在角落裡，疲乏和睏倦，眼睛困惑地注視著那位封神公站著，一面爲人塗抹紅藥水，一面手中數著鈔票，笑嘻嘻地吸著香煙。

當廟持和拳師以及那羣年輕的朋友以戲謔的口吻談論今晚以及昔日的一切時，羅武格站起來，走近供桌上的神像，慢慢地移動著腳步，詳細地觀察，想從神像上獲得一些珍貴的發現，以解釋他孩提至今的一切曖昧不清的觀念。

「他媽的，夭壽人，有一個人站在進門的柱頭，把炮竹往龍首的嘴巴塞進來，把我嚇了一跳。」

「像往年酒女們都跑出來助陣。」

「也許有剛剛從房裡出來，不乾淨的。」

「我看見一個客人還不甘願地拖拉一位妓女的衣裙。」

「那些地方還是比較有趣。」

「由那些女人身上賺來的錢也比較慷慨。」

「你是他的老主顧。」

「把香煙分給撐龍的。」

羅武格突然停在一蹲神像前，看到那隻揮劍的手臂和胸前的油彩已經斑剝脫落，露出裡面木頭的顏色，這時他的敬畏心遽然因猛襲著他的莫大的失望而消失。他從一個邊門靜靜地走出去，耳朵已恢復了聽覺，感到整個神殿迴響著偌大粗俗的談笑。外面掃過一陣入夜的晚風，連帶著紙碎和沙石吹向著他的面孔，他不覺發出絕望迴避的呼號，然後向冷寂而瀰漫著霧氣的空街奔逃而去。

第二章

十四

樓頂間的花磚地板格格響著，黑漆的夜的濃霧包繞凸出的小樓，柵條的窗裡燃著橙黃的火光，他的影子像一隻徘徊而急躁的困獸。每當他走到桌邊，那裡散亂著他讀書的雜記紙，他的眼睛必定低下注視一張紙條的秀麗的字跡。早晨他曾在教堂邂逅寫這字條的女學生。他又走回到堆滿畫布畫架的牆壁角落，有一張油彩未乾的風景畫，正是早晨在山麓的樹下完成的。他踱到桌邊時，眼睛無聲地唸著：「羅武格，晚上在汽車道的橋邊等著你，朱。」他打開通陽台的門，他正要走出去，一團潮溼霧氣衝著他闖進屋裡。他在陽台根本看不到什麼，遠處的海洋變成一大片烏黑的布幕，看不到山，鄰近的路盞發出濛濛的薄光。

他盡量想望穿濃霧俯視遙遠中的橋樑，他連汽車道的痕跡都無法尋辨出來。同到屋裡，從椅背捉起外套，匆匆下樓。

樓下大廳，主人夫婦各坐在沙發的一角，女主人手中打著針線，編織一件綠色的毛衣，老頭

口裡銜著煙斗，戴著眼鏡看報紙。聽到下樓的腳步聲，他抬起頭來。羅武格的臉孔有一絲裝扮的微笑。

「嗨，要出去？」老頭說。

「有點事，十點左右回來。」

「霧那麼大，病好又開始活潑起來了。」

「散步對身體有益。」

「發誓你今天的散步已經過多了，早晨……」

「那不算的。」他打斷老頭的話。

他打開門走出去。

他並未向橋的方向走去，反而像有意躲避著的走在最黑暗，最窄小，最彎曲不平的街道，朝相反的方向，像躲避熟人，甚至怕遇到任何人。白天的時候，他曾遇到許多人，那女學生、一個朋友啓三、還有矮子。當他畫完了畫在午後回來時，他經過美人茶室的門口那條街道，矮子在後面跟隨著他。

「喂，先生。」

羅武格沒有理會他。

「先生等一下。」

「什麼事？」

「我告訴你……」

「說——」

「你爲什麼那麼久沒有來？」

「什麼？」

「你不要走那麼快，我趕不上，我有事要告訴你先生。」

「什麼事？」

「麗美……」

「麗美？」

「她叫我來叫你。」

「天啊，她叫我，她找我有什麼事？」

「什麼事，你總該知道。」

「不要談那個。」

「她喜歡你還不知道嗎？」

「我可不喜歡她。」

「你這個人無情，麗美也不是個壞女人。」

「她不是壞女人，什麼人才是算壞？」

「她有情感，不比一般妓女。」

「不要纏住我，別人看到你纏住我，要怎樣想法呢？」

「你答應來就是了。」

「那一次我已經夠受了，」

「她待你不好嗎？」

「她待我十分溫柔，可是……」

「這樣還不好嗎？」

「你告訴她，我不會去，永不，沒有錢了……」

「她不是爲錢，她傷心透了。」

「她又不缺乏男人和她睡覺，何必要我？」

「現在生意不好。」

「原來如此，你出來拉皮條。」

「先生，你說的多麼難聽啊。」

「別怪我，確實是……」

「麗美會傷心死去。」

「你走吧，晚上我去就是。」

矮子退走後，晉三迎面走過來。

「回來了。」

「你看看吧，怎麼樣？」

「很美，但我不懂你的畫。」

「胡說。」

「喂，你偷偷幹什麼事啊？」

「什麼？」

「矮子跟你說什麼？」

「我不知道他纏我有什麼用，你知道他有點神經病；尤其生活在那個地方，自己卻又是個不能人道的男人……」

「算了，你一定偷偷做過那種事。」

「老實告訴你，啓三，關於那種事我比你經驗多，你不必再拉我到基隆去。」

「請你不要生氣，我早知道你的本事，但是尋歡作樂在一起不是過癮些嗎？」

「不，我要單獨。」

「那很好，你說的……」

「我不怕你在同事間爲我做宣傳。」

「我沒有這個意思。」

早晨，羅武格從郵局走出來，啓三曾親熱地招呼他。

「喂，前面的羅武格啊，等一下好嗎？」

「啓三，什麼事？」

「你帶著一大堆東西，到那裡去？在這個人人休息玩樂的星期天。」

「你沒有看清楚嗎？我要到雞籠山下畫張風景。」

「這裡你看不厭嗎？爲什麼不到基隆玩玩？」

「基隆我也常去啊。」

「文清和阿賢剛剛搭車走了。」

「下星期日我打算去看一場電影。」

「你知道他們到基隆幹什麼嗎？」

「看電影吧。」

「不，去找女人。」

「那也沒有什麼。」

「我們下午去怎麼樣？」

「下午我恐怕回來已經很累了。」

「黃昏的時候去，情調正好，我帶你去見見世面，一個好地方。」

「身上沒有錢了。」

「騙誰？昨天才領了薪水。」

「寄回去了。」

「全部？」

「大部分。」

「傻子，你不要生活？」

「剩下的已經足夠了。」

「下一次怎麼樣？」

「好的。」

「不打擾你去工作，回頭見。」

十五

當他心情快樂的時候，他容易在街道上和遇到的人招呼。早晨，他帶著畫架的影子，拖長地劃過戲院廣場。從兩片合攏的嘴唇吹出小調，頗引起路人注視他那種逍遙的愉快模樣。他走過積水和堆滿污沙的輕便道，不覺這條龜裂的混凝土路可厭。郵局剛開門，局長親自拉開玻璃門，他就住在頂上樓房裡。他走進郵局。

「早安。」

「早安。」

「匯點錢。」

「請在這紙上填寫。」

羅武格俯在櫃台上寫信給他的母親：

親愛的母親，妳已住進姐夫的公寓裡，使我異常高興，但我不能就此藉口放掉要奉養妳的責任，昨天我領了補發三個月的薪水，除掉借款扣除的以外，依然是個龐大的數目。我多寄點給妳，當妳手中拿到它們時，將會感覺這是妳養大的兒子武格第一次能賺錢寄回來。妳有此種感覺我才能獲得快慰和平靜。今後，我還會按月寄給妳。祝康健，兒武格上。

「請在封底簽名。」

「明天寄到嗎？」

「會到。」

「謝謝。」

啓三走後，武格轉入另一條通往山麓的小石階路。有緩慢且時而停頓的風琴聲在巷間空際微弱地飄傳著，他越往前走，越清晰地聽到和諧的音調。那是一首常聽到的通俗的聖歌，自一所被青樹圍繞的小教堂的半敞開的門傳出來。他的口哨應和著它，再沒有比今天的這個日子更可愛，蹲在門口玩耍的小女孩都停下手中的玩具好奇地望著他，臉孔發出被感染的笑容。那些小眼睛看到他停在教堂的門口，然後又看到他走進去。

聖壇的右邊女學生看到羅武格走進來，馬上停止了她正進行的彈奏；他伸進頭顱時，看到風

琴後面凸出一個黑髮大眼睛的美麗少女的臉孔，當她抬頭驚訝地看到他時，他不得不進來解釋他是因路過好奇進來罷了。

「對不起，妳繼續彈，我馬上走。」

「你想找誰？」

「什麼，」

「找神父嗎？」

「不是，我是被妳的風琴聲引進來的。」

她羞澀的微笑。

「妳不再繼續嗎？」

她遲疑著，站起來。

「要讓我彈一曲嗎？」

「好的，請過來。」

「神父不在嗎？」

「出去了。」

「會馬上回來嗎？」

「不會。」

「我可以放心彈嗎？」

「你怕神父嗎？」

「不是，我不是彈聖歌的緣故。」

「你彈什麼？」

「幻夢曲。」

他的手指在鍵盤上，她的眼睛注意他的纖長的手指，注意那些手指在盤上移動。她首先斷斷續續羞怯地追隨旋律鼻哼著，漸漸地她保持住強弱，像在音樂課的時候。他抬頭挑逗著她，像早已熟識的朋友。就是這樣熟識起來的，與任何邂逅的場合一樣。互換了姓名後，他告訴她住的樓閣的位置。她對他那裝出來的畫家的神氣投出懷疑而好奇的眼光，不斷眨動閃耀著的眼睛，直到聖堂中又只剩下她一個人坐在風琴前，她的大眼睛依然還充滿了幻想，她開始學他的樣子在鍵上移動手指。

十六

在這個日子之前，恐懼和苦悶常闖進他的寂寞的夜晚。他的身體的內部在顫動和渴求。他的腳步在漆黑的街道沉重地走著，有意尋那最黑暗最窄狹最彎曲的無人小衖巷。他的肉體的渴慾驅迫著他要去體嘗，他的年輕狂奔和孤寂的血液夜以繼日地呼喚著，豐盛和強壯的精力在那些夜晚睡眠中騷擾著，他感到無比的憤怒，隨著幻想昇華到無比興奮而痛苦的境地。

自淫是他每在慾念來臨時用以敷衍它的短暫辦法，他獨自躺在帆布床裡蠢笨地抖動著。日積

月累，他的情緒會變得怪異和難以平靜；身軀的筋肉充滿了緊張，且苦悶得要爆裂。在白日的工作後，恐懼襲向他，有如洪水淹沒他。他在電燈光下的偉人的傳記的研究總是半途而廢。無時無刻，敏捷的神經觸鬚把那底層的慾念揭醒，牽引著它，藉著曖昧惡毒的想像撩撥他。

他屢次從這暗巷像一隻飢渴的貓無聲的走過，抬頭注視石壁的窗框中女人們變形的影子和飄出的笑聲像對他呼喚著，而屢次他僅僅只是垂頭默默的在此路過，像個懦怯和患心臟病的走獸無力地舉著腳步。無經驗的害怕使他在臨近的一刻嚇退了出發前來的決心。內心熾熱的火焰無情地焚燒他的靈魂，且延及外表摧殘著他的肉軀。那一夜，他終於下了決心，心臟的跳動逐步地急劇，幾近爆炸。彷彿即將去完成的是一樁像偷竊一般不名譽的罪惡。他的意識的想像，在這個時候，已達到頂峰，呼吸急速，一股強烈的氣流進出於鼻孔，顫動的下體一陣一陣地堅挺地撞擊著窄緊的褲子。

他從黑漆中敞開的後門靜靜走進，悔恨的心告訴著他還來得及逃走。隨著落寞和頹敗下來的礦山，這個場合也趨於冷落，雖然這間茶室本有個美麗引人的招牌掛在街道正門。他走上樓梯，以無比慌恐的心情。幽暗冷靜的房裡坐著矮子和一位胖大的婦人，一間一間的房間靜靜地垂吊著花紋布簾。老醜的女人們，一個一個掀開布簾，疑問的眼光和偽飾的笑容迎著他。他無法和矮子以及那群女人們抗辯。

十七

當他在黑暗中摸索前行時，意識裡還感到那天清晨回到樓頂間之後的腹部可怕的劇痛。他從帆布床彈躍起來，跌在花磚上扭曲著身體，他在鏡中對蒼白和滿眼黑圈的臉孔搖頭。

多嘴的房主人帶著醫生的聲音在樓下傳來，他重倒進床裡，發出十分悽慘的呻吟。

「……我問他，羅，你怎麼了，臉色多麼難看，和流氓打架嗎？他說沒事。那裡沒事，我還不知道嗎？什麼事我沒有做過？我年輕的時候礦區那一個人沒有和我打過架？每一次賭博玩女人的結果都必定要發生爭吵，那時人少一星期總會再輪到一次，我的眼睛也曾像他一樣被打黑了！……」

「那裡痛？」醫生說。

醫生用聽診器按在堅硬起來的腹肌上，醫生再診斷著腕脈，查看他的舌頭。他叫羅武格翻轉身解開褲子，他解開後露出綯亂和結著斑點的白色內褲。醫生在他的臀部打了一針，在手臂上再打一針。

「什麼病？」他問醫生。

「急性腸炎？」

「急性腸炎？」老頭驚訝了起來。

「腹部受到過度的運動，影響到腸內食物的消化，糞便怎樣？」

「下痢。」

「啊，我知道了……」老頭快樂興奮地說。

他把棉被蓋在身上，疼痛緩緩消失，房主人帶醫生下樓。

「……我完全記起來了，我在十八歲的時候，我也這樣患過，那是一個礦夫帶我去的，以後雖然習慣了它，但是不小心，還是屢患不絕的，總共不知已患了多少次……」

十八

他的手不期然地按摸一下那曾激痛過的腹部。像那一天晚上，他從黑漆中靜靜敞開的後門走進去，他走上樓梯，抬頭看見麗美艷光照人地和醜陋襤褸的矮子並排地站在梯口，他猶疑不前，爲這對比的形象震嚇起來，好像他們本是多麼相稱的一對似的。當麗美對他展露媚笑且走下來一步要攙挽他時，他感到一陣惡心，他害怕地退下來向黑暗的外面逃奔而去……他在黑暗中跌倒，再爬起來，尋找可逃出的路，向橋的方向跑去，然後他在汽車道漸漸看到橋的影子和一個倚立期待著他的影像……

第三章

十九

「你冷嗎？」

「很冷，妳冷嗎？」

「很冷。」

「下來好嗎？」

她從帆布床裡翻開棉被坐起來，羅武格把氈子鋪在地板的草蓆上，他接住她遞過來的棉被，再鋪在氈子上面。兩個人鑽進被窩裡，偎在一起，互相感到新奇地嗤嗤笑起來。

「好一點嗎？」

「溫暖許多。」

「我起來熄燈。」

他小心從被窩裡鑽出來，躡著腳尖把桌子上的枱燈扭熄。在黑漆中他摸索回到舖位，從一邊

鑽進被窩裡。

「黑得很。」

「不習慣嗎？」

「不，我不習慣亮燈睡覺，但沒有這麼黑。」

「一會兒妳就能看到屋裡的一切。」

他翻身摟抱她的腰，她依靠過來緊緊地貼在他的身體旁邊。他的手繼續撫摸後面的臀部，這使她扭顫了一陣。他們摟得越來越緊，把寒冷的氣體擠排被窩外面。一會兒排出去的是溫暖的氣流。他靠近嗅她的頭髮，那些擾亂的髮絲有一種芬香的肥皂味道。她的頭髮異常柔細，比他們剛邂逅時長長了很多。

「感覺怎樣？」

「很溫熱。」

「漸漸熱起來了。」

「已經在冒汗。」

「眞的嗎？」

「摸摸我的額頭。」

「幾粒罷了。」

「一定很晚了。」

「十二點鐘。」

「你不疲乏嗎？」

「我不感到。」

「我回來你感到驚異嗎？」

「我本來期望妳不要走。」

「但是我終於又回來。」

「我很驚喜。」

「你愛我嗎？」

「妳比我的生命更珍貴。」

「我感到疲倦。」

「閉著眼睛睡睡看。」

「你要做什麼？」

「在妳的旁邊。」

「你不睡嗎？」

「我要想一會兒。」

「想什麼？」

「我還不知道。」

「會離開嗎？」

「永不，除了去……」

「坐車把我累倦了。」

「那麼就靜下來睡吧。」

「我喜歡一面說話一面睡，有一次露營，話談到天亮才睡去。」

「妳也要談到天亮嗎？」

「不一定。」

「天亮我們就要走。」

「去那裡？」

「坐車離開這裡。」

「做什麼？」

「去玩。」

「到那裡去？」

「妳喜歡到那裡？」

「臺北。」

「我們做些什麼事？」

「看電影。」

「天亮我們就走。」

「現在我的睡意走了。」

「最好能夠想法睡一會兒。」

「除了看電影還做什麼？」

「有些事情先計畫了也沒有用。」

「我從來任何事情都沒有預先計畫過。」

「連想一下都沒有嗎？」

「想和後來要做就不一樣了。」

「常常這樣嗎？」

「常常。」

「妳想過畢業後要做什麼嗎？」

「考大學，每一個女學生都會這樣想。」

「妳也這樣想嗎？」

「是的，但我的父親不會讓一個女孩子讀大學的。」

「爲什麼？」

「他有他的觀點。」

「我知道。」

「知道什麼？」
「女孩子都要嫁出去。」
「不一定是這樣的看法。」
「那麼是什麼？」
「我的學業並不好。」
「眞的嗎？」
「是的。」
「妳的父親就因爲妳學業的關係嗎？」
「這是其中之一。」
「還有什麼？」
「誰知道？我相信我的父親是對的。」
「我說妳的父親是錯的，妳會生氣嗎？」
「會的。」
「事實上我沒有說妳的父親是錯的。」
「他永不會錯。」

沉默一會兒，他的手由被窩裡伸出來摸索她的臉，探到眼睛的地方，感到她的睫毛不斷地眨動。

「妳並未閉著眼睛。」

「我不睏，爲什麼要閉眼睛？」

「閉眼睛就會睏。」

「我閉眼睛也不能睡去。」

他閉著眼睛沉思著，屋子裡十分沉寂，被窩外面異常寒冷。

「你在思想什麼？」

「沒有。」

「眞的沒有？爲什麼你要沉思？」

「妳的父親是怎樣的一個人？」

「慈藹而偉大，什麼事他都能爲我們做。」

「妳長大了也喜歡依靠他嗎？」

「我的姐姐結婚了還是依賴著他，這是不能免的……」

「什麼事不能免？」

「任何事都不能免。」

「妳依賴他不感到羞愧嗎？妳的姐姐不感到嗎？」

「假如他在我身邊，我就無法做著什麼決定，他會告訴我怎樣做。」

他突然從被窩裡出來，走到桌邊，他的眼睛看到屋子裡的東西的黑黑形狀。

「你起來幹什麼？」

「倒開水喝。」

「遞給我半杯。」

他端著杯子回到她的旁邊，她已經坐起來，棉被脫落在她的腿上成爲一團。她飲畢把杯子放在帆布床下的地板上。他縮著身體回到被窩裡。

「外面眞冷。」

「躺下來。」

「我想今晚不能睡成。」

「一定要睡一會兒，不然明天沒有精神。」

她躺下來，把棉被蓋到唇下。

「我說要睡也能很快睡去的。」

「我已經感到很疲倦了。」

「不要說話我能睡去。」

「好，不要說話。」

「幹什麼？」

「把頭枕在我的肩窩上。」

她鑽進被窩裡，把頭移到他的肩窩上，靜默了片刻，眞的都睡著了。

二十

天亮前，他們醒來一次，耳朵聽到外面清晰的歌聲，她把頭鑽出來，羅武格也醒來了。

「聽到嗎？」

「聽到。」

「教會的教友出來報佳音了。」

「你什麼時候醒來？」

「剛剛。」

「好像歌聲叫醒了我。」

「我醒來就聽到歌唱聲。」

歌聲漸漸遠去。

「我爲什麼在這裡？」

「昨夜妳從基隆回來。」

「我沒有去跳舞嗎？」

「妳去了又轉回來。」

「我爲什麼要回來？」

「不要傻，黑眼珠。」

「你說我什麼？」

「黑眼珠。」

「我有些驚恐。」

「爲什麼？」

「我從來沒有這樣過。」

「妳不和妳的弟弟睡在同一個床上嗎？」

「以前是，他已經長大了，他吵著要分床。」

「妳愛我嗎？」

「爲什麼要問？」

「應該不在乎了。」

「你是個壞蛋。」

「妳想到什麼不妥的？」

「不能給父親知道，他很信任我，我在這裡和你睡在一起，他一定會打死我。」

「妳已經長大了。」

「我還在讀書。」

「妳快要畢業了。」

「這是學生時代的最後一個聖誕節。」

「聖誕節在星期六最好，像今年的，還有一個星期日……」

「告訴我一些你的事好嗎？」

「明天告訴妳。」

「現在不是很好嗎？」

「我們還要睡一會兒。」

「你會和我結婚嗎？」

「會的。但我們還沒獲得家長同意。」

「你想我會嫁給你嗎？」

「妳不要嗎？」

「我不會。」

「爲什麼？」

「我的父親，他朋友，校長，代表，議員們都認爲你行爲浪漫不羈。」

「妳相信他們嗎？」

「有點相信。」

「他們從外表看我罷了，因爲我學藝術的關係。」

「外表不是反應內心嗎？」

「靈魂和外表的行爲是不相同的。」

「你不是教徒，爲什麼也談靈魂。」

「善良的靈魂，教徒和非教徒都有。」

「神父不是這樣說。」

「商人只會說自己的貨品最好。」

「教友都是好人。」

「妳不了解他們。」

「我不能和你說什麼。」

「妳會漸漸懂得一切事物的眞象的，現在告訴妳也是白費。」

「我已經懂得很多。」

「不，我們都懂得太少。」

「我的父親和他的朋友也懂得很少嗎？」

「他們有偏見或固守著利害關係。」

「快天亮了嗎？」

「我想是。」

「我們是不是要起來了？」

「再躺一會兒，培養精神。」

「我實在不能睡。」

「爲什麼？」

「你講了那些話很刺激我。」

「對不起。」

二十一

神父，矮胖健康而禿頭，穿著西裝外套，裡面短截的頸脖圍著白領。他在聖堂急急畫著十字後，走進閱覽室兼年輕傳道楊的起居室。早晨的陽光由玻璃窗透進來充溢著這長方形的室內。當他看見臥室床上側睡著那個人時，他終於在這裡證實了有些人對他的密告。他的胸火突然猛烈地爆怒來，四處找著年輕的傳道。床上的人因熬夜和工作的疲乏還在沉睡之中。楊，神學院剛畢業出來實習的學生，帶著倦容從盥洗間很邋遢地走出來，一眼看見急躁紅臉的神父，像看到一隻猛虎般驚懼，迅速而笨拙地整理起身上的衣服，他的聲音阻塞在喉間，沙啞地吞吐著：

「早……安，神父。」

「床上睡覺的男人是誰？」

羅武格聽到語聲，醒來但沒有翻動。

「羅——武格。」

「爲什麼他在聖堂睡覺？」

「昨夜他在樓下佈置幼稚班的教室，到天亮才完畢，所以……」

「這是什麼地方？」
「聖堂。」
「他是教友嗎？」
「不是。」
「我剛由一位議員家裡回來，許多人都在談論這個人的行爲。」
「是的，他是個了不起的青年，他在……」
「住嘴。他是個浪漫不羈的髒藝術家，無神論著，沒有道德的人，誘拐女人和靈魂充滿罪惡的人。」
年輕的傳道楊感到一陣恐怖。
「你爲什麼會和他交往起來？」
「他懂得許多事物……」
「你向他求教嗎？」
「不是這個意思，事實上他……」
「請那樣的人走進教堂是相當污瀆神靈。」
「他並未對上帝說過什麼不恭的話，我只請他來幫忙……」
「偷偷地在晚上，深怕我知道？」
「這是時間關係，事實上他熱情和有爲。」

「你爲他辯護，你沒有經驗，你的眼睛是瞎的。」

「是的……」

「我只好離開一會兒，我不願看到他的臉，希望你快速地趕走他。」

「他才睡了一個鐘頭……」

「聽到我的話嗎？」

「是的，神父。」

「你今後要注意，不要隨便接近這個爲人唾棄的人，他的靈魂已因新的罪惡思想而墮落至無法挽救的程度。」

「相反的……」

「不要年輕好辯，地方人士認爲他不適合在此地教育小孩子，已會同校長呈請教育科調動離開。他的生活十分散漫，時與妓女往來，甚至……甚至可能誘姦了一位未成年的女學生，她的父親已採取行動……」

神父說的話突然受到臥室裡一個衝出來的聲響打斷。

「夠了，神父，謝謝你來告訴我這些消息，我一刻也不願留在這裡，再見，楊。」

年輕的傳道想舉手但又放下來。神父先是驚訝和厭惡，後來變得怒不可遏地：

「滾出去，不要玷辱這裡。」

「你是個十分可笑的神職工作者，僞善的……」

「魔鬼，上帝詛咒你……」

羅武格走到門口，回轉過來戲謔著神父。

「回咒你，胖子，蟲，不是神父。」

神父跳起來，揮手掌摑身邊已經嚇呆的年輕傳道。

二十二

老樹下，在玻璃窗外，一隻手指的關節，輕輕敲響玻璃的堅硬聲。坐在房間裡無心於課本而又必須僞裝假讀的朱鷩疑了一下，她抬頭看見黑漆漆的屋外。一張面孔幾乎使她昏厥過去。她小心地走到窗邊。桑樹遮掩著羅武格的身體，屋裡的燈光映在他的臉孔。

他的迫切的輕微語聲不能透過玻璃傳到她的耳裡。他用手在面前的亮光中比劃著。她的眼睛發出痛苦的光芒，容貌充滿了憂煩。她搖著頭。她指著要他趕快離開。她的頭時時回轉到房間的唯一的一道門，回到桌前坐下來，又焦躁地站起來。她終於在那僅隔著的薄薄的玻璃前，哭泣流淚。他頑固地揮動著手。她絕望地搖頭又搖頭，在那封閉起來的透明的窗前，頭髮在臉孔後面左右搖擺著，脖子在那裡不停地轉動，黑色的眼睛移動著位置。窗外的手不停地向她請求著，窗裡永遠的搖擺拒絕。

然後一切都停止了搖動，因爲那巷口站著兩個龐大的黑影。他躲在桑樹幹後。但是那兩個黑影漸漸移近這變粗的樹幹。他對後面的高牆投出絕望的一瞥，然後站在巷路中央，他看到一張陌

生而無表情的年輕面孔，和另一張凶惡殘暴老皺的瘦臉。突然雙方都在一個距離內停止。隨時那四隻大手都會伸出手來將他捕捉。他站在那裡驚恐和顫抖。倉皇的臉孔映在黑漆中。突然地衝過去，像要撞倒阻擋的牆一般地跑過去。他被拑住一般抱著，摔倒在地上，背部和腿受到踢打，他奮力躍起，尋找隙縫逃走，衝出黑巷，使他們的暴力無法追迫得及。

第四章

二十三

「現在妳畢竟獲得了幸福，雖然年輕時是辛苦了一點，但一切都有代價了，我們對妳是異常羨慕的。」

「那麼你和我來交換地位吧。」

「妳眞的願意把妳擁有的財富交換我那種自由——事實上是受罪的清苦生活？想想面對一個藝術家多麼令人厭煩；不是太熱情（我感到害怕退縮），就是太冷淡（我不能忍受和憎恨），他的一切都是髒和令人昏眩的色彩，比起妳那位身體高大，事業越來越興隆的丈夫，就像乞丐比皇帝。」

「她說得再正確不過。」

「我眞如妳們想像中的幸福就好，可是我依然喜歡還沒有這巨大的空洞的洋房前的生活，那時我才二十幾歲……」

「我要是有一天擁有一幢像這樣美麗和舒服的洋樓，我就再不需求什麼了。」

「我要怎樣說才能令妳們相信這只是虛有其表……妳們不知道，年老了，對這一切就索然無味了。」

「我們為什麼老是待在屋子裡呢？何不到花園去散步或聽聽外交官太太的一些有趣的外國見聞，聽說那裡的女人……」

二十四

「晚安，楊夫人。」

「啊，是費……嚒，恭喜你。」

「不敢。這位是女主人，這位是我的新娘惠子。」

「惠子小姐多麼年輕漂亮，一定是……」

「容我說出來……她的父親是中國人，母親是日本人。」

「夫人的氣質更不凡啊。」

「楊先生在那裡？」

「我知道你要使他驚奇一下是不？他看到惠子小姐一定非常高興，在起坐間，那裡幾個人在玩麻將。」

「十分榮幸，謝謝。」

「失陪。」

「不敢，我自己去。」

「這位音樂家的太太看起來沒有好女子的模樣。」

「據我所知，女主人，與其說費先生第三次娶太太，寧可說惠子小姐又由第四個男人跳到第五個男人。」

「在這些掛名的正式男人之外，不知還有多少非正式的男人，就像一個男人似的擁有很多的女人。」

「這我怎麼知道呢?整天、整年都關在龐大的屋宇中，我僅僅聽說搞藝術的都不在乎這些。」

「我卻不允許我的先生那樣，也不允許我自己……」

「怕不要有一天跌進了……」

「看起來像是幸福的廝守一起，也是很愚笨和……」

她們在噴水池旁邊找到那個正在滔滔不絕對著一群沒有出過國外的男女講著的外交官太太。

她們加入了傾聽後，女主人乘機獨自離開。……

二十五

「諸位先生，你們可知主人楊先生在何處?」

「喂，費，試試書房，剛才的確他是在這裡。」

「謝謝。」

「爲什麼要來這裡呢？」

「能夠來這裡應該感到榮幸。」

「我們寧願另一個時間來，這時我們在我們的房間裡多好……」

「多無味。」

「爲什麼，那麼快你厭煩我了嗎？」

「什麼事都要有節制的。」

「我不一定是說那一件事，我是……」

「除了要那個，妳還能要什麼更高尚的？」

「你簡直混蛋，鄙視我。」

「妳過去的一切都足足證明妳們女人……」

「你爲你們不能持久的男人找到了藉口。」

「妳要明瞭我的脾氣才好，我不容……」

「我對你的虛有其表和僞善的態度也頗厭惡。」

「妳眞的？」

「我不在乎了……」

「好，我送妳離開這裡，從此一刀……」

「我說我不在乎，我不必你來送我，我自己的腳能夠離開這裡。」

「那麼我們完了？」

「你懊悔嗎？」

「不。」

二十六

那個離開的女人走出大門時正遇到一個想闖進來的青年。

「請問……」

「我不知道。」

書房裡，光頭、碩健，顯得精力充沛的男主人和他的朋友們坐在沙發裡。

「先生，你對存在主義有什麼感想？」

「沙特雖然極力地爲存在主義做解釋，痛斥一般青年的惡態和誤解，但他的哲學是一種強辯的哲學。」

「我唯一相信的是我的繪畫世界。」

「那麼你的世界所呈現的是什麼？」

「抽象，萬物和萬事都是抽象。」

「孔子是偉大的，幾乎是全世界古今最偉大的，我一直只能相信他所說的。」

「當然，誰要是否認我們的東西不是最完美和偉大，就會被指爲不愛國。的確，我們一度也會十分信奉孔子，那是中學的時代以及大學的初年，現在依然相信他，但是，這裡是私下，你們將不會計較，憑良心我們現在的一切所呈現的生活習慣、文明產物、禮節和文化到底是更近西洋還是五千年遺傳下來的傳統？」

「你贊成在我們的繪畫上的一個革新論調嗎？」

「贊成的，西洋人可以潑油彩中國人也可以潑墨了。」

「但是潑油彩和潑墨誰較高尙，或誰更藝術？」

「這等於彩色電影與黑白電影之比。」

「一般人相信黑白才是藝術呢。」

「我們那些五十年代的天才畫家和社會的寵兒到那裡去了？」

「到日本或法國爲那些路過的婦人畫畫速寫。」

「你到了日本東京參加會議的感想如何？」

「這是我回來搞普普的原因。」

「你在你們的繪畫界中所得的高評是什麼？」

「像畢卡索一樣的多變，而我的開始是研究立體主義到中國漢代的……」

「那些畫蝌蚪文的到那裡去了？」

「在西班牙的教會懷抱中……時時我們還能在報紙副刊看到從巴塞隆那、馬德里等等寄回來

的可貴的忠實報導。」

「事實上我們應該論功行賞了。」

「互相的推薦是我們一個生存和維持集團的法寶。」

「我們這裡還有一位極端沉默的評論家坐在角落裡呢？」

「你在想什麼，年輕的評論家，告訴我們一點你的意見好嗎？」

「我唯一可說的，還是我極早就聰明地拋棄了木刻，專心來爲我們的畫家們向大衆說說話。」

「聰明有爲。我對你的長兄的成就也頗讚賞。」

「關於我長兄的成就，僅憑畫展那天的花籃和賀電就說明了一切。」

「這是很公平的，社會並不盲目。」

「在法國的時候，我總懷念我們偉大的祖國。」

「你那些曲子的題目我們已經深深感動的了。」

「先生，您去看了那晚的所謂電影發表會嗎？」

「不，我知道我年輕時候做了些什麼。」

「那些短片，恰恰好由於作者們的地域分別而做了對比的比較。」

「那是什麼？」

「有宗教的國度和沒有宗教的國度、藝術與非藝術、知與不知、虔誠和惡弄、嚴肅和散漫、資產與無資產，華美的內涵和粗糙的形式的對比。」

「安得烈，請你別掃我們的興好嗎？你知道你說了什麼話，起碼，在我們還未死以前不要拆我們的台和掃我們的興。」

「是的，宣佈無存等於造成破滅，憧憬和懷念以及說謊是現在存在的條件。」

「安得烈那樣說是會為自己找麻煩的，事實上你也分一杯羹啊。」

「我道歉，我不再說什麼了。」

「讓我們談談，我們是否要有一個統一的宗教。」

「不必要，我們沒有宗教已經不止五千年了。」

「說我們沒有宗教是錯的，我們的宗教選擇十分的自由。」

「聰明的人把宗教看成形式和利用的工具，讓愚笨的人去迷信它。」

「讓我來說五千年遺留下來的生活特點吧，這種生活的特點是不過分激動，也不力求改革（除了出疵漏後，補綴一番）讓它依靠傳統固守本位；它是相當和平的，一切事情都能在私下解決，從中獲得利益。我們不追求眞理和科學，或追隨宗教，我們十分安適地存在在這地球中。」

「這是一種腐敗的生存法。」

「小心，在社會中檢討自己就會為群體所鏟除，沒有口號和掛出招牌，你就是對群衆不忠的人，高帽子和莫須有的罪名從古老的皇帝社會已經存在。」

「我們到外面吸吸空氣，而且關於我的計畫……」

藝術家、音樂家、文學家和官員們都跟隨著這位男主人走出書房。

「我為我將計畫的改革邀請了你們。空談著藝術文學是無補於人生，我十分對十七世紀以來藝術有著宗教般的熱忱，甚至是殉道者的那種勇氣感到敬仰。顯然各位為了藝術文學的空茫，抱定了如死亡的決定。我不將此事看為一種幸災樂禍之事。無疑你們迫切需要金錢達成這一個時代任務。金錢雖然為各位所輕視，但是金錢在你們被綁的眼睛外牽引著你們，當我看到音樂會的冷落以及你們要花很多時間和討厭的交際形式來推售你們的畫集和作品，感到萬分哀傷和憐惜，有時我們眞不能夠想像我們是和一大群的愚昧無知的蠢物們活在同一個時間和同一個地域中。但是寬恕我要以此自豪；金錢將支配你們的才華和欲望，甚至靈魂，我就是要供給你們所沒有的金錢，我將在這計畫中統御你們。當你們憑著各方面的成就來組成一個共同的使命的機構時，記著，我代表最高權力的金錢，所以希望你們在分層努力時，不要考慮任何立場，除了忠實地獻給藝術的立場。這個世界已不再是十六世紀歐洲萌起的文明世界，或十九世紀以前的中國人傲慢自得，老大蔑視一切的世界。這個你們很明白；整個地球的人種不分東西統一為一個世界的世紀已經開始，我們要發展的是全人類所共有的藝術事業，不是褊狹的地域的風格色彩藝術，那是自卑或自傲的心理形成的。如今我們要對太空推展我們的一切，在金星、水星和一切的星球上舉行我們地球特有的畫件和作品的展覽，使他們驚訝我們的文明；我們對我們自己不再有什麼互相兜售或欺騙的行為，我們的目標是那些我們將會在太空會面的人。在這裡，我們要努力探討哲學，這是因為人類還未完全開化或做文明人的關係，所以哲學對我們人類的探討永不停止。但是危機包繞著我們，我不願加入在將進入太空的征服的未來的現在，和他們愚傻地投入最後的人類混亂

裡，這個混亂是毀滅性的，要喪失我們曾有的一切，恢復到原始，甚至全體劫亡死寂，而變成其他星球探險的對象。試想人類最大的愚蠢和野心莫不是各種主義的發明；任何主義都是便利一部分人且同時蹂躪殘害一部分人的產物。人類最爲蔑視的工作就是智慧的啓開，以及拒絕回歸未有任何罪惡意念之前的純眞。如今，我們懷念著這個偉大的理想，我們卻必須先做最小的第一個步驟……」

在花園那一邊，那個年輕人經過一群男女的身旁，他對其中的一位女子說：

「請問這是……」

「噓——不要出聲，請聽著啊。」

「在拉斯維加的夜總會中，我看見中國小姐李秀英像洋女人一般表演脫衣舞……」

二十七

在階梯旁男主人看到突然站在那裡發楞的音樂家費。

「費，你站在那裡幹什麼？」

「噉，是的，我正在到處找您。」

「你的臉色不好，爲什麼？」

「我午飯後沒有睡午覺的緣故……」

「你不是在信上說要帶來你的新妻子嗎？」

「噉，是的，不幸，只好下次再帶來見您。」

「爲什麼。」

「我不能解釋……」

「沒關係，我一向知道你爲什麼會如此蒼白和悵惘痛苦。」

「我的確事後十分的悔恨。」

「我正告訴這群朋友，我們正在醞釀著一個偉大的計畫，爲了全人類著想；哲學家、藝術家，甚至政治家都要聯合在一起拯救幾千年來痛苦的人類，找到合理且能實行的哲學。」

「因我自身的悲痛，我贊成這個計畫。」

「來吧，我們去看那位漂亮的外交官太太在爲那些傾慕的男女說些什麼……」

二十八

女主人在自己的臥室鏡前端睨著自己那已經刻出皺紋的面孔，她再爲自己撲一些鬆粉在臉孔和頸脖。當她帶著有點憂傷的表情走出來時，正遇到那個年輕人貿然可笑的樣子躊躇地站在客廳。

「請問這是楊公館嗎？」

「是的，你找哪一位？」

「我來找一位朋友簡代。」

「我帶你去見我的丈夫。」

「難道……」

「我的丈夫是這裡的主人。」

「對不起，對不起，我全不知道。」

「事實上你的朋友不在這裡，所以我帶你去見我的丈夫。」

「我的朋友會很快回來嗎？」

「我不知道，我正爲我那忙碌而忘掉了自己的生活的丈夫煩苦不堪，他的事我許久不再清楚了，也因爲限於我的智力。」

「那麼我能見他實在太榮幸了。」

「沒什麼，除了他的永遠標誌，光而大的頭外，事實上我比較喜歡他年輕時的樸實和滿頭的髮絲，像你現在的模樣。」

二十九

「我正爲找不到一個適當的人選苦惱，一個代表現代的可憐的人類典型的人選……」

「親愛的，這位年輕人來找他的朋友箭代。」

「啊，讓我看看你，我眞幸運，像天使向我自動走來，我正看到我要尋找的人。」

女主人走開。

青年看到圍繞著這位光而大的頭的奇異男人的一大群紳士和美女感到戰慄。

「貴姓？」

「羅，羅武格。」

「你來找你的朋友簡代嗎？」

「是的，先生。」

「他爲我的事離開這裡有幾天了，明天我正要趕去香港看他辦的成績如何。你別走開，我看看你，諸位也看看這位代表現代人的靈魂的苦痛的角色的絕佳人選。」

他不知所措，萬分驚懼。

「當他回來時，我再來……」

「等一下，年輕人我要和你談談，我帶你到客廳喝一杯見面酒。諸位，可以開始我的計畫：劇本、美術、宣傳、製片、導演、拍攝、稅率和電檢處連絡一切，……你跟我來，年輕人。」

三十

「你現在做什麼事？」

「我在早晨時進城，現在（晚上）趕到這裡來。」

「我說你的職業？」

「我已失業。」

「那很好。」

羅武格表示懷疑，失業正使他感到痛苦。

「你習慣飲什麼？」

「沒習慣飲什麼。」

「可憐，難怪你那麼緊張，靈魂不安，我給你倒一杯法國葡萄酒。」

「謝謝。」

「你想當一名演員嗎？」

「不。」

「爲什麼不？」

「我想當一個畫家。」

「我不反對你，看來你有這方面的氣質，但演員是更偉大的，當他是個成功的演員時，他和畫家同樣被稱爲藝術家。」

「演員永遠是個被動的傀儡。」

「年輕人，你所懂不多，你一定沒有好的教育，這一點我應幫助你……」

女主人從客廳經過，走向樓梯。一位紳士出現在門口，對男主人說：

「大家已歸納成一個主題了，先生是否能來花園聽取他們的……」

「當然，我即刻去，親愛的，走過來，來陪這位年輕人喝酒，我要到花園去，他們一定焦急

的等著我，可是別讓他走，他已經是我們的貴賓之一，我要爲這位年輕人的教育花一點時間和金錢，這件事，親愛的，妳來爲我安排，許久妳未曾爲我分擔這類工作了。」

「我是那麼笨的女人……」

「不，不要推卸。」

「我不相信我能夠做這件事。」

「妳當然能夠，我們年輕的時候，妳曾安排了一切。」

「我已經年老無……」

「不，不，青春還在妳的心中。」

三十一

「我爲你撿一隻冷凍雞腿，看來你不是個會飲酒的人，一定要東西陪著吃。」

「謝謝，我一定要離開這裡，我對楊先生所說的話無法了解。」

「他是個想做就做的人，這就是爲什麼我們自從在日本蜜月回來後，他會由一個農夫的兒子變成一個十分掌權施令的人物。」

「他要教育我是什麼意思？」

「他看你在某一方面欠缺什麼的緣故。」

「欠缺？」

「他是一個不讓天才浪費的人，他本身也是個天才。」

「我不能相信我有……」

他因對方憂悶冷落的神色而停頓。他剛剛曾發現她說話時會無意識地顯露出痛苦厭煩的表情。在那張棕色的會顯露隱情的面孔，微微地浮出年歲的皺紋，他突然明白了；由於他的想像，他看見的這張面孔變得十分的年輕和美麗，眼光充滿著熱情。女主人感覺到他對她的注視已經良久了。

「你結婚了嗎？」

「沒有。」

「有愛人嗎？」

「沒有。」

「我不相信。」

「失掉了。」

「你酷愛你的青春嗎？」

「我的青春就是繪畫罷了。」

「那是很可惜的，將來你將要悔恨由青春換來的一切成就，我能回到像你這樣的年紀和青春多好。」

「但妳有在這世間唯一可信的財富。」

「財富的感覺不能使生命幸福，我屬於我的丈夫，但他不完全屬於我，而且是越來越少了，我變成他的一切偉大事業中的極微小的附屬品罷了。」

「喔，不能再給我雞腿，我的肚子已塞滿了堅硬的肉……」

「還要葡萄酒嗎？」

「不，我會醉的，我一定要告辭。」

「請別爲難我，我必須照我丈夫的吩咐去做，這等於你就是屬於我……喔，不是那個意思，是關於教育那一件事，是我的責任。」

「我十分同情妳，妳內心並不希望有這個擾亂妳的事，對我，我還感迷亂，我無法注意它，我關心另一個事……。」

「現在我十分願意爲你那樣做了。」

「不，我並不需要過分的仁慈和施捨，我不能接受，我有自己的主張和人生觀。除了繪畫——一個純粹生命的任務，我不要還有其他，除了友誼。」

「請你不要那樣，固執的年輕人，我悔恨我一生怎麼過的，當感覺失去了青春時。愛情，我再看不見那是什麼面目了，它在所謂幸福中消失得很快，雖然知道沒有脫離過它或棄掉它，但由於太平靜太平凡感到等於無。」

「我……我一定不當地觸引了妳的傷感了！」

「你是個善良的男人，我一看就知道，我只是爲順利、財富掩蓋了我本性的生活，至今，拿

我來和丈夫的事業比起來，我是他的鑽石堆中一粒不重要的小鑽石。」

「這全由妳的幻想和暮年的恐懼感……」

「是的，我想到年輕的一切，這些便油然而生，但是，我日夜，每個時刻都在祈望能再那麼……那麼戀愛一次，使我了解那是什麼，我就滿足……」

第五章

三十二

午後六點一刻。冬天。下著雨，天氣寒冷。羅武格走進醫院。病室走廊走來走去地有許多病人和護士。羅武格從昏暗的走廊走來，經過廁所洗手台時，嗅到藥水和食物腐臭混合的味道。有些病室的門是敞開著，可以窺見躺臥著的病人和坐在椅上談話的婦人，有些門是緊閉，由玻璃透出裡面的燈光。羅武格停在一〇三室緊閉的門前，輕輕的用彎曲的手指敲了幾下，然後謹慎地推開它。一對充滿心事但看到他便放出光彩的眼睛迎著羅武格。這位婦人的修長的身軀蓋著一張私人帶來比較衛生的柔軟棉被，有著美麗的花紋被單。她的臉孔本是很憔悴的，但因剛吃過飯不久而顯得有些緋紅。這是二等病室，靠裡面窗邊又排著一張床和躺著一位瘦弱蒼白的婦人。羅武格把門小心的關上後，他手中的雨傘勾掛在病床尾端的鐵杆上。躺在床上的這兩個婦人都微笑著。羅武格先看看這邊像是期待著他的劉姐，再對裡面那一位上星期在這裡認識的馬小姐點頭致意。

羅武格走到劉姐的床邊，劉姐從棉被窩裡伸出一隻手，看看她的手錶的時刻。

「我正告訴馬小姐，你快來了，一定不會超過六點二十分。」

「我不是告訴你，我一定會來的嗎？」

「就是你一定會來，所以我到了飯後的這個時刻，總是想著門開一定是你。」

「羅先生人眞好，每天準時來看妳。」馬小姐說。

「妳的先生更加慇懃了，每一頓飯都來照顧妳。我的先生卻只來過一次。不過大家都對我太關心就是，親戚們不是早上來就是午後，一談就是那麼長的時間，老是談那些令人厭煩的家事和女兒的婚事。我想睡一會兒午覺都不能夠。糟糕的是不能拒絕她們來看我，也不能趕走她們和對她們不禮貌。我要靜養的時間都被她們嘮叨浪費掉了！我感到很厭煩，而且來醫院是第一次，很不習慣。現在好多了，有時我眞怕她們不走，一直要坐到六點以後……」

「我來削個蘋果。」羅武格說。

「蘋果就在櫃子裡和刀子放在一起，那一籮上好的蘋果是我的伯母今天帶來的。」

羅武格自櫃裡拿出一個蘋果和一把雪亮的水果刀，他開門出去，在洗手間洗著蘋果。

「羅先生眞會體貼妳。」

「我們談得來，認識很久了，我把他當作弟弟。」

羅武格洗好了手和蘋果走進來，坐在劉姐床邊的一把木椅上，開始削蘋果。

「我喜歡看你削蘋果。」

「我削得好，我削的皮不會掉在地板上，一定連成一條。」

「羅先生削的的確不錯。」

「今天感到怎樣，劉姐？」

「盧醫生來看了兩次，他對我眞好，他說已經沒有什麼大要緊了，能起來走，最好起來走，我也覺得躺著很辛苦。」

羅武格削好蘋果站起來走到馬小姐的床邊，蘋果在他的掌上切成兩半，將一半遞給馬小姐，馬小姐微笑地推拒著。

「我這邊也有啊。」

「已經切了，有什麼關係呢？」

「不要客氣，馬小姐，我也常吃妳的雞肉和橘子。」

「啊，那裡，謝謝。」

「我自己拿著吃吧。」

羅武格走回來。劉姐想坐起來，羅武格扶著她，把枕頭放在她的頸背，讓她適舒地靠著。

「還是老樣子，我一片一片的送到妳的嘴裡。」

劉姐有些窘態，偷偷地瞥視馬小姐，馬小姐裝著沒有看見這邊，她只顧吃著。

「你自己也要吃啊。」

「一片給妳，一片給我自己。」

「外面的雨下的很大嗎？」

「已經稍稍停歇下來。」

馬小姐起身穿衣服，她的先生進來。

「要出去嗎？」劉姐說。

「出去走走。」

「不是還下著雨嗎？」劉姐又說。

「已經停止不下了。」馬小姐的丈夫說。

「家裡有點事，回去看看。」

「我能夠和妳一樣走路多麼好。」

「妳也快好了。」

「妳的神色已經很好看了。」

「謝謝羅先生。」

羅武格站起來送他們走出去，他把門關上。

羅武格的手握她的手，她把手縮回來，有點恐慌地看著羅武格。但是羅武格再去握它，而且帶有堅強的態度緊緊地握著，她便沒有再縮回她的手。

突然門打開來，羅武格警覺地站起來，放開劉姐的手。護士推著一部針筒車進來，羅武格遂在房間地板踱步，他轉過臉去，讓護士在劉姐的臀部打針。護士打完針推車出去，羅武格走過來關門。

羅武格回到椅下，遲疑了之後，又握著劉姐的手。

門上玻璃敲響了幾下，羅武格站起來，醫生推開門進來，他是個戴眼鏡模樣很風趣的中年男子。

「怎麼樣，睡得好嗎？」

「你的安眠藥欺騙了我。」

「妳有點神經過敏，妳的丈夫來就好了。這樣……我再開另一種非常好的藥，這是對妳特別的，吃下後一定能睡覺，等一下護士會送來。還有血嗎？」

「還有一些。」

「沒關係，快好了，常常起來走一走。」

「我依你的話做，但頭很暈。」

「常常起來走動就會消失。」

「謝謝醫生。」

醫生出去，羅武格再關上門。

「憑良心，至今我一點也沒有做錯什麼，而且也不敢那樣做，我是浸信會的教徒，我的祖父和父親都是教徒，我的家族從來沒有越過那種戒律……」

「我一定得走了，劉姐。」

「你不等到馬小姐回來，留我一個人嗎？」

「再坐一會兒。」

羅武格回到椅子坐下。

「告訴我你的羅曼史。」

「我沒有可以告訴妳的。」

「你一定有不少的艷事吧。」

「我永遠是孤獨的。」

「理想太高了。」

「不是一回事……」

「那一定得告訴我爲什麼？」

「我不能說出來。」

「那麼你喜歡哪一種女人？」

「像妳。」

「我爲你介紹我的堂妹好嗎？她長得很豐滿。」

「別開玩笑，劉姐。」

羅武格再伸出他的手握住劉姐的手；事實上，劉姐的手早已放在他很容易抓到的位置。

「我想有一天，我又從這裡離去，像往日一樣的那是因爲我不能獲得什麼的緣故。」

「你對我那麼好，我不讓你走。」

「但到那時妳也可能要逼迫我離去的。」

他們靜默了一會兒。

「我一定要回去了。」

「明天會來嗎？」

「這已經變成我要去做的主要心事了。」

羅武格站起來，依然還握著她的手，他含情脈脈地凝望著劉姐，使這位舊式的婦人頗爲羞顏。於是，羅武格突然地俯下來，卻沒有想到劉姐竟閃開了他那就近過來的嘴唇。羅武格站直身體，羞憤地注視她那個偏斜一邊的身體和恐慌失色的蒼白的面孔，他拿著雨傘，憤憤不悅地開門出去，且在身後重重地帶上那座門。

三十三

黃昏。羅武格牽著絲蕙的手走下堤岸，在木板搭成的碼頭上登上一隻小舟。羅武格撐槳划入潭中。天氣很晴美，但黑得很迅速。羅武格帶著笑容，努力地划過吊橋下，向岸壁的幽黑駛去。潭上的水很快地完全轉成黑暗，時時有沉靜的、沒有腳步聲的大遊艇從黑暗中穿出。一會兒，月亮上升，水面像一塊厚得不能照出影像的玻璃。羅武格轉頭看看上游，那些急湍的水流的波浪一片一片如刀般閃亮。

「我們一定要穿過去，好嗎？」

「水像是很急和危險。」

「一定有人曾穿過。」

「好吧，我現在不在乎。」

羅武格把小舟划進那一帶的急流裡，小舟被沖撞得搖擺起來，他使小舟正逆著水流前進，控制著左右的木槳，十分努力地划向前面。她看看羅武格有點緊張和辛苦的表情，把自己的手掌垂放在舷邊冰冷的水裡。小舟終被羅武格划過急流，沿著石塊間的淺淺平靜的水滑過去，他把小舟滑進一個小的夾縫裡，扶著她上岸。他們坐在石塊上，凝望著天空的月亮，水和靜靜的小舟。

「我們當初沒想到要帶點食物來吃。」

「我是什麼也吃不下。」

她身心籠罩著一股倦怠和憂悶的情緒，她的表情不積極而有點冷漠和被動。

「妳在想什麼？」

「沒有。」

然後她又說：

「爲什麼你會認爲我在想什麼？」

「妳沒有講話，而且……」

「我在看水。」

「這裡很幽靜，我們應該晚一點再走。」

羅武格的身體移靠近絲蕙的旁邊，吻她靜靜不動的臉頰，他的手伸進她的衣服，絲蕙輕輕推開他而站起來。羅武格隨著她的舉動審視她，她故意把臉孔轉到黑影裡。羅武格站起來，跳過水間的石頭，從一條小徑走到一些樹木和草叢的後面去。絲蕙再坐下來，望著那隻被兩旁的石塊夾住的小舟。羅武格回來後，依然坐在他原來的位置顯得有些不快樂。

「你告訴我你是個畫家嗎？」

「我是這樣告訴妳的。」

「那麼你靠它賺錢？」

「同時我又是個教員。」

「現在人人都是公務員，然後再兼點什麼玩意兒。」

「也許這是社會的環境所迫的，不能專一做心願的事。」

「做一個舞女就不能再兼其他的工作了。」

「那麼妳喜歡做什麼呢？繪畫嗎？」

「我對繪畫和小說都極喜歡。」

「這很可貴，妳寫過小說嗎？」

「我曾在報上發表過一、二篇小說。」

「妳把報紙留下來嗎？」

「我把它剪下來。」

羅武格靜默下來審查著她的表情。

「那是很久以前的事了。」

羅武格把他的觀察做出一種感想的思索。

「我們要走了嗎？」

「現在是不是很晚了？」

「月亮很高了，一定是。」她說。

她站起來，整理一下身上的衣服，走到岸邊的樹面去。羅武格把小舟從石縫中推出去，掉換頭等待著，她一會兒回來跳進舟尾的座位。羅武格划到水急的地方，任水流把小舟帶走。等到他再把小舟划回碼頭時，的確已經很晚了，兩岸的燈光有的已經熄滅了。

三十四

羅武格和絲蕙乘一部計程車回臺北。

「帶我去看妳住的地方。」

「我沒有帶過男人回去。」

「那麼晚上我到那裡去呢？」

「你總有一些朋友吧。」

「已經很晚了，我不能去打擾他們。」

「我不能帶你回去。」

「妳知道，找朋友有什麼意思，找朋友不會解決事情的。」

「你有什麼事？」

「我愛妳。」

「我不相信。」

「眞的。」

「你只是想——」

「那是原因之一。」

「我們才認識三天。」

「已經夠了。」

「我不了解你。」

「不需要了解的，我說的話總不會欺騙一個比我軟弱的女子。」

「我並不軟弱，我不能一錯再錯。」

「那麼爲什麼妳要答應和我出來？」

「這能表示些什麼？」

「假如妳曾有一天是個男人，妳會了解我現在的處境的。」

「爲什麼你便不必了解我的處境呢？我們做朋友不是很好嗎？」

「我已解釋過我喜歡妳。」

「你喜歡我什麼？」

「妳有個性。」

「你也是那樣的人。」

「我們一定要做愛才能了解，和彼此拉近。不要總是以爲那是男人的利益而已，妳們總認爲做愛時女人是犧牲品，這是不對的，反而有時情形是相反的。」

三十五

一間六蓆榻榻米的房間，牆角落放著皮箱和一些洗臉的用具，一台梳粧桌也在那裡，有一面牆吊掛著幾襲女裝。絲蕙帶著羅武格走上樓梯，把門打開，脫鞋進去。

「怎麼樣？」

「很舒適。」

「房租五百塊錢。」

「很便宜，很寂靜。」

「外面有一個晒衣服的陽台。」

「我很疲倦了。」

羅武格坐下來，背靠著牆，他連連打著哈欠。

「你不想去洗洗身體？」

「這會吵醒樓下的人。」

「那麼你先睡。」

「妳到那裡去？」

「我要去洗洗臉和腳。」

她到樓下洗澡間去。羅武格解脫身上的衣服，把棉被攤開在蓆面上，便鑽進被窩裡躺下來，他的心裡有點焦急，眼睛望著天花板，對自己感到懷疑。然後他看見她穿著薄薄的睡衣進來，她的臉孔有著一絲悲哀的微笑。

「躺下來，快，很冷的。」

她熄了電燈，睡在羅武格的身旁。

三十六

六點一刻鐘。羅武格打開病室的門，看到劉姐的眼睛驚嚇地移開。他看到馬小姐的床位是空的，病室顯得更寂靜。他關上了門，凝立在門邊。

「現在怎麼樣？」

劉姐以從未有的不寧靜的表情對羅武格看一眼，羅武格已經注意到她的很衰敗的面容。

「沒什麼。」

「不是病得很厲害……」

「我明天一定要出院回去。」

「那麼妳好了嗎？」

「我寧願在家裡休養。」

「我遇到妳的堂妹，也遇到老田，他說妳得再住幾天。」

「他再不能命令我了，他不關心我，我不能忍受這裡的寂寞。」

「妳能起來走嗎？」

「我甚至能跑。」

「我陪妳去看電影。」

「爲什麼你走了就不來，你在對我生氣，我並不是不讓你……」

「抱歉，原諒我的不是，我今後必要抑制我自己。」

「據富美說，你都不在家，你去那裡？」

「我出去找朋友。」

「扶我起來，你眞的要陪我去看電影嗎？」

「妳能走路？」

「慢慢的，我能。」

劉姐下床來，背著羅武格穿衣服，她照著鏡子，把自己的頭髮整理一下，臉上撲著一些鬆

粉。羅武格扶著她的手臂，離開病室。

三十七

羅武格攙扶著劉姐由街道轉到公園。

「我告訴妳一件事，我想搬個住處。」

「爲什麼？離開我？」

「我要專心去繪畫。」

「這是你的藉口。」

「我一定要走的。」

「我請求你不要那麼快決定走。」

「我怕有一天總會發生事情。」

「讓它發生。」

「妳不害怕嗎？」

「我會自己承當責任。」

「我們從那一邊回到醫院去？」

「我實在不能了解自己。到此爲止，我的身體是清白的，但我的心已經紊亂了。昨天，教會的牧師來看我，祈禱我早點康復回家。從小到現在，我都是虔誠的教徒，我們全家族都是。我的

祖父拋棄了佛教改信基督教。我現在不知要怎樣對上帝禱告呢……」

「或許，妳暫時還是聽老田的話，在醫院多住幾天，我答應每天來看妳。」

「我們從人少的街道回醫院去。」

他們走出公園。

三十八

深夜。羅武格從計程車的窗口看見絲蕙孤單地在人行道默默地走著。羅武格叫停車，從後面跑著趕過來。他從她的背影看到她那寂寞倦怠的腳步，深深地打動著他的心底。

「絲蕙——」

她回過身來看到是羅武格，綻出一絲笑容。

「下班了嗎？」

「是的。」

「近來好嗎？」

「有什麼不好？」

「妳看來那麼孤單。」

「我自己並不覺得，每天我都是如此。」

「我告訴妳一件事；明年春天我要開畫展。」

「在那裡？」

「國際畫廊。」

「祝你成功。」

「妳要分享，我爲妳開的，使妳相信我，不看不起我。」

「原來是這個原因嗎？」

「是的。」

「我不值得你這個偉大的男人這樣做。」

「都是平凡而受迫。」

「這麼晚你出來做什麼？」

「我來找妳。」

「我要謝謝你，但我很好。」

「到妳的屋子去。」

「原來是爲了那一件事。」

「爲什麼妳顯得那麼無精打采？」

「這樣不是顯示了一切嗎？」

羅武格在心裡感到一陣共鳴。

「我們不是在相愛嗎？」

「我看你並不認眞。」

「不要浪費唇舌，振作起來，過年時我來和妳在一起。」

「隨便你。」

「我們買一些水果帶回屋子。」

「屋子裡大概還有一些吃剩的香蕉。」

羅武格挽看她的肩膀轉進巷子，她很疲憊地把她的頭依靠過來，兩個人在黑暗中依偎得很親密。

三十九

黑漆中，他們赤裸而清醒地靜躺在一起，這種長時間的靜默，像在幽黑中凝視著沉悶和憂鬱。這樣的莫名的危機深藏在羅武格和絲蕙的心中，羅步格卻表現著浮躁和抵抗，而絲蕙卻在等待著。

「妳爲什麼都不說話？」

「要我說什麼，武格？」

「妳心裡想的就說。」

「我不再能想什麼了，我只是麻木地活著，上班，下班，睡覺，起床，爲大多數人卑視著。」

「告訴我，妳的過去，爲什麼妳不是處女，」

「你感到驚奇嗎？所以你嫌棄我。」

「我不嫌棄妳。我愛妳，告訴我，妳心裡會舒暢的。」

「不必說，都一樣，全是一樣的故事。」

「那是什麼？」

「背信，永遠的背信。」

「對誰背信？」

「對神背信，人在社會生活中都對神背信。」

「我同樣感到沒有希望和完全的破滅。」

「男人還可蠢動和抵抗，甚至反過來開玩笑，女人卻深植在寂寞裡，甚至不能喚叫。」

「我曾令妳痛苦嗎？」

「我不知道，除了給你，我不再給其他人。」

「我會永遠愛妳，我們可以結婚……」

「結婚？」

「爲什麼不能？」

「我可以試試等著你，這是我最後的一次等待男人。」

「只要對繪畫有著希望的一線，我們便可以永遠在一起。」

「爲什麼你要回來找我？」

「我同樣迷失於生活之中……」

「你曾想到怎樣死嗎？」

「我想過，有一種週期性的，我時時想到去死，但我不甘願現在就死，而且，死是沒有任何意義可言的。」

「假如我們兩個也會互相背信一定十分可笑。」

「妳有沒有嗅到一個感覺？」

「什麼感覺？」

「關於我倆在一起的。」

「那是什麼？」

「我說不出來。」

「憑什麼？」

「這個時代所給我們的不幸。」

他們沉默下來思索著。但在黑暗中什麼也找不到。

「關於那個畫展是眞的嗎？」

「我有許多朋友會幫助我。」

「朋友？」

「是的，每個人總會有一些朋友。」

羅武格因說謊而感到窒悶。

「你畫的好嗎？」

「我不知道，但我有自信。到那時候一定有人會批評出好壞。」

「關於你要在過年時搬來也是眞的嗎？」

「我還要畫一段時間，但我會在過年以前搬來。」

「我不是你理想中的女人。」

「我理想中的女人已經死了，像神一樣是不可祈求的，我要的是人間的女人，反正我們已經有開始，一定能夠做好。」

她坐起來，用手指撩梳著她的零亂的長髮，她向幽黑中桌上的鏡子望去，只看到一個如鬼魔的形影的輪廓。然後她披著一件晨衣站起來。

羅武格握住她的腳，她跪下來俯著頭吻羅武格的嘴唇，再站起來，打開門出去。

四十

羅武格半夜醒來，感覺到整個房子有著一股屏息的沉靜。房子裡一片黑漆，他不知道已經幾點鐘了。他從樓梯下來。他再回到樓上，聽到劉姐起床的聲音，羅武格站在樓梯口俯看下面，劉姐從樓梯下經過，在梯口停步，她抬頭看到羅武格站在幽黑中，她躡著腳步，一步一步地上著樓梯。羅武格領她到床上，壓倒著她。當他撫摸著她那碩大的胸脯時，感到一股從未有過的興奮。

「不要。」

劉姐抑制著她的聲音。

「爲什麼？」

羅武格的手帶著無比的強硬，他的嘴像饑餓的狼的嘴咬著她的嘴唇。她終於自動地解開衣服，而且在黑暗中她的肉體和四肢漸漸地扭起來。

四十一

清晨。絲蕙坐在梳粧台前凝視著自己憔悴的臉孔。一份報紙的影藝版對羅武格的畫展的評語，開頭就這樣寫著：我們不認識他，我們問繪畫協會的同仁，每個人都搖著頭，他顯然是個僞現代畫的狂亂者，對於他畫布上的邪說，我們將給予極大的輕蔑……。她自言自語走來，微弱的聲音只有她自己能聽到。

「我不應該坐在鏡前端睨自己的臉孔。

「不過，要是他在這個時候走進來，我不能以這樣的模樣見他。

「他是我結識的男人中最可愛也最可恨的一個，很迅速地就佔有了我。

「他不止一百次對我宣布他的奇想：他爲我們的結婚計畫。

「經過一夜的無眠，我想不到會變成這個樣子。

「哥哥今晚一定會接到我的遺書，最遲明天早上。

「不是透過哥哥不會認識他。

「有一天，哥哥的身旁出現一位邋遢的男人，我好奇問他是誰，他說畫家羅武格。

「我很同情他生不逢時，他是有天才的。

「記不得有多久沒有進去理髮間，我已一個月沒有上班了。昨天走進去，她們不懂得他的那種髮式。

「今天要穿那一件衣服呢？

「他喜歡我穿他爲我選買的。

「許多朋友自從我認識他都不滿意我。

「疲乏極了，現在才七點三刻。

「這一個星期來常感頭暈欲吐。

「那個沒有來，我就知道我是懷孕了。

「他最討厭小孩，他說和小孩在一起，成人變成小孩的奴隸。

「他的誠摯是我愛他的一個理由，可是他自己憑誠摯又能怎樣呢？

「醫生說頭暈欲吐是妊婦最初的現象。

「三天前打一針在手臂上，昨晨在手臂上又打一針。

「我的心跳得很厲害。

「臉孔彷彿塗了一層白漆。

「要是他現在走進來，一定因我的模樣而驚嚇了一跳，可是他不能來了，我太清楚他了，因爲他已無話可以跟我說了。

「我們無疑活在等待中，沒有等待就什麼也沒有了。

「我唯一感激的是，他曾說：『身體不舒服嗎？有沒有去看醫生？』

「現在他什麼也不會說了，可憐，羅武格，我不責怪你……」

她站起來，拿著杯子到角落倒了一杯水，再回到梳粧台，打開一個小瓶蓋，把裡面的紅色藥丸倒進手掌中，然後送進口裡，她飲了杯中的水，嚥了下去。她再凝視鏡中的面孔，顯得很厭惡。她倒臥下來，眼望天花板，她回憶她和他從樓房的陰影下走進一所戲院的廊下。

四十二

「先到櫥窗看看劇照好嗎？」

羅武格說，挽著她走到櫥窗前面。

「啊，俏姑娘。還沒有人站隊呢，現在才九點一刻，妳還未吃早餐呢。」

他帶著她走進一家戲院附近的餐館。

四十三

那裡只有他們兩個人，侍役走過來。

「牛乳和烤麵包片。」

侍役一會兒端來了牛乳壺和一盤烤麵包片。

「已經九點三刻了，我去買票，妳一個人在此好好地吃它。」

他離去，很快地回來。

「爲什麼不吃完這一片？」

「吃不下。」

「醫生說什麼？」

「你不是不喜歡小孩嗎？」

他浮起一陣憂懼。

「不不，我的孩子例外。我希望妳生一個男孩，像我。醫生說有嗎？回答我，絲蕙。」

「還不太確信。」

「我確信有了，剛剛才開始，第一個月，不明顯。」

他說完陷入沉思，且低著頭看著壓在玻璃板底下的菜單，他循著一類一類地看下去。他抬起頭來。

「看完電影再回到這裡來吃午飯。」

她對他點頭承諾。

「這裡價錢很公道，妳想吃什麼？我自己吃匈牙利牛肉飯，妳叫一份快餐B，不一定兩個人

要吃同樣的。」

他的手打開桌上的牛乳壺蓋，看到裡面還有半壺牛乳。

「妳沒有吃完牛乳？」

「你吃吧，羅武格。」

他開始吃那片塗油麵包，也飲了牛乳。

四十四

她漸漸睡著睡著了。

眼皮沉重地蓋上。

不再思索。

四十五

午夜，羅武格已經飲醉了，他正要和絲蕙的哥哥道別。幽暗的街道行人已經很稀少。

「我答應你不再悲傷，一定的，老曾。」

「我說過那不是你的錯。」

「再見，老曾。」

「再見，羅武格。」

現在剩下羅武格一個人在人行道走著，他轉進一條更黑暗的巷子裡，他開始嗚咽起來。

「絲蕙，絲蕙……」

他的淚水掩蓋了他的視線，他抱住一隻沒有燈泡的電柱。一位路過的女人聞到哭泣聲走近來審視他。他突然停止了哭泣，鎮定地看著這個十分冶裝的女人，他的臉機械地裂成一個笑容朝著她。

「你沒有怎樣吧，先生？」

「沒有，假如有也過去了。」

那位女人走開去。羅武格望著她的背影，思想一下，然後叫起來：

「等一下，小姐——」

羅武格追過去。

「貴姓，小姐？」

「我沒有姓，也沒有名。」

「喔，對不起，請問多少價錢？」

「很便宜，你一定付得起。」

「好的，不太遠吧？」

「不太遠。」

他伸出手臂挽著她，一直往這條黑巷走下去。

四十六

星期日早晨。八點鐘左右。羅武格和劉姐在通往一所浸信會教堂的道路上，這條路上還走著許多去教堂的男女。

「牧所昨天午後又到家裡來，他說爲什麼我那麼久沒有到教堂去，這一次我不能再以我的身體不好爲理由了。過去我一直是唱詩班的伴奏，現在牧師又來敦請擔任這個職務，我只能答應他。」

「不管妳去做了些什麼教會的工作，我問妳，妳是否還愛我？」

「這件事，我感到有點兒害怕。」

「怕上帝懲罰妳嗎？」

「是的。自從那次以後，我總感到不安。老田並不是厭倦我，最近，他倒對賭博不再熱中，反而對……」

「好，祝妳幸福快樂，我只好走了。」

「自重，朋友。」

劉姐目送著羅武格乘一部計程車離去，轉進教堂，正迎著牧師和許多教友。

四十七

黃昏，七點半鐘。羅武格自幼年時代的教師家中出來，心中依然感到十分寂寞。他從基督教靈糧堂經過，教堂前面張著一連紅布招牌，寫著佈道大會。他隨著許多人走進去，坐在末排的一個位置裡。堂內燈光明亮，寬大莊嚴，桌椅閃閃發光。佈道開始，一位高大健壯的壯年男人從台上的右邊走出來，他站在講壇中央，容光煥發露出笑容，很親切而熟識般和聽眾打招呼。他的聲音在堂內發出宏壯的共鳴，首先他要聽衆和他一起共唱一首聖歌。唱完祈禱，祈禱完畢再唱另一首聖歌。然後他講亞伯拉罕把自己的兒子爲主獻上蟠祭禮的故事。他動人地講解著，費去了四十分鐘。再唱聖歌。然後他離開講壇，走到講壇前面的台邊，對聽衆又說起話來。

「今天我站在這裡向聽衆講話已是第七天，也是我在這裡爲主做見證的最後一天，然後我就要飛往香港。在過去六天中因聽我的佈道而皈依主的人一共有三百人左右，我想今天他們都在此地的位置上。那麼今天跟隨著他們而來的，或自己第一次走進來，一定還有不少。我先問：在過去六天中皈依主的先生和女士請舉手。」

堂內有半數人舉手。

「請放下。我們知道主乃是眞正我們所依靠的。我預備在今天，像過去六天中一樣，給還未皈依主的而決心要皈依主的人來我的前面受到洗禮。我再問，今天第一次來的，還未皈依過主的人請舉手。」

堂內約有三十個人舉手，羅武格猶疑著，也舉起手臂。

「請放下。我眞感謝，今天還有那麼多人，這是主所引導和呼喚而來的，我們應該感謝主，我們一同再唱一首聖歌，然後我就爲這些等待見主的人施行洗禮。請翻一二五首。」

堂內歌聲嘹亮，羅武格看而不唱，心中充滿了疑慮。歌聲完畢，這位高大勝利的牧師放下聖歌書本，依然站在台前。

「感謝主耶穌，現在我要召喚，請這些人站起來，走出來……」

爲了身旁一位熱心的男人的起立敦請，羅武格站起來離開座位。堂內的走道，已經有人向台前走去。台上牧師大聲喚叫著：

「請走過來，不要猶疑，向前走，感謝主……」

羅武格繞過椅背，向中央走來，但他並沒有向中央走道向前走去，他向大門走出，馬上來到街道上，心中唸著：主啊，寬恕我，對於我，唯有在我的心中能找到祢……

我愛黑眼珠

李龍第沒告訴他的伯母，手臂掛著一件女用的綠色雨衣，撐著一支黑色雨傘出門，靜靜地走出眷屬區。他站在大馬路旁的一座公路汽車亭等候汽車準備到城裡去。這個時候是一天中的黃昏，但冬季裡的雨天尤其看不到黃昏光燦的色澤，只感覺四周圍在不知不覺之中漸層地黑暗下去。他約有三十以上的年歲，猜不準他屬於何種職業的男人，卻可以由他那種隨時採著思考的姿態所給人的印象斷定他絕對不是很樂觀的人。眷屬區居住的人看見他的時候，他都在散步；人們都到城市去工作，爲什麼他單獨閒散在這裡呢？他從來沒有因爲相遇而和人點頭寒暄。有時他的身旁會有一位漂亮的小女人和他在一起，但人們也不知道他們是夫婦或兄妹。唯一的眞實是他寄居在這個眷屬區裡的一間房子裡，和五年前失去丈夫的寡婦邱氏住在一起。李龍第看到汽車彷彿一隻衝斷無數密佈的白亮鋼條的怪獸急駛過來，輪聲響徹著。人們在汽車廂裡嘆喟著這場不停的雨。李龍第沉默地縮著肩胛眼睛的視線投出窗外，雨水劈拍地敲打玻璃窗像打著他那張貼近玻璃窗沉思的臉孔。李龍第想著晴子黑色的眼睛，便由內心裡的一種感激勾起一陣絞心的哀愁。隔著一層模糊的玻璃望出窗外的他，彷彿看見晴子站在特產店櫥窗後面，她的眼睛不斷地抬起來瞥望

壁上掛鐘的指針，心裡迫切地祈望回家吃晚飯的老闆能準時地轉回來接她的班，然後離開那裡。他這樣悶悶地想著她，想著她在兩個人的共同生活中勇敢地負起維持活命的責任的事。汽車雖然像橫掃萬軍一般地直衝前進，他的心還是處在相見是否就會快樂的疑問的境地。

他又轉一次市區的公共汽車，才抵達像山連綿座立的戲院區。李龍第站在戲院廊下的人叢前面守望著晴子約定前來的方向。他的口袋裡已經預備著兩張戲票。他就要在那些陸續搖盪過來的雨傘中去辨認一支金柄而有紅色茉莉花的尼龍傘。突然他想到一件事。他打開雨傘衝到對面商店的走廊，在一間麵包店的玻璃櫥窗外面觀察著那些一盆一盆盛著的各種類型的麵包。他終於走進麵包店裡面要求買兩個有葡萄乾的麵包。他把盛麵包的紙裝一起塞進他左手臂始終掛吊著的那件綠色雨衣的口袋裡。他又用雨傘抵著那萬斤的雨水衝奔回到戲院的廊下，仍然站在人叢前面。都市在夜晚中的奇幻景象是早已呈露在跟前。戲院打開鐵柵門的聲音使李龍第轉動了頭顱，要看這場戲的人們開始朝著一定的方向蠕動；而且廊下剛剛那麼多的人一會兒竟像水流流去一樣都消失了，只剩下糾纏著人兜售橘子的婦人和賣香花的小女孩。那位賣香花的小女孩再度站在李龍第的面前發出一種令人心惻的音調央求著李龍第搖動他那隻掛著雨衣的手臂。他早先是這樣思想著：買花不像買麵包那麼重要。可是這時候七時剛過，他相信晴子就要出現了，他憑著一股衝動掏出一個鎳幣買了一朵香花，把那朵小花輕輕塞進上衣胸前的小口袋裡。

李龍第聽到鐵柵門關閉的吱喳聲。回頭看見那些服務員的背影一個一個消失在推開時現出裡面黑霧霧的自動門。他的右掌緊握傘柄，羞熱地站在街道中央，眼睛疑惑地直視街道雨茫茫的遠

處，然後他垂下了他的頭，沉痛地走開了。

他沉靜地坐在市區的公共汽車，汽車的車輪在街道上刮水前進，幾個年輕的小伙子轉身爬在窗邊，聽到車輪刮水的聲音竟興奮地歡呼起來。車廂裡面的乘客的笑語聲掩著了小許的嘆息聲音。李龍第的眼睛投注在對面那個赤足襤褸的蒼白工人身上；這個工人有著一張長滿黑鬱鬱的鬍髭和一雙呈露空漠的眼睛的英俊面孔，中央那隻瘦直的鼻子的兩個孔洞像正在瀉出疲倦苦慮的氣流，他的手臂看起來堅硬而削瘦，像用刀削過的不均的木棒。幾個坐在一起穿著厚絨毛大衣模樣像狗熊的男人熱烈地談著雨天的消遣，這時，那幾個歡快的小夥子們的狂誑的語聲中始夾帶著異常難以聽聞的粗野的方言。李龍第下車後；那一個街道的積水淹沒了他的皮鞋，他迅速朝著晴子爲生活日夜把守的特產店走去。李龍第舉目所見，街市的店舖已經全都半掩了門戶打烊了。他怪異地看見特產店的老闆手持一支吸水用的碎布拖把困難地彎曲著他那肥胖的身軀，站在留空的小門中央擋著滾滾流竄的水流，李龍第走近他的身邊，對他說：

「請問老闆——」

「嗯，什麼事？」他輕蔑地瞥視李龍第。

「晴子小姐是不是還在這裡？」

他冷淡地搖搖頭說：

「她走開了。」

「什麼時候離開的？」

「約有半小時，我回家吃飯轉來，她好像很不高興，拿著她的東西搶著就走。」

「哦，沒有發生什麼事罷？」

「她和我吵了起來，就是爲這樣的事——」

李龍第臉上掛著呆板的笑容，望著這位肥胖的中年男人挺著胸膛的述說：

「——她的脾氣，簡直沒把我看成是一個主人；要不是她長得像一隻可愛的鴿子吸引著些客人，否則——我說了她幾句，她暴跳了起來，賭咒走的。我不知道她爲了什麼貴幹，因爲這麼大的雨，我回家後緩慢了一點回來，她就那麼不高興，好像我侵佔了她的時間就是剝奪她的幸福一樣。老實說我有錢絕不會請不到比她漂亮的小姐——。」

李龍第思慮了一下，對他說：

「對不起，打擾你了。」

這位肥胖的人再度伸直了身軀，這時才正眼端詳著李龍第那書生氣派的外表。

「你是她的什麼人？」

「我是她的丈夫。」

「啊，對不起——」

「沒關係，謝謝你。」

李龍第重回到傾瀉著豪雨的街道來，天空彷彿決裂的堤奔騰出萬鈞的水量落在這個城市。那些汽車現在艱難地駛著，有的突然停止在路中央，交通便告阻塞。街道變成了河流，行走也已經

困難。水深到達李龍第的膝蓋，他在這座沒有防備而突然降臨災禍的城市失掉了尋找的目標。他的手臂痠痲，已經感覺到撐握不住雨傘，雖然這支傘一直保護他，可是當他抱著萬分之一的希望掙扎到城市中心的時候，身體已經淋漓溼透了。他完全被那群無主四處奔逃擁擠的人們的神色和喚叫感染到共同面臨災禍的恐懼。假如這個時候他還能看到他的妻子晴子，這是上天對他何等的恩惠啊。李龍第心焦憤慨地想著：即使面對不能避免的死亡，也得和所愛的人抱在一起啊。當他看到眼前這種空前的景象的時候，他是如此心存絕望；他任何時候都沒有像在這一刻一樣憎惡人類是那麼衆多，除了愈加深急的水流外，跟前這些倉皇無主的人擾亂了他的眼睛辨別他的目標。

李龍第看見此時的人們爭先恐後地攀上架設的梯子爬到屋頂上，以無比自私和粗野的動作排擠和踐踏著別人。他依附在一根巨大的石柱喘息和流淚，他心裡感慨地想著：如此模樣求生的世人多麼可恥啊，我寧願站在這裡牢抱著這根巨柱與巨柱同亡。他的手的黑傘已經撐不住天空下來的雨，跌落在水流失掉了。他的面孔和身體接觸到冰冷的雨水，漸漸覺醒而冷靜下來。他暗自傷感著：在這個自然界，死亡一事是最不足道的；人類的痛楚於這冷酷的自然界何所傷害呢？面對這不能抗力的自然的破壞，人類自己堅信與依持的價値如何恆在呢？他慶幸自己在往日所建立的曖昧的信念現在卻能夠具體地幫助他面對可怕的侵掠而不畏懼，要是他在那時力爭著霸佔一些權力和私慾，現在如何能忍受得住它們被自然的威力掃蕩而去呢？那些想搶回財物或看見平日忠順呼喚的人現在爲了逃命不再回來而悲喪的人們，現在不是都絕望跌落在水中嗎？他們的雙睛絕望地看著他（它）們漂流和亡命而去，舉出他們的雙臂，好像傷心地與他（它）們告別。人的存在便

是在現在中自己與環境的關係，在這樣的境況中，我能首先辨識自己，選擇自己和愛我自己嗎？這時與神同在嗎？水流已經升到李龍第的腰部以上，他還是高舉著掛雨衣的左臂，顯得更加平靜。這個人造的城市在這場大災禍中頓時失掉了它的光華。

在他的眼前，一切變得黑漆混沌，災難漸漸在加重。一群人擁過來在他身旁，急忙架設了一座長梯，他們急忙搶著爬上去。他聽到沉重落水的聲音，呻咽的聲音，央求的聲音，他看見一個軟弱女子的影子趴在梯級的下面，仰著頭顱的掙扎著要上去但她太虛弱了，李龍第涉過去攙扶著她，然後背負著她（這樣的弱女子並不太重）一級一級地爬到屋頂上。李龍第到達屋頂放她下來時，她已經因爲驚慌和軟弱而昏迷過去。他用著那件綠色雨衣包著她溼透和冰冷的身體，摟抱著她靜靜地坐在屋脊上。他垂著頭注視這位在他懷裡的陌生女子的蒼白面孔，她的雙唇無意識地抖動著，眼眶下陷呈著褐黑的眼圈，頭髮潮溼結黏在一起；他看出她原來在生著病。雨在黑夜的默禱等候中居然停止了它的狂瀉，屋頂下面是繼續在暴漲的泱泱水流，人們都憂慮地坐在高高的屋脊上面。

李龍第能夠看到對面屋脊上無數沉默坐在那裡的人們的影子，有時黑色的影子小心緩慢地移動到屋簷再回去，發出單調寂寞的聲音報告水量升降情形。從昨夜遠近都有斷續驚慌的哀號。東方漸漸微明的時候，李龍第也漸漸能夠看清周圍的人們；一夜的洗滌居然那麼成效地使他們顯露憔悴，容貌變得良善冷靜，友善地迎接投過來的注視。李龍第疑惑地接觸到隔著像一條河對岸那屋脊上的一對十分熟識的眼睛，突然升上來的太陽光清楚地照明著她。李龍第警告自己不要驚慌

和喜悅。他感覺他身上摟抱著的女人正在動顫。當隔著對岸那個女人猛然站起來喜悅地喚叫李龍第時，李龍第低下他的頭，正迎著一對他相似熟識的黑色眼睛。他懷中的女人想掙脫他，可是他反而抱緊著她，她細聲嚴正地警告她說：

「妳在生病，我們一起處在災難中，妳要聽我的話！」

然後李龍第俯視著她，對她微笑。

他內心這樣自語著：我但願妳已經死了；被水沖走或被人們踐踏死去，不要在這個時候像這樣出現，晴子。現在，妳出現在彼岸，我在這裡，中間橫著一條不能跨越的鴻溝。我承認或緘默我們所持的境遇依然不變，反而我呼應妳，我勢必拋開我現在的責任。我在我的信念之下，只佇立著等待環境的變遷，要是像那些悲觀而靜靜像石頭坐立的人們一樣，或嘲笑時事，喜悅整個世界都處在危難中，像那些無情的樂觀主義者一樣，我就喪失了我的存在。

他的耳朵繼續聽到對面晴子的呼喚，他卻俯著他的頭顱注視他懷中的女人。他的思想卻這樣地回答她：晴子，即使妳選擇了憤怒一途，那也是妳的事；妳該看見現在這條巨大且凶險的鴻溝擋在我們中間，妳不該想到過去我們的關係。

李龍第懷中的女人不舒適地移動她的身軀，眼睛移開他望著明亮的天空，沙啞地說：

「啊，雨停了——」

李龍第問她：

「妳現在感覺怎麼樣？」

「你抱著我，我感到羞赧。」

她掙扎著想要獨自坐起來，但她感到頭暈坐不穩，李龍第現在只讓她靠著，雙膝夾穩著她。

「我想要回家——」

她流淚說道。

「在這場災難過去後，我們都能夠回家，但我們先不能逃脫這場災難。」

「我死也要回家去，」她倔強地表露了心願。「水退走了嗎？」

「我想它可能漸漸退去了，」李龍第安慰說：「但也可能還要高漲起來，把我們全都淹沒。」

李龍第終於聽到對面晴子呼喚無效後的咒罵，除了李龍第外，所有聽到她的聲音的人都以爲她發瘋了。李龍第懷中的女人垂下了她又疲倦又軟弱的眼皮，發出無力的聲音自言自語：

「即使水不來淹死我，我也會餓死。」

李龍第注意地聽著她說什麼話。他伸手從她身上披蓋的綠色雨衣口袋掏出麵包，麵包沾濕了。當他翻轉雨衣掏出麵包的時候，對面的晴子掀起一陣狂烈的指叫：

「那是我的綠色雨衣，我的，那是我一貫愛吃的有葡萄乾的麵包，昨夜我們約定在戲院相見，所有現在那個女人佔有的，全都是我的……」

李龍第溫柔地對他懷中的女人說：

「這個麵包雖然沾溼了，但水份是經過雨衣過濾的。」

他用手撕剝一小片麵包塞在她迎著他張開的嘴裡，她一面咬嚼一面注意聽到對面屋頂上那位

狂叫的女人的話語。她問李龍第：

「那個女人指的是我們嗎？」

他點點頭。

「她說你是她的丈夫是嗎？」

「不是。」

「雨衣是她的嗎？」

他搖頭。

「爲什麼你會有一件女雨衣？」

「我扶起妳之前，我在水中撿到這件雨衣。」

「她所說的麵包爲什麼會相符？」

「巧合罷。」

「她眞的不是你的妻子？」

「絕不是。」

「那麼你的妻子呢？」

「我沒有。」

她相信他了，認爲對面的女人是瘋子。她滿意地說：

「麵包沾溼了反而容易下嚥。」

「天毀我們也助我們。」

他嚴正地再說。李龍第暗暗噙著淚水，他現在看到對面的晴子停止怒罵，倒歇在屋頂上哭泣。有幾個人移到李龍第身邊來，問他這件事情，被李龍第否認揮退了。因爲這場災禍而發瘋甚至跳水的人從昨夜起就有所見聞，凡是聽見晴子咒罵的人都深信她發瘋了，所以始終沒有人理會她。

妳說我背叛了我們的關係，但是在這樣的境況中，我們如何再接密我們的關係呢？唯一引起妳憤怒的不在我的反叛，而在妳內心的嫉妒：不甘往日的權益突然被另一個人取代。至於我，我必須選擇，在現況中選擇上我必需負起我做人的條件，我不是掛名來這個世上獲取利益的，我需負起一件使我感到存在的榮耀之責任。無論如何，這一條鴻溝使我感覺我不再是妳具體的丈夫，除非有一刻，這個鴻溝消除了，我才可能返回給妳。上帝憐憫妳，妳變得這樣狼狽襤褸的模樣……

「你自己爲什麼不吃呢？」

李龍第的臉被一隻冰冷的手撫摸的時候，像從睡夢中醒來。他看看懷中的女人，對她微笑。

「妳吃飽我再吃，我還沒有感到餓。」

李龍第繼續把麵包一片一片塞在她的口腔裡餵她。她一面吃一面問他：

「你叫什麼名字？」

「亞茲別。」李龍第脫口說出。

「那個女人說你是李龍第。」

「李龍第是她丈夫的名字，可是我叫亞茲別，不是她的丈夫。」

「假如你是她的丈夫你將怎麼樣？」

「我會放下妳，冒死泅過去。」

李龍第抬頭注意對面的晴子在央求救生舟把她載到這邊來，可是有些人說她發瘋了，於是救生舟的人沒有理會她。李龍第低下頭問她：

「我要是拋下妳，妳會怎麼樣？」

「我會躺在屋頂上慢慢死去，我在這個大都市也原是一個人的，而且正在生病。」

「妳在城裡做什麼事？」

「我是這個城市裡的一名妓女。」

「在水災之前那一刻妳正要做什麼？」

「我要到車站乘火車回鄉下，但我沒想到來不及了。」

「爲什麼妳想要回家？」

「我對我的生活感到心灰意冷，我感到絕望，所以我想要回家鄉去。」

李龍第沉默下來。對面的晴子坐在那裡自言自語地細說著往事，李龍第垂著頭靜靜傾聽著。是的，每一個人都有往事，無論快樂或悲傷都有那一番遭遇。可是人常常把往事的境遇拿來在現在中做爲索求的藉口，當他（她）一點也沒有索求到時，他（她）便感到痛苦。人往往如此無恥，不斷地拿往事來欺詐現在。爲什麼人在每一個現在中不能企求新的生活意義呢？生命像一

根燃燒的木柴，那一端的灰燼雖還具有木柴的外形，可是已不堪撫觸，也不能重燃，唯有另一端是堅實和明亮的。

「我愛你，亞茲別。」

李龍第懷抱中的女人突然抬高她的胸部，雙手捧著李龍第的頭吻他。他靜靜地讓她熱烈地吻著。突然一片驚呼在兩邊的屋頂上掀起來，一聲落水的音響使李龍第和他懷中的女人的親吻分開來，李能第看到晴子面露極大的痛恨在水裡想泅過來，卻被迅速退走的水流帶走了，一艘救生舟應召緊緊隨著她追過去，然後人與舟消失了。

「你爲什麼流淚？」

「我對人會死亡憐憫。」

那個女人伸出了手臂，手指溫柔地把劃過李龍第面頰而不曾破壞他那英俊面孔的眼淚擦掉。

「妳現在不要理會我，我流淚和現在愛護妳同樣是我的本性。」

李龍第把最後的一片麵包給她，她用那隻撫摸他淚水的手夾住麵包送進嘴裡吃起來。她感覺到什麼，對李龍第說：

「我吃到了眼淚，有點鹹。」

「這表示衛生可吃。」

李龍第說。李龍第在被困的第二個夜晚中默默思想著：現在妳看不到我了，妳的心會獲得平靜。我希望妳還活著。

黑漆中，屋頂上的人們紛紛在蠢動，遠近到處喧嚷著聲音；原來水退走了。這場災禍來得快也去得快。天明的時候，只留下李龍第還在屋頂上緊緊地抱著那個女人。他們從屋頂上下來，一齊走到火車站。

在月台上，那個女子想把雨衣脫下來還給李龍第，他囑她這樣穿回家去。他想到還有一件東西，他的手指伸進胸前口袋裡面，把一朵香花拿出來。因爲一直滋潤著水份，它依然新鮮地盛開著，沒有半點萎謝。他把它插在那個女人的頭髮上。火車開走了，他慢慢地走出火車站。

李龍第想念著他的妻子晴子，關心她的下落。他想：我必須回家將這一切的事告訴伯母，告訴她我疲倦不堪，我要好好休息幾天，躺在床上靜養體力；在這樣龐大和雜亂的城市，要尋回晴子不是一個倦乏的人能勝任的。

慚愧

一

群聚的學童的戲嘲日日侮蔑著這個女孩的心靈。這群村童永遠知道別人的祕密；在山野牧牛的時候一直未曾見識過她，一定是沒有設防的大人們的會談，被他們靈敏的耳朵聽到了她是童養媳的身分。那位將來指定要與她匹配的男孩，卻羞於護衛她，敢於挺身反擊沿路的嘲笑；反而卑恭地和他們結成一大群，插在他們的囂鬧之中，就像是一個宣誓過効忠的叛臣。但是走過沙河橋，她便心暢了；穿過數層木麻黃樹後，她能夠見到那間瓦屋時，掏出手絹把臉上的淚水擦掉；會見了自己勇敢的哥哥，就自然卸下了心裡的懼怕。

在險惡叢生的校園裡，她的哥哥常常走到這個女孩的教室走廊上，巡守是否有人欺侮著她。她也時常跑到他的教室去，似乎他們之間共用著一些上學的用品，共飲著一只錫製的小茶杯。他會教她感到疑難的算術……。

中午放學，兄妹一起回到瓦屋裡吃午飯。冬天遇到風雨的日子，這個女孩便有理由自行決定

在鎮上住下三天或五天。在這些屋外充滿著狂暴的晚上，他們在屋裡靜靜做完功課，把書本收拾在書包裡面，哥哥撐著油燈，她跟隨在後面，小心地爬上一張鋪著乾稻草的軟床上，在早睡的人身旁空下的位置躺下。到深夜，因爲寒冷，他們不知不覺全都偎在一起。但夏天，沒有人敢留她，她就單獨回家。不許有人說出來留她，這是再三被大人警告過的；她表現出勇敢，小小的心胸懂得抑制情感；沒有人留她，時刻一到，她就自動回到那所山野中的農家。第二天來上學時，照樣由書包裡掏出她採摘帶來分贈的番石榴和熟葡萄，且爲整個貧窮的家庭帶來些蔬菜……

但這個哥哥卻再也不能抑止了。有一天，她告訴他在路上又遭受到極大的侮辱和攻擊，他以單薄的體力奮勇爲她復仇的結果也受到了傷痕；這一天，他們在黃昏中的分別顯見出異常的悲憤和痛苦，他忍不住安慰她說：

「阿子，我長大後賺錢一定再買妳回來……」

就爲了這句話，手指像刺穿一層薄膜，終於算是把一切洩漏出來了。這個女孩長期心胸的抑制，感情也崩潰了；這不是留她住下的季節，她怎麼也不回農家去了；她變成一個十足的小孩，苦勸也不肯動搖，門前的竹籬被她小身體的倚靠轟然倒塌了；造禍的哥哥在屋裡遭受刑罰了……

二

經過數年，他獲悉她與那位要匹配的男孩終於沒有結成正式夫婦的消息，與養父母也解掉了戶籍上的關係，而且據說已經離開農村，隻身在都市裡做事了……

這位青年自己也在都市中呀，他心中狂躍地想要會見她，可是卻懷有一層久遠的記憶的戒意，就是能坦磊地去找她，也不知道她現在居住何處。日子看來眞是在操縱變化著人。

她在道路上的邁步被平交道的訊號阻擋著了，他站在欄外，意外地發現對面的欄外也站立著她。兩個人未看清對方的模樣之前，本能地臉容上顯出一陣親愛的驚喜。然後，他和她開始互相審查著對方。她的頭髮長垂下來，被風撩披得有點零亂，沒有施半點粉黛的臉容暴露出操作的清癯，衣服是舊貨，模樣像個女僕之類的角色。而他唯一的表相就是給人一種不配年齡的憂鬱和蒼老。巨獸般的火車頭突然衝進他們之間的視野，黑皮車廂連續而快速地閃飛著，及時遮掩了湧現在他們臉上的失望色彩。末節的車廂有如強拖過去的踉蹌而無奈的孩子。他和她終於不可避免的站在道上相逢著。他感覺她的眼睛像在對他質詢這樣的一句話：你要如何把我買回來啊？表面上他和她正像一般過去相識的友人一樣寒暄幾句很平常的話——

「現在妳到那裡去？」

「沒有。」

「你到那裡去？」

「沒有。」

「妳住在那裡？」

「南門。」

「你呢？」

「東門。」

這些地名所代表的位置等於是天涯海角。談到這裡爲止都停頓了，互相間形成一種不安的窘狀；認清了對方的貧賤後，這種相見反而生怒了起來。來往的人們都對他們摩擦著。終於分開了，連道再見都不敢脫口，好像突然爲了細故相惡不歡而散，或者像一對情侶內心中藏著祕密的愛情怕路人識破，帶著羞澀匆匆地拆開，分道而去。

三

再經過十數年，日子眞是完全改變人了；他幾經奮鬪的結果；給他的靈肉帶來一種有形的傷殘。

據說，都市中那一條晚上有外國人出沒、做爲飲酒作樂的街道，白天是行乞人最好的所在；他的雙腋夾著木製的拐杖，向那裡出發了。

果然，這條街白天呈現的是一種冷漠，門戶都禁閉著，或著開著洞穴似的小門，裡面是一片漆黑，暴露著一條無人的荒街的印象。垃圾箱溢出昨夜拋下的殘穢在廊柱前面，紙盒和報紙的碎塊在街心隨風滾動著。

他耐心地挨戶叩門乞討，都無人應對。已經趨近中午，難道還太早嗎？一過了中午，這一帶不就是檻褸的臺灣人不能和外國人比並而羞於進出的地帶嗎？他心裡突然明白那位指引他來的人只是一場無價的胡說，反正他是無能對他實行報復的。唉，就是現在這一拳的叩擊相信也是白費的了……

他轉過身慢慢地支配著拐杖的方向準備離去，在這幾秒鐘內，一扇像紙牌一樣方形而輕的中央小門拉開了，一位身上裹著透明褻衣，臉上還未洗去昨夜的濃厚脂粉、膠著眉睫、染著金髮的怪樣女人，手中握著鈔票伸出來遞給他。他回頭望她時，她看見是他，瞬間，那張被斜射進來的日光照耀的彷彿淋了一臉油彩的臉孔急劇地變化扭曲起來。而他那撞擊的心胸，就像藏著一隻在

體內馳騁的鹿，早經接住鈔票的手在顫抖。他意會她那雙瞇閉成一條深縫直望他的眼睛，充滿了對他的驚訝和憐憫，不再含有質問的意思。

他害怕在這個時刻說出話語，可是她幾經掙扎像要開口對他喚出什麼的時候（不要認罷，他全心這樣地警告著她。），他搖搖頭暗示她不要說；任何多麼巧妙的語言在這一刻都會破壞著痛苦。他轉身默默走開；知命地永遠沒有再走這條已經不是臺灣人的街道來。

私奔

他和她潛逃了許久，攀爬到這座巨山的一處。他和她商議決定在這裡歇息一些時間，以便他可以用他的槍去獵取禽獸的肉來維持生活。他用他特有的智能去狩獵和掠奪，他就是以這些戰利品在這座山裡保障一種特殊的愛情生活。他們這樣東藏西逃；心理上一直縣念著潘番會突然降臨裡面，把她攫帶回去。這種恐懼並不因為他們已經逃離了多時或密藏在妥善之地而鬆懈忘懷；每一次，他那支只用來獵取生活而不能傷害潘番的槍一旦爆響時，都等於傳達給潘番他們現在的位置。這座林木叢生的巨山並無法藏匿需要生活的愛情；他和她不能例外不用他們的槍獵獲到生活。殉情是他和她曾經商定過而又怯懦地放棄了的想法，尤其他的意志相信他終久會打敗潘番；潘番會死的；時間會先結束潘番的老軀骨的，而他正當年輕力壯。

當她倚靠在樹幹睡眠，被遠處的槍聲驚醒，她那雙痠澀的眼皮艱苦地慢慢眨動著，讓光線一片一片閃進來，潘番的影像就在她的視野逐漸放大。潘番在她還潮溼的淚眼看來，彷彿衝破了一層灰霧或陰雲而降。

她開始有形地戰慄和悲傷起來；她並非害怕潘番再在這裡把她帶回家去，而是惱怒起她的境

況突然由昔日對這位她曾熱愛過的男人降至現在要憎恨他。有一次，她坐在法官的對面，訴請法官想辦法解除她和潘番的一切關係，讓她投在另一種生活中。潘番執意地要掌握住他對她冷酷的虐待的特權；假如這個世界他還有什麼值得珍惜的，就是恨。潘番並不要她死，他要和她保持這樣敵對的態度。法官無能的搖搖頭，她才感覺法定的婚姻是人生最深的陷阱。

當她在冷寂的家裡病倒在床上時，她這樣說：

「潘番墮落了，他附在一根繩索上滑溜到地獄……我們相愛的時候，他的思想行為總是溫暖我的心，我不明瞭他為什麼後來厭倦，他失去了自信，環境脅迫他，魔鬼帶引著他墮落。首先他剝奪我們共有的東西，把它們化為他的一種貪婪的娛樂。之後，他開始剝奪我的，使我漸漸喪失了所有。他剝奪我像剝掉我裏身的衣服，使我赤裸在衆人面前般羞恥。我——一個女人——是不能忍受這種赤裸的羞恥的……」

潘番終於走到她的面前停住。她寫了一張字條釘在樹皮上溫馴地跟著潘番離去。

當他握著字條看不見她時，他獲得了片刻的清醒來思索這整個事情經過。一種來自心裡底層的聲音忠誠地告訴他的行為是瘋狂的——一種類似悲天憫人的性格之驅迫下所幹的行為。他並不眞愛她。他的愛由何而來呢？他無疑只是想救助她，以及憎惡上一代人所建立的一切。他憶及他的母親晚年的情況有著類同的情形，他同樣看不起那懦夫般的父親。由那一輩人所建立的觀念應該打倒，他想。可是現在（他辨別出這是神的聲音）由英雄主義和戀母的心理組成了一種狼狽而污濁的現代愛情，這種愛情觀念現在被提昇到一切行為的最高點。所以他萬分悔恨由他自己的觀

念自設的陷阱。可是他自己現在由於充滿了對潘番這樣的時代的人的憎惡，他自己是不能中止這項錯誤。他推演出她是無知的，他感覺她並不愛他，她僅僅是順從愛情而和他在一起罷了。

以後的一段時間，他的槍聲頻繁地在各處鳴放，他盡力蒐集了足夠的米糧和肉類冷藏在各處，這一些作爲都是配合著他要携帶她再一次私逃的新計劃。於是他和她又相偕從潘番的家奔逃出來，這一次頗像來旅行爬山的伉儷一般地安逸；每來到一處都有他預先藏匿的食物挖出來充饑。可是這個遲暮的婦人和他越走越遠，越爬越高，她的夢遊的症狀卻越來越明顯。每行經一座橋或路過一處懸崖，她都會停下來摘得一片樹葉，丟在溪流漂去，上面寫著：親愛的孩子……

有一天，他們來到一處崖壁，她手中握著葉子，他阻止她說：

「停止罷——」

「我曾答應他們的。」

「你並沒有孩子。」

「有，我有，我是母親爲什麼沒有孩子？」

她沉默地注視她手掌裡的葉子，然後舉起手臂向前把它丟下懸崖，她懷想般憂鬱的眼睛一直注視那片葉子翻滾著徐徐降落在底層的一片霧靄裡消失。

「也許這一次妳想要獨自轉回去？」

她搖搖頭，繼續跟著他前走。

他和她有時停步下來審視他們曾經到達在那裡宿食的殘跡；那些石頭的部分是燒黑的，有鳥

禽的羽毛散插在地上，小獸皮掛在樹枝上，那些衣服已經腐爛和褪色了。

有一天，他們遇到一隻羽彩美麗的鳥，這隻鳥擋住他們的面前，對他們警告似地歌唱著：

潘番

在山頂上

潘番

在山頂上

潘番

在山頂上

他撿起一塊石頭向鳥擲去，鳥振翅飛走了，口中還是不停地重複那音調。她拒絕再前行，他激動地拉著她攀爬上去。

不久他和她遙見這座巨山的頂端。他們彷彿看見一座石像立在那頂端上當做標誌。可是當他們的肉眼能辨清它時，才發現那是潘番站在那裡等著他們。

他奮勇上前，準備搏鬪，但是驚奇潘番爲何靜靜地立著沒有動顫。潘番的眼睛格外瞪大地注視他們。當他擺著姿態站立在潘番面前，用著一隻手指試探撞擊他的胸膛時，潘番僵硬地仰倒下去。

他歡呼起來，奔跑著在各處放槍。

她見狀跪在潘番屍前流淚——這個她始終愛戀的人終於倒下了。她把一張字條像往日要隨潘

番離去時一樣釘在樹幹上留給他，然後這一次她抱著潘番一起跳下黑暗的懸崖。

AB夫婦

A回到家，打開門走進屋裡，B坐在一張用來固定她自己的身軀的靠背椅上。B看見A走進來，對A微笑（也許要酬得一吻）。A的心靈漠視著一切，他的眼睛沒有光，彷彿沒有眼珠。A當然知道B坐在屋子中央，已經不是短暫的時間坐在那裡；B的腿部已經殘缺才坐在那裡；她像一株恆定的樹罷。A進來的一刻，實在是被一隻靜靜駐足在潔白牆壁上的黑色蟹形物吸引了他的眼睛，黑白十分明顯，一隻俗稱有毒的八腳。它的狀貌實在醜惡，A被它的存在惹惱了起來。

「郵差已經來過了，必定在信箱放了一些信，我異常盼望外界的消息，也許有我的私信，請你再出去一趟把它們拿進來好嗎？」

A走近那面白壁，異常地接近那隻俗稱的八腳，他舉手作假的擊打狀威脅它，但它靜靜不走：它大概知道他不敢用手碰到它；因此，A更加羞憤了起來。他繞著圈子想在什麼地方找到一根可以打擊它的東西。A咬著牙齒，充滿要把它壓出液汁才甘休的洩憤的衝動。但是他又有一個突來的念頭：可以借著弄死它來娛樂自己一番；看它殘傷掙扎的情形，不想太快完結這個偶發想及的好遊戲，一定有趣。A終於選擇桌上的一隻竹筷，那隻俗稱的八腳像受到電訊的通知一樣，

同時預先移行幾步。竹筷的價錢是便宜的，值得浪費那麼一隻。A的臉上浮出獰笑，看到它的移動，自己反而不敢太輕率行動，怕它一下逃去藏匿。

「你從來沒有一次太陽升起就隨著起床，打掃屋外的落葉……嗯，倒是從你現在的生活習慣看出這是另一個新的時代……」

A相信他只要開始行動衝過去，八腳便會開始逃逸的。所以他靜停幾分鐘，陰險地計算著，考慮要怎樣才不致讓它逃掉。他環視四周的牆壁，抬頭看天花板，再俯下來望地版。他滿意地獰笑著；即使可以容它擠身出去的孔洞都沒有一個；一間二十世紀建築的屋子；有許多玻璃，但沒有縫洞；一種很有特色和代表這個時代的建築設計。A幾乎要歡呼起來了；第一次那麼滿意地感到這間當初起建時抱著懷疑的屋子竟然是他現在所最必需的。他不再需要怎麼樣的考慮了，只要衝過去便行了，任它逃到那一個角落都能打到它……

「吃過魚後，無論如何，連手都要洗的，但是你連手巾都不擦拭一下，一直留住那腥味…」

這隻俗稱的八腳太靈活了；四面八方無定地奔逃著。A閃電般地連續追打了數次，竹筷的一端戳在白壁上，終於一下子把它的一根尾腳壓住。他臉上有一種惡毒的欣快的表情，看見其他自由的腳賣力地亂爬一陣，在那個醜惡的硬殼上刻有一張惡嘴形的塊狀身軀擺動了幾下，把這根被壓住的腳遺留下來，迅速地逃去很遠，有一邊只剩下三根腳；但因爲痛和驚慌，它爬行的比原來的健全的八隻腳快。A從白壁上拿開竹筷，讓那隻小小的長腳，像沒有重量似的滾落在地板上面。白壁上留下灰斑的溼溼的微小痕跡。A抬頭，它正在兩面牆壁和天花板的接合角上。像這一

次是完全不能預料到對它採取怎麼有把握的刑罰的，也許一下子戳中了那個身軀，那就整個沒趣地結束了；但結果算開始得很好。

「你自己曾說過要改換娛樂，保證要戒酒，戒賭，戒……」

伸長手臂無論如何也打不到它，A從角落拿來一支掃帚竟然開心地笑出來；這也許是因爲多少帶滑稽的因素罷。他從它那種無比驚措的逃亡中把它掃落下來，而且很快地從它的落地點開始，追戮它，它逃到牆壁的一半，已經一隻一隻地損失了三隻腳。A的動作因爲趣味的關係表現得很敏捷精確，一隻腳截斷，馬上再壓到另一隻腳，這般有趣和滿足地連續的砍殺，……它又逃到頂上去，讓A打不到它。A又一次地拿起掃帚，有趣極了……。

「我當然具有如你說的，老舊和愛嘮叨的，所謂臺灣人的意識；但這不是沒有原因的，屋裡如此雜亂，竟然不能勞動到你……」

俗稱的八腳再經過一次掃帚的拖拉，剩下四隻腳爬行已經很減速了，況且是不均地一邊三隻一邊一隻，那一邊簡直是被另一邊拖曳著走的。它的體力顯然已經喪失了大半；對它自己今天的遭遇也實在萬萬預料不到會這樣狼狽悲慘。A不必再急亂，而可以從容如意地玩弄它了。經過他別出心裁的手法，最後他觀看到它剩下一隻單腳，像刀一樣砍在地面拖著那個笨重的軀塊。

但是還有生命力的它，還是想要逃走。A心裡想對它說話，但不知用何種它可以瞭解的語言來告訴它：這間屋子是沒有孔洞的，它應該早就摸索清楚，伺機守候在門邊，門打開時，便乘機逃出去。至於它爲何會在屋子裡被發現，誰也不知道；好像這個地球爲什麼有人類，簡單地說是

受精然後由母胎生下來，或是說生命之原是水是火，是不能令人滿意的童稚之言。生命的本原一定是意志這樣的東西的具現，就是說爲了需要才被做成的。實在是個謎。

「你看我打的毛線衣好看嗎？我一直期待著你，回來預備晚餐，有時我困頓極了，想躺在你的身邊，可是你……請你拾起那一團毛線球給我，我想握握它，我相信它會給我一種溫柔的感覺，我現在有依賴它的心情，可是，當我在打毛線的時候，不得不把它丟在地板上，因此，怎麼樣地也收不回來了，我一面拉著線，它一面滾得越遠……」

Ａ還幫助它艱難地攀爬那堵白壁，他當然只是爲了好玩的目的。爲了不使它的軀體墜落，爲了不使這場遊戲太快結束，竹筷的一端輕輕壓著它的硬殼貼在壁上，讓它的獨腳可以伸出去。這隻俗稱的八腳到這個時候實在還猜不透Ａ是怎樣的一個人，這樣地突然的仁慈令它感到疑惑。這樣的行程是艱苦而緩慢的，它倒是一心一意要逃走，但還存著恐懼是無疑的。可是Ａ已經失掉了耐性；差不多到他身高的位置，他突然不把竹筷壓在軀上，像過去一樣戳住它的腳。這隻俗稱的八腳，每一次一隻腳受到壓迫時，便藉著其他自由的腳逃亡，這一次也一樣身軀晃動著，可以看見斷的關節在舞動，像它完全健全時以軀身做原動中心，支配那些腳一樣。但這一次，它掙扎的結果是：離開那隻腳（每一次都以這樣的犧性來脫身）呆呆板板地摔在地板上，發出一聲不大的，折斷脆餅一般的音響，一點都不能產生驚訝那樣的平凡。Ａ蹲在牆壁邊注意地看它有二十秒鐘（包括計劃下一步的行動），剩下的工作就是要壓碎它，讓它流出裡面黃色的漿汁。Ａ這時有一個新的疑問：他不能十分明瞭，這種生物到底有沒有血？

「你自己說你在研究科學，各種的科學，關在有保護的屋子裡，可是你有沒有注意到自己的心靈呢？照生物學上說，人是屬於大軀體的動物，但是他自己走到大自然界中，還是害怕某一類的小蟲，譬如蛇……我不是沒有覺得一直都在觸犯你，這樣多的日子也像一場連續不斷的夢，連不起任何意義。實在，坦白一點說，我不明暸你，不知道你在幹什麼有意義的事，心裡想些什麼，越相處越覺得不了解你。就是對一個完全無干的陌生人，我還能猜測一二分他的眞實，從外表也能夠掌握幾分的正確性，惟獨對一個名譽上是夫婦的男人，簡直不能捉摸，使得我不得不隔一段時間，便要自行破壞自己苦心建立起來的判斷力（她哭泣起來）……我眞悔恨我們的邂逅……」

A猛然起立，轉頭回望他叨絮的妻子，屋子裡靜悄悄地，什麼也沒有，一張空洞的靠背椅放在屋子中央，這張椅子和他一樣頗受震盪般地聳著瘦瘦的肩胛，永遠也不停地前後搖晃著。確實有一件未打完的毛線衣放在椅座裡，從缺截的一處，一條延續到地板上的毛線通到角落的一團紅色毛線球。有五秒鐘A靜靜地傾聽著剛才發出的聲音，他突然敏悟：妻子已經死去了整三年了；今天他踏進門回來，是因爲妻子的逝世三週年紀念日。他悲傷起來，爲自己無聊而殘酷的一生悔痛著。他的淚眼注視地板上的方塊之軀，它的沉默似乎有無窮盡的抗議，它的靜態同樣是一種輕蔑。他四處去尋回那些斷落的腳，但無論如何也不能齊全……。

某夜在鹿鎮

我沒有確切的理由要去鹿鎮，形成啓程的理由似乎是臨時的興趣，事實上這是我在雜亂的城市無目的勞波了十年之後所生的企慕；成行的決定終於趨落於今日，我絲毫未被這種具體的思想惑亂。雖則離去這座城池猶如堅強地訣別了婦人，但我沒有這樣憤慨的決心：從此不再折回來重新居住。世界既然我不能支配它，顯明地我一直受它的支配。所以對事物不能預先肯定下承諾的因由：因爲隨時會遭到不如意的事的阻擾。悲傷哀嘆的心竟是這樣形成的。在這座日漸文明和擴展範圍的城市裡，不再因爲謀求不到一個餬生的職位感到痛苦，目前絕少哀嘆貧窮的聲音，失業的人寥寥可數，貧窮已經成爲過去的特徵，和被災害死亡的雙親一起歸入歷史。生活在這個土地上的人們大都享有豐富的魚米，但是一種無秩序或稱爲不合理的秩序替代著貧窮而引發著煩躁。人爲的迫害，傾軋的現象造成精神蹂躪；純良的品格被一種交際上的狡黠掩沒。越去接受所謂文明的薰陶，越感覺自己像個被餵養和被訓練的可憐的動物。

我的行李雖是縮減爲一個模樣輕盈的小皮箱（彷彿面裡放著一件樂器），卻不就肯定我不會在鹿鎮長遠住下；總之：不能經由外表的形貌下一肯定不移的結論。我天生有一種驕傲自尊的氣

質，隨時會對不稱意的事物採取一種不妥協的行爲；即使早經對某事表示承諾的決心，也可能數小時後就做了違言的背叛。我的意志指定鹿鎮而非其他的小鎮，客觀的辨識：鹿鎮絕非最美麗的鄉下，當然我的行爲極其容易被誤解爲有計劃的逃避去實行怯懦式的隱居。坦白的招認：我是爲看我私有的感傷而去的。那裡或許不外是曾經使我享有尊嚴存在和適快生活的地方；那裡的一切是不需經過煩瑣的辯論，人們似乎早經宣誓過效忠的儀式，有一種互相信賴的感情默契在心中；那裡生活的酣美寧靜就像恆定在那裡的自然景物。我的身軀自從離開那裡，心便開始懷念那裡。是的，最優美的地方在這個世界四處可尋，可是總沒有比故鄉更可愛的。

但是鹿鎮不是我的出生地，可是它的存在對我個人具有故鄉的涵義。我至今回憶起來，對我實在出生的故鄉的感覺是一無所在，就是對長大到七歲的另一個大城的感情，也十分的曖昧；這是實在的，因爲那時我的慾望並沒有那麼早形成；而鹿鎮是唯一成就我的慾望和品格的所在。

我終於抵達了鹿鎮。我在一條約一百公尺才有一盞路燈的寧靜街道走向記憶中的那幢房屋，我走近它，它在我的面前穩固地站立。經過一扇敞開的窗戶，瞥見阿代垂頭輕鬆地編織著毛線。我轉回來站在幽暗的窗側窺視著她，突然詫異阿代有一種容易蒙騙觀感的甜靜外表。這一刻，我是第一次能夠冷靜地察看這個女人。他們在那個燈盞輝明的客廳進行不激昂的緩和談話，我所觀測的位置不能看到阿代的丈夫錫琛，但他的聲音發自另一處角落卻十分的晰明，傾聽之下，居然巧合地討論到一個人——我。

回頭查看街道並沒有任何行人走近，我身側的一株矮松還爲我做掩護；於是我繼續在夜下站

立，窺聽屋內的討論。是不是他們經常這般議論到我，以排遣頗爲難耐的黃昏後的光陰？這種情形彷彿在遣散他們心底的雜念，或者也像在遣發遺憾的憂慮。經過這樣長久的時日難道還有什麼論說不盡的事？況且當時是我自願告別的，於他們內心並沒有什麼抱疚之處。無非碰巧是第一次偶然的觸發，也許他們（尤其阿代）早有預料我將折回重臨；她對我的了解其實不僅止於官能的接合。我正需要一點有關他們當我不在場時的一些坦白的批評資料，以作我新行動的憑據。阿代對我的讚美倒令我有點失望；我竊聽的目的希望阿代會坦衷地對我大加砍伐；她不應該那麼言辭優美，使我大爲心慰和微笑。由他們的話語的表情，我感覺他們之間依然還保持以往的那種規避個人的眞實露給對方的狡黠。我懷疑還有誰（何樣的人物）繼我之後被阿代摟進她的狂熱的生命中，因爲她和她的丈夫之間的和平，從久遠以來就完全建立在自私的不同慾望之上。世界沒有比不同的意旨的和平更和平。他們組成一對標準的貌合神離的伴侶。兩相比較之下，我嘆憾錫琛是一個聰明有限的傻子，由於他在順帆的事業坦途中，遺落了心理成熟的訓練，是個完全不懂女性的男人。至於阿代，這位臨近暮年的婦人，有著鬼谷子般的智慧和經驗，她了解她擁有的法律保護下的男人以及法律擯棄不顧的男人。一對能保持友善狀態相處二十多年歲月的夫妻，絕非具有主權的男性的威嚴嚇囚著女人，而是女人爲了維顧女性的一切本質做了寬恕的妥協。

他們迎接我的感情是我意料到的極其受嚇的驚訝，因爲他們剛剛正在議論著我加強了他們的異喜，但對於他們這年齡的人，那種惑衝很迅速的平息了。錫琛表現了他一貫擁有的單純的喜悅的方式，沒有內心底的懼慮。在這個富裕而簡單的家庭，他的立場是多一個他喜歡的人比沒有這

個人要喜悅得多，他總喜歡表現他對別人慷慨容納的個性。但做為一個曾是他的往日的食客的我，總懷著不能對他傾表悔意的慚疚，我是在暗地裡大大地吞噬了他的利益，現在我又打算做他的客人——預計更為長久的，便對他懷著極深的敬意。阿代和我四目交視一下，今天這種感覺十分令我詫異，像電極的接觸，她報以一個浮綻的笑容，一種機械的甜靜外表，但在瞬息間，惟我能直覺她從內在底操縱的複雜的善變。那些輕微躍變的表情，她的丈夫幾乎統視為一種，我比他更懂得這些變幻的表情所具的眞實意義。我在鹿鎭的去留完全決定在阿代對我顯露的感情的結論；我很難有自決的意志，惟有反映著阿代的意志表情罷了。短暫他們還猜不透我突然蒞臨的意義，我想我也不會眞實的吐露出來，像平常的人一般我有另一個僞造的理由，當他們一經開始問詢我時，我便要把它宣佈。我坐在阿代身旁的單張沙發椅裡，腳旁就是我的小皮箱，像一隻馴服於主人的狗。接近阿代的感覺，便是我與昔日在這個家庭中的地位銜接起來了——這份感覺使我闖入時的曲窘變成了開朗。錫琛剛剛閱覽的是一本日本雜誌，現在只得攤擺在桌面上，整個坐姿為了便於談話朝著我和阿代的方向。一連串的問答開始了，這是重新了解的前奏，錫琛所要知道我的一些事，都只限於一些我外表的生活情形；侮蔑地批評他，他是不會鑽研別人的內在思想的。阿代只做旁聽便能夠擒獲對方的一切。當呆板乏味的問答正在進行著的時候，我感到陌生的危機，現在變得如此陌生，令我悔悟先前以亢奮的心情貿然離開這裡的那番行為，我感到一種要回復互信的艱難的痛苦，我們都同時受到了時間的改變。

我輪目巡視的這個客廳也顯示著歲月留下的痕跡。我感慨這間客廳的狹小和頹舊，這種老式

的磚屋內室的白壁，容易留下溼氣滲透的綠斑，那些龜裂的縫痕，使我嘆感有限生命的敗跡。不過，假如它彌補一些畫幅……。我的注意力早已注意在這一點上了；無疑我不外是在尋找我離去前佈置上去的我自己親繪的一幅油畫。它吊掛的位置我記得很清楚，可是那面白壁上明顯地替補著今年度五彩的美女月曆。我的眼睛瞥勾著那隻大書櫃的底洞，書框和小利的所有玩具均堆塞在那暗溼的角落，已經纏綁著許多令人害怕接觸的污穢的蛛絲。這是誰的主意？這間客廳居然掃去了那麼一點優雅的古典氣息。當然擺花可以增加點自然活潑的情調；一隻澗嘴的瓷盆設在書櫃頂面中央，雖然插著幾朵黃白兩色的菊花，和配置的石竹看來頗富況味，我卻感覺整個屋宇內的俗味。這一座盆花引起我的猜疑，我的神經遽然敏銳了起來。我稍露的妬意被阿代察覺了——她不可能不會察覺到我這份內在的刺激，當我側轉過去注視她手中的編織物時，她手中的鈎針錯刺了原來的秩序；在我的面前她不能蒙騙那件編織物的形式的意義，這是一件年輕的男人所穿的套頭的毛衣，她很容易藉口蒙騙錫琛，對我卻不能逃過。我面前這位看來豪爽偉大的男主人；卻是最容易爲人欺騙的可憐人物；我不禁暗暗地洞嘆著生物間內在與外在的偌大的差異。我漸漸嗅得出充滿在這間屋子裡的其他的異狀，由此我心中喚起感傷的情緒，我感覺許多事物已經在現今不存在了。

「那隻……貓呢？小利的……」

錫琛頓時收斂了笑容，閃亮地看我一眼後把頭擺開；阿代繼續編織毛線。這句話我是不專對錫琛說的，但顯明地我說了這句話便中止了剛剛的喜樂的氣氛。但這實在是我最關切的一件事。

昔日，我與小利之間最投契的情況是去逗戲那隻母貓；要非那隻母貓做了我們快樂相處的介物，我與小利是不能單獨平等在一處的；要不是我們同樣對這隻母貓有好感，我們的無趣是可以想見的。而我與他們夫婦的感情是建築在我與小利的關係上；小利當時是我的學生以致認識他們夫婦。我早就發覺人與人幾乎不能產生直接的關係，總需要依憑一件中間物才能溝通起來。有一次，因為我去撫摸一隻拳獅狗的美麗的毛，而竟和牠的主人談到現今的政治。

「小利死了。」阿代簡潔地說。

小利已經死了，無用再說那隻貓的命運，我這樣感想著。阿代的雙手加速地工作著，藉努力編織以圖緩衝她自己的心境。我開始感覺坐立不安；小利之死使我難堪。他的死何其不幸啊。現在這個有關小利逝世的話題在他們夫婦間掀起了像政治一樣熱烈的討論。我沒有資格參加這類的辯論，那是他們夫婦間專有的題目。小利的死亡並不如想像般的震盪著我，他的生與死都不是我所能關心的，更非我前來鹿鎮的目標。可是我的外表卻不得不表現我對他的無比關切；我自知掀起了這個問題的無聊，可是現在小利不存在，我與他們間的感情已經斷絕了介中物，只能依靠一種卑鄙的獻媚。

「小利死於那一年？」

「一九五九年——」

「五月黃昏的辰時……」

那些無辜的小孩都死於黑暗來臨的時候，總是那麼巧合，像經過了安排一樣。停頓片刻後，

顯然感傷漸漸褪去。

「怎麼樣死的？」

我自己被我這個問題嚇了，我萬分痛惡自陷寂寞無聊之境。

「腦炎。」

可憐的小孩，他們皆死於腦有問題。在這塊土地上爲何腦炎如此猖獗？始終不能解決的還是空氣污染的問題，天氣太炎熱，稚弱的天眞小孩便容易羅患這個流行病症。

「本來是有救的。」阿代抬起頭來說，她的模樣表露著抗議的激昂之色。

「怎麼會有救呢，阿代？」

阿代不加以理睬地低垂著頭，快速地編織起來。他大概想到這個客廳，她的身旁還有另一個人存在，遂轉頭來對我微笑一下，表示她的慚疚。這一顯示使我感覺阿代內心的不平靜。但她的表情的另一意義則是表示他們夫婦同居常有的僵情，好像她暗背的不貞是居於此項好理由。對於曾做過不貞的同謀者的我而言，我是如此地瞭解她的整個情形的因素。但是至今回來遇到這種情況的我感到無比的窘迫：首先是小利的死，現在是面臨主人間的不和諧。聰明的阿代是不願馬上反駁這項爭執的，她自己要怎樣對付他都是非常有計算的。我目前內心的躊躇不安是想緩和他們間的對立情勢的無能爲力，中斷會下來使各人心中記恨這件發生的事。

「到底怎麼樣？」

我靠近她的耳朵冒險地輕聲問著，阿代照樣低頭工作，沒有即刻回答我。可是那位誤以爲我

是站在和他同一性立場的人，竟然得到附勢的幫助而擴大了討伐。

「到底怎麼樣，阿代？」

因爲這一句問話，我多麼厭惡這位無知而殘暴的男人。是的，這種情形，他一定要使她屈服認罪才肯罷休。阿代面對著我說：

「他以爲小利的死，罪過都在我身上……」

「妳還不承認嗎？」

「我是永遠不承認有罪過。你是一個自私的人，從未看到事情的全貌……女人有罪過的話也並非一定要把男人的罪過一起承擔……」

「我的罪過在那裡呢？」

「在你驕傲堂皇的魁軀上，驕傲皇堂的肉身等於不外是愚蠢和盲目的表相。」

「這是一句多麼錯誤的語句，阿代，今天我才知道妳尖刻、無情……」

他咬著牙齒，全身發出一種不能抑制的戰慄。他旋轉他的那張大靠背椅，縮起腳板，轉到桌面那一邊，他的眼睛釘著日文雜誌，手拿起它再丟下，他像醫生一樣把身軀旋轉回來，經過一番操作，他抑制了片刻前的憤怒，轉變了一張冷靜苦惱的表情。

「我盲目過什麼，阿代？」

他故意裝成溫柔和耐性的語調。

「你對一切都盲目。」

這句少女式的無理性的倔強話語，喚起我和她在床笫的一切記憶，我預感這一場爭執將會有一個極其無味的結果。

「一切是指何物，阿代？」

「一切是什麼意義你不知道嗎？」

「我但願知道具體的事實，一二項……」

「但你的無知是概括了一切的。」

「這是什麼意思？我明白了，我相信這只不過是一句故意……」

我為錫琛的儒弱暗暗的嘆息。首先他自己發笑，然後是我（以他的立場陪伴他），阿代也跟著笑起來。阿代的笑聲則是一種異常毒辣的詭獪。這場爭論，我看出阿代是眞心尖刻的刺激他，慶幸錫琛並不明瞭那些字句的眞正的確實性，結果一場可能異常狂飆的風暴，卻像氣球一樣滑稽的洩氣了。這樣的結果，我曾謹愼注意錫琛可能藏有極其智慧的寬恕的意義，但也似乎沒有；或者我沒有眞正的察覺。我是等待他可能給我類如擠眼的暗示，但他笑得把身體又旋轉到桌子那一面去。我和阿代繼續不停地笑，相視而笑，突然我掩嘴抑止，心中猛悟到一個驚詫：我這樣放肆的舉動不啻自喻與阿代有著同謀者的意味嗎？我多麼不謹愼啊！隔了十幾年才洩漏自己昔日的姦情不是很愚傻嗎？而且長久時日的斷隔，自己的內在不是已恢復了純眞高潔的境地了嗎？即使現在有人指摘我昔日的錯誤意圖污蔑我的人格，我將冒生命危險起來維護。既然與罪惡斷絕來往，靈魂一樣是高貴的。回來鹿鎭我沒有意思再與罪惡連結，我祈望在二三者之間立一種純潔的友誼

生活，可是這裡繼續存在的狀況，顯然已經宣佈了我理想上的絕望；總之，我沒有料到阿代已經有了遞補我的位置的人物，這個情形喚起我最深的妒意，我的意旨漸漸轉向於把阿代搶奪回來。對於錫琛這樣一個典型的舊時代人物，我在尖刻的嘲笑之中，不是沒有一點憐憫他的成分。打倒他是我願意的，可是畢竟還是可憐他。阿代的觀點就不相同，她是不計他的死活的，當她眞正有所行動時。我想在鹿鎭棲息還需有依憑錫琛樂意的允諾，還必須他外表威嚴的保護，我必須與他保持相當親善的友誼。他是什麼罪惡都未察覺出來，剛剛他還異常滿意於那場滑稽的爭吵，從這一點可以斷定這個男人居然未把設防的心放在他已經統轄的家庭。他的生命的一切似乎是那個堂皇壯偉的外殼的瞬息的價値，他相信由別人奉讚給他的名譽的眞價，他酷愛形式（假如他活著而沒有名銜的話，他便以爲莫大恥辱）。錫琛是鹿鎭數一的富豪，同時又是一個頗具勢力的國民代表；財富和權力就是他的一切，以外正如阿代所說的完全盲目。我想小利的早折是一種幸運，否則我不堪想像他將成爲一個怎樣的人物。他們夫婦愛他只是愛他們各人所喜愛的那一部分，我由小利身上也感覺出他的父母親兩相差異的相剋的氣質。錫琛對小利的教育惟希望他像自己一樣，當他高興的時候常問小利說：

「兒子，你將來要做什麼樣的人呢？」

「像爸爸一模樣呀。」

「兒子，不止是，你還要做更大的人物。」

這種陶醉滿志的氣氛是令我作嘔的，我總候立一旁微笑。可是小利的母親，一個教會大學文

學系畢業的女人，安全有她不相同的祈望，她希望小利發展一個完全健全的人格，不希望俗世的一頂暫短的皇冠壓蓋了他優良的天性。小利是個異常聰慧伶俐的孩子，令他的母親決心做了這種高尚的許願；要是他本是一個平庸的小孩，阿代一定會放棄與錫琛爭執的。我便是在這種情況的當時被僱聘進這個家庭裡。爲了爭奪，阿代不計她的手段是如何的險惡；是的，她使用誘惑來使我站在她的一邊，我當時卻僅看到了我的慾望——我的不可寬赦的肉慾。

「我不希望小利學他的父親。」

阿代私地對我說。

「我們兩個人一起管教他，怎樣？」

錫琛卻有這樣公開的表示，當他也決定同意我是小利的教師的時候說出的：

「好罷，專家教育他是應該的，但是這一點僅止於學術，我沒有時間來參與這種傳授，但是我的小利將來會成爲什麼樣的人我是很清楚的。」

「小利是不會像你一樣的。」

阿代插嘴進來。

「像我有什麼不對，我是什麼？」

「豬。」

「乃弟，你說我像豬嗎？」

當時是在一種和樂的氣氛，他們還爲了請到一位家庭教師而自滿。我是善於迎合眼前環境

的：

「這是毋庸再說的，羅先生。」

這就是我當時所站的危險的立場，我對錫琛微笑，表示迎合了趣味後，偷偷的瞥望阿代一眼以做訊號。小利終於像什麼都不是，一個未成長而早折的人是完全像他自己的。

壁上掛鐘宏亮敲響十點半，這是這一個家庭應該吃宵夜然後睡眠結束一天的時候，錫琛命令阿代把廚房的食物搬到客廳來，阿代把編織物放在一隻籐籃裡，站起來。這一瞬間她一定感覺我在關注她的身材，背向錫琛的臉孔羞紅的惱怒著，她的眼睛斜掃過來，在那幾秒間迅速地譴責了我的不禮貌的審視。在阿代站起來走開之間，錫琛一點也察覺不出我和阿代正在進行內心間的談話，她那幾十年相同的姿態裡，錫琛並沒有懷疑有何異樣的涵義。我的身體感到溫熱，阿代居然猜想到我還有對她的企慕之意，我心的幻想逐漸蓬勃起來。要是她以為我是為了她回到鹿鎮，正與我的啓程動機相差遙遠。但是啓程後迅速地連想到我與阿代的往事，並且那些事佔滿我的心思，我一點也不加以否認，到她離開客廳走進廚房為止，我又已經完全被她那未曾改變的外貌身姿攫囚了。十年前她是如此，她看起來永遠是如此。她原本瘦削的體型未曾改變，她的模樣在世俗人的看法是絕對有點性冷感的結論，也許瘦胸平臀引不起別人的衝動，錫琛也表示阿代不是漂亮動人的女人。但我的看法卻完全相反，女人的狡慧的本質同樣會引起我的性衝動。根據一種眞實的報告：女人的肚腹和雙腿是永遠保持她童貞年代的色澤。阿代與我，現在要比往昔更令我感到難耐焦渴。一個人心理上的需求總要比器官的需求更強烈百倍。

「小利死了，我惋惜得很。」錫琛乘阿代走開坦懷對我說。我感到自慚的是他依然把我看成知己。

「我亦同感，實在太不幸了。」

「乃弟，我發誓未曾做過害人的事，上天這樣懲罰我，那可能是家庭裡有一個不敬拜祖宗的異教徒，這是我想到的要絕代的原因。」

聽到在背後懷著偏見誣控阿代令我驚慄起來。既是如此，他們兩人的相惡已算根深柢固了。阿代端著錫盤進來，錫盤上的鍋和碗擺在茶几上面，她的動作的柔順充分表現她另一面的賢淑和教養，恭敬地把碗端給我和錫琛。

「我聽到你在批評著我，錫琛。」

「是的，我正在對乃弟說著妳。」

每個人手中都有一碗，客廳發出慢慢飲嚼的細碎的聲音，就在這種外表溫和的氣氛中，進行著另一場他們夫婦的爭論。

「阿代以基督教的理智做了這樣的一件事：小利的屍體入棺的時候一定要那隻死貓也一同放進去；阿代說：小利和貓的精神是相通的。人和動物的精神會相通是我第一次聽她胡言，而且是發生在我孩子身上，她說這種形式有一種安魂的作用，她就這樣堅持著。我敢說，受教育越高表現的越迷信……至於臺灣人拜偶像，她反認為毫無一點意義……」

「但是錫琛，」阿代溫和地打斷了他：「你剛剛只是說到羅家絕代的事。」

「是的。」

「你說了這樣的話不能說具有很健全的理性。」

「關於人和動物……妳的理性在那裡？」

「你還能記住小利昏迷時的囈語嗎？」

「這要怪你，阿代，妳把貓推給了小利做伴侶。」

「不管和何物做伴侶都是一樣，既然產生感情，何物都可以。」

「何物都可以……這不是西方思想的特徵嗎？自古以來，女人曾經產下小狗、小象，還有各式各樣的怪胎……」

「你今天要慶幸，感激我，錫琛，我到目前爲止未爲你羅家產下蛇。」

「假如你這樣，我可以公然扼死妳。」

「小利死了，」阿代對我傾訴：「貓同時死了，做爲小利的母親的最後一次給兒子一點恩惠，他們生時總是在一起，死後也總要他們同樣結伴；寂寞是可能做出任何壞事的……」

「街頭巷尾皆恥笑著這一件事……」

「你一生的準則就是避免被人恥笑，你一生都想做衆人的王，甚至不計使用殘酷的手段。你倡導供奉偶像，其實是想愚昧大衆，其實你何曾相信那種類繁多的神呢？」

「難道妳沒有看見勞苦的大衆需要心靈的慰藉嗎？」

「但是從政的人卻必須從實際生活中去改善他們。」

「妳不以為我們年年都在努力嗎？」

「當然你們年年都在努力，大部分為己，小部分為大衆；你們謀得今日的地位，無疑只是想為自己爭取權力。在這個世界中，我沒有看過比你們這批人在立行方面更無能的。」

阿代站起來要領我上樓，他們的爭論給我很大的紛擾的影響，我憂心忡忡地跟隨著她。

「他總是對別人說他是如何信神的。」

「妳不也是表示妳對妳的上帝虔誠嗎，阿代？」

這就是尾聲了，仍分不出勝負。我的難堪是不能做抉擇去幫助一邊，昔日我在這裡迷失了，只要有一邊能滿足我的慾望我便投於它，現在我依然只有這一條路可行。他們的爭端是異常複雜久遠的，凡是一種堅持己見的方式下辯論是永遠沒有和平可言的，眞理不可能在極端的一方。由狹窄的觀念和勢利因素統治的世界必定紛擾不堪。可是這個家庭從外表看來是異常美滿，由此推演，每一個家庭是一個空的美的形式，這個社會是由許多這樣的空殼組成，那麼這個社會不就是等於一個大的空的形式嗎？就是這個世界亦然；整個地球畢竟是一個大蛋，這個大蛋終有一天會被統治它的人粉碎的。

房門推開，我和阿代走進去，一種久無住人的霉味衝向著我們，但我並不顧及這個，放下了皮箱，迅速反身摟抱著阿代，她甚為堅決地推開我，然後走了出去，我凝聽著她下樓，隔了片刻的時間，我伸頭往下探看，客廳的燈光已經熄滅了，整所屋子靜寂如深淵，我把自己關在這一間昔日生活過的臥室。

第二天清早，我被一種噺噺的灑水聲吵醒，我起床站在窗邊看出後院的花園，一個穿短褲的結實青年握著塑膠管的一端，正對著整排的菊花灑水。我思想著：這個後院昔日是一片柔美的草坪，只有數盆的花擺在牆根，那時一切為了小利，他總是和那隻貓在那裡追逐遊戲。突然那位青年握著的一端的水停止了，他顯出莫名其妙的樣子回轉著頭，但我馬上又看見他的臉上掛著微笑，阿代的身影截然由我的窗子下方出現，我謹慎地躲在窗帷後面，阿代走近那位青年，對他私語著，然後半推半勸地把他送到後門，最後我看清她一把推他於門外，阿代隨手關閉了那扇後門，當她舉頭對我的窗扉看望時，我迅速縮回我的頭，然後退身回到床上躺下。

對於昨夜的拒絕，阿代由行動中改變了主意。我思判著，竟自微笑了起來。那麼我回來鹿鎮，從今天開始已經又和昔日的生活整個連綴起來了。

晌午時分，我們携帶食物步往海濱。那年在鹿鎮，阿代是無人匹敵的游泳好手，我和她常偕同游向我們所謂的窩巢地點。我再以輕佻的眼光——自從昨夜以來——瞥望阿代。

「如今，那窩巢地點如何？」

「你走後我未曾單獨游去。」

「為什麼？」

「害怕。」

「為什麼？」

「寂寞。」

「現在還能游去？」

「可以試一試。」

我向海洋眺望著，心裡竊喜阿代已再屬於我。阿代是完全的屬於我，但這種感想越推想越令人憂傷起來。昔時，我屬於她時，我是多麼地迷戀於她，但現在她倒反屬於我，卻使我感到棘手。幸福已經消失了，當理智清醒的時候。現在我不能讓她單獨享有這份幸福。

錫琛自有他自己的健身方法。他在淺水中打著手，緩緩地環繞兩三圈，上岸後便躺在太陽傘下靜息他那碩大的肥體。他戴著太陽鏡，仰著面孔，似乎已經呼呼睡去了，阿代有意騷擾他搖動他的肩膀，他從甜蜜的睡夢中回醒，很惱怒地看著阿代。

「什麼事，」他說。

「現在什麼時刻？」

「十點一刻。」他看手腕戴的金錶一眼，回答說。

「我要測驗一下體力如何？」

錫琛詫異地拿下太陽鏡。

「妳已經太老了，還要嘗試什麼？」

「現在又有乃弟在這裡伴著我。」

我聽到這句話把頭轉開，故意在專注海洋上的波浪。我再回望他們，錫琛看了我一眼，他的臉也展出笑容，重新戴上太陽鏡。

「好吧，現在是十點半。」他再說。

「妳常估錯了我，這是你一生的損失，假如我能游完昔日的距離，你要和我打賭什麼？」

「男人和女人打賭從未見過女人贏什麼，女人常損失了她自己，不過你已經沒有什麼讓我贏的了。」

「這個表示你不阻止，假如我游不回來？」

「妳回來不回來，對我已經不算損失，我已經很久很久以前就損失了妳。」

「我們走，乃弟。」

我和阿代走下沙灘，然後慢慢向深海游去。這一刻，是我有生內心最感波濤激動的時候。憂傷和幸福在這頃間擊打我一下又消失。我頻頻回頭觀注沙灘的落寞而炎熱的景象，一個青年跑近錫琛，對他說話且用手指著我和阿代。錫琛站起來，摑打他的耳光，且用腳踢他的屁股，那個青年奔跑著離開。錫琛重新躺下來，他的姿態與以前並不一樣，面孔仰天，似乎已經呼呼睡去。我和阿代漸漸游近我們所謂的巢窩地點。

精神病患

第一卷

聖母院門診內科醫師簽字准許我住院後，我還心有餘悸。我在那位看起來頗有涵養且帶著幽默的義大利籍內科醫師面前，極力用誇張的事實形容我在平時是怎樣地感到氣喘不適，晚上睡不成眠；事實上，我自己清楚心臟並沒有有什麼堪慮的異狀，要是眞有，那只不過是一般人在波動和緊張的生活競爭中，或是經過了極度的被惡意的干擾後所顯示的心臟亢進。但因爲我的身體其他部分都十分正常——雖然在鏡前我自己感到瘦弱，便向醫師形容心臟一定出了毛病，否則不會使我感到那麼不快樂。他細心地診查了我一番，望望我的臉上表情，點點他那個碩大而有光澤的頭顱，承認症狀與我所言無異。他依照我的請求准許住院，以待經過科學儀器的詳細檢查。整個診斷過程我都抱著很大的恐慌，這也許就是他認爲我有心臟病嫌疑的原因。現在我眞爲我有了

心臟病的嫌疑高興，我甚至希望我有心臟病，那麼我可以不必再回到小鎮的學校去教書，我可以躺在病床上避去那些可怕的紛擾，我甚至有充分的時間研讀戲劇書籍，將來另謀職業。假如我眞的有心臟病，這無疑使我獲得了一個幸運的安全庇護，從此我憑這個藉口不讓外界的一切刺傷我。

我提著皮箱跟隨著本地籍的年輕女護士走過一座圓形噴水池，走向一幢新建的漂亮的病室大樓。我對我自己說，這裡的環境太優美清靜了。我心裡馬上升起決定在此長住的欣悅意願。我的確希望我的心臟病壞到一種可怕的程度。當我憶及我是由一個可鄙的環境逃避到此地時，對被疾病殺死自自然然產生一種自憐的溫慰而絲毫不覺它可怕。我還估量假如我能對某些學術注意和獲得它們，一定會有一個新的機會迎著我達成心中的理想，把一個牽縛的且充滿污跡的教職工作在求生中脫開。所以，一旦踏進保護我不受傷害的醫院，我的意志產生自信，我就不會因這還處在懷疑的心臟病死去。我尾隨她走上樓梯，舉目一望，整個樓房都是由一種磨平的石板砌成，充滿著新鮮清潔以及舒適幽靜的氣氛。我幾乎爲這個周遭的環境感染而不敢隨便舉步。可是走在前面越離越遠的女護士，自從辦公室領著我開始，她便自然而有力地交錯著那二隻露出白裙外結實的美麗小腿，輕鬆而迅捷地踩踏。上樓後，中央有一條走廊，兩邊都是分隔一間一間的潔白病室，女護士右彎轉進一間護士辦公室，她把手中的卡片交給一位坐在桌子後面的義大利籍修女。修女從她的身邊抬眼端詳著我。領我來的女護士轉身離去，也不對我說聲話，就算把我交給了那位修女。她站起來，我才驚異她有個高大豐滿類似丘時梅女教師的身材，整個身軀裹在一套素白的制

服的束縛中。掩蓋她全部髮絲的頭巾下面是一張無比端莊的漂亮面孔，我對她的面孔凝望時，正迎著她那雙美麗晶亮的黑色眼睛，我意識到她不高興我對她注視時的表情。她熟嫻地移動椅子走出來，叫我跟著她走進走廊的五號病室。她開門，我便瞥視到靠近門的那張病床上，俯臥著一位坦露半個臀部的男人，一隻架設在床邊的紅外線射光筒正對著他脊尾的部分。修女熟嫻地整理窗邊的另一張床舖，指定我躺在上面休息。她簡單地交代我幾句話後，轉身慰問那位瘦弱的病人，那位患脊椎痲痺的男人微笑而感激地說好得很多了，她才動手截掉電源，將射光筒推出病室，順手關上了門。

同室的這位病人，穿妥褲子翻身過來愉快地招呼我，他告訴我明天要啓程回花市。他說他差不多隔一年到聖母院來做二十七天的物理治療。他說他在一所很小的中學（他說很小的學校時就像指著樂園）教歷史，他最喜歡「史記」這一本書，二十七天中他總會重讀了一遍「史記」。他的床頭桌上就擺著那本線裝書和一本筆記簿，以及一枝放在茶杯旁邊的派克鋼筆。當他講到要回家時，面孔上顯露一番欣悅的表情。這所聖母醫院實在是一所解除病痛的好所在，他說。他談到裡面的醫生以及護士修女時顯出感恩的樣子。我深深感覺他那種樂觀的樣子會附在一位中年以上的男人實在十分的稚氣，尤其他開始預先收拾行李的動作，就彷彿一隻在病床周圍來回跳躍的輕浮猴子。

中午，女護士用錫盤送來兩份午飯。午飯是一小碟青菜，一隻煎蛋，一碗肉湯，還有一碗米飯。我與同室的這位愉快的病人，各自坐在床沿，倚靠在一張桌子默默地吃著。他一直保持那份

興奮，吃得很快，他吃完端著餐盤送到停放在護士站的窗前推車架上。我心裡私忖；他這樣的愉快眞帶給我一個厭惡的感覺，我心裡非常卑視他，我眞想當著他在高興時指責他的毛病。我不知他患的脊椎痲痺是什麼樣的狀況，我甚至眞有點可惜沒有看見他發作的模樣，但我不難想像他一定是他那份輕躍和快樂的樣子成爲極端對比的模樣。這影響到我也必須規矩地把吃完的盤子送回去。其實，並不需要如此，一會兒女護士便會推著車子到一間一間的病室去收盤子。我總以爲以自己的勤勉強佔別人服務的美德，有使服務人員養成怠慢習慣的罪孽。他囉嗦地告訴我，他要到街上去，因爲明天清早就要搭車回家，所以應該到街上向這裡的友人告辭，順便買一些禮物送給等候他回去的妻子和孩子們。他實在不必要再揭出他昨天已經寫信通知家人他的歸期這一件事讓我知道。他穿得很整齊要出門口時又轉身對我親切地招呼了一次，我只好躺在床上承受了他這種繁瑣的禮貌。他離去後，我從床上跳起來，把放在椅子上的皮箱打開，把裡面的幾本書拿出來放在床頭旁邊的櫃面上。我脫去了衣服，這時還是三月，天氣寒冷，我迅速翻開被窩鑽進裡面。我隨便抽出一本書躺著翻閱一番，這是我助眠的一種習慣。一會兒，我開始感到疲倦，眼皮沉重，手臂癱軟無力，我丟開了書，意識就漸漸迷糊了起來。

房間、走廊整個充盈著音樂聲響，我午睡醒來時驚嚇了一跳，然後靜神聆聽，漸漸被這往日在小鎭聽慣的音樂所陶醉。甦醒時，積壓已久的窒悶馬上被它潛移斷代，意識追隨著奇妙的旋律，心中漸漸充滿悅樂，彷佛誕生於新的環境中。我去了廁所，回來再躺在床上繼續聽音樂。手錶上四點剛過不久。突然我聽到幾個人的腳步，與一部小輪車的輪聲聯合從走廊一端推展而來，

他們推進了病室，一會兒又由病室出來。我處在猜疑與等待之中，顯然這是午後的一次例行診視。約半小時，我的病室房門被拉開了，一簇人，連帶一部小推車擁進了病室。我被三個截然不同的面孔的迅速移近驚嚇起來；一位矮小精幹的義籍修士的有趣面孔對我親善地微笑一下，先前那位高大端莊的修女的嚴肅面孔依然疑問地審查著我，一位沾滿溫文的見習年輕醫師的光潔面孔上帶戴著一副黑框的白鏡片近視眼鏡，他坐在床邊，我已經坐了起來，他一面按我的脈搏一面問著我的症狀。他非常注意聽我所說的話。他測量我的血壓和查聽心房的跳動，與門診部的醫生無異，一面轉頭對那位展露滑稽表情的修士說了一些簡短的醫學名詞。當我同樣地誇張我內心的不適症狀時，我頭頂一直感受到那位嚴肅的修女的冷酷凝視的威脅。我所表露的是極端矯揉造作的舉措以形容我夢中的異象。修士臉上粗濃的眉毛上下移動，兩顆靈捷的黑眼睛捉攫著我，嘴的裂洞一直延到腮骨的位置。他想了解我的身世，那從最具詼諧的問題問起。他帶著不成熟的本地語音，配合著諧謔地表情說：

「二十七歲還不結婚！嘖，嘖，你太懶惰了。」我根本毫無心思與他周旋。我抬起眼睛，發現那張冷峻的端正面孔的美好嘴唇剛顫動又縮收回去。她的眼神是引起我喜歡去不停地凝注的因素。三人中的衣著顯露著他（她）們獨特的性格。由於修士的有趣形姿，即使他說了越分的話，也容易受到別人的諒解。修士又說，要先檢查我的糞便。修女走近來，粗野地（我這樣感覺）捉住我的左手臂，用注射筒抽去了我的一小部分的血液。我看到我的血液微略黑色，十分嚇意。我問見習醫師這個幹什麼用，修士搶著說這是為了檢驗有否毒素。他說時眼睛又對我眨動一下，帶

著諧謔的暗示，好像他在暗示著我是否可能由行為的不檢而沾染了梅毒一類的病菌。

修女、修士和見習醫師再簇擁著走出門外，房門關閉，阻隔了我的視線後，我才舒喘了一口氣倒在床上歇息，我腦中想著：微微憂悶地關心我的病情起來。事實上，內心隱瞞著一個更重大的內情才使得我見了這一類人時感到膽怯不安，我眞希望經由他們的證實確定我的病因後，移除這種內疚因素。可是，一會兒，我便藉著一種漠視一切的感情恢復了平靜，我總是憑藉這類的感情排除一切不能解決的內心的阻難，只需這個時刻我不在我認為鄙陋的環境，或不遭受一些可惡的人的打擊，有沒有病都無甚緊要，至於將來，那是多麼遙遠而不可能先行預測的日子，只要能到達那時，便會有另一個脫逃或解決的辦法，現在懷著寒膽的心情思索將來，未免過分愚傻和可憐。

一位本地的女護士闖進來，動作熟嫻迅速拉下我的褲子，露出涼涼一截的臀部，她就在那裡打了一針，並把一隻盛著小玻璃管和幾張灰色的紙杯子放在桌上，囑我明天早晨準備檢驗的糞便和尿。她的冷漠和呆板，好像不容我在她動手的一刻做些有趣的聯想。吃晚飯時，同室的病人充滿了悅樂地歸來了，帶回來無數的紙盒。他再對我說明天清早就走的原因是，能夠在晌午前在羊鎭搭上汽車，黃昏的時候抵達花市與妻子們團聚。他的這番蓬勃朝氣，無論如何引不起我的同感，甚至反遭致我對他的輕視。可是我必須在表面上迎承他的那種親密的禮貌，這使我感到無上的厭煩，不然我可以想像當他的熱忱遭遇到我相反的反應時的那種不勝愕然的模樣。總之，他在此種年紀還帶著過分天眞的態度，把內心中的喜悅輕率地揭露出來，在這個煩亂自私的世界也是

一種少有的現象。我把他想做文化的低落以及未受惡風襲擊一直過著單純生活的緣故，像他這種看起來沒有什麼大才能的中年男人，有著一個教職工作和齊備的家居，當然不會有什麼不快樂，反而任何事都容易引起他的緊張、喜躍和滿足。

吃完晚飯我到浴室洗身體，洗衣婦一會兒來把換洗的衣服帶去。我準備到噴水池的周圍去散步。這時我的心境十分適快，落日已在西方的山巔漸漸消去它的威力，適足的寒意使裹在衣服裡的身體感覺溫暖。當我步出門外的臺階時，迎著幾個身肢殘斷的平庸面孔的男人的好奇和疑問的眼光，他們斜坐在噴水池沿邊朝著我注視。他們的樣子彷彿要在我健全的身肢外查出一個合乎我這種輕快模樣的病名，我在他們不肯鬆弛下來的無禮審視中稍稍覺得心神慌亂。我討厭這種窮追不捨的注視。我轉到屋側空曠無人的球場上散步，感覺到這種所在實是最令我喜愛的環境，很合乎我孤獨的癖性。我的視線越過圍牆，藉著天空的薄光目睹山的曲折輪廓，近處一片學校的操場呈現一種悅人的綠色。在這種無人干擾我的地方，我遂有自由的思想，平靜和無慾終於降臨著我。後來我在散步時朝著樓房的牆壁窗戶視著，爲著好玩尋找我的住處窗戶，但終因樓房的這一頭還有著其他不能計數的房間，我迷亂於不能確信我的病室屬於第幾個。頃刻由樓下的窗口，我看到許多在燈光下走動的婦女，無數肢體包紮成筒狀的病人躺在一間共同的寬大病室床上，從那些庸俗的面貌相信是屬於一般的勞工和農夫。這時，由於意外的窺見，剛剛在空際完全黑暗下來以前的平靜已經撤去了，一種由悲憫而來的感傷充塞在我意識之中。

我迴避了對外科病室的注視，回到樓上病房。我半躺在床上，開始讀書和抄些札記。那一頭

的先生早已躺在床上，一張一張地翻閱他手中的筆記。他能沉靜下來總是給我較佳的印象，想到他明早便要離去，反使很我突然湧起些寂寞的感覺。他放下手臂，眼睛瞪著天花板沉思起來，燈光照耀著他興奮得不能睡去的紅紅面孔，我偷偷地瞥視他一眼，這時我才覺得他是個又可笑又可愛的男人。好在我所要看的是本很有趣味的一篇戲劇，我的精神馬上集中在戲劇情節上，才壓抑了心頭那一股要與他人親近的衝動，同時，我看書時的無可侵犯的冷漠也阻遏了對方感情的可能的進襲。

第二天清晨，我被吵鬧聲擾醒後，才眞正地綻開笑容和他說告別。早餐盤上盛著半個鹹蛋，一小碟青菜和一碗稀飯，我獨個人坐在床邊，感到清靜和寂寥的氣氛籠罩著整個病室。飯後，第一次掃視著四壁時，爲它們高高的牆壁而沒有任何裝飾的單調所驚異。室內總共擁有的是兩張床、兩隻小廚櫃，一張餐桌和兩張椅子，天花板角落安裝一隻抬頭時感覺它是面具的小型擴音器，兩個向外展視街市和山脈的窗及一扇進出的門。我希望三面空漠的牆壁能加添圖片。當我睜開眼睛躺臥在床上時，我的感覺像置身於一間荒漠的囚室。我準備好少量檢驗用的糞便和尿以及讓護士進來注射。我又開始懼慮地等候著如昨天午後見習醫師、修女、修士的降臨。一會兒，我終於聽見那位矮小滑稽的修士的歌聲了，走廊上震動著匆匆忙忙的腳步聲，他（她）們早已開始又一天爲病人服務的勤勞。修女呼喚著在走廊上跳躍的修士聲音傳到耳朵，那種急速的異國諧音彷彿是一串音樂的責怨。見習醫師一如昨日的溫文姿態靠近著我。他先問我睡得如何？我說半夜曾恐懼地醒來三、四次且斷續地織著零亂的夢。「放心，我們會替你檢查證實是否心臟病。」整

個早晨就這樣過去了，但頭腦中卻依然不能拂去那位站在後面緊閉著美唇微露憂怨表情的冷漠修女的印象。她的模樣使我聯想到第一次認眞地注視丘時梅女教師時，她引起我煩擾的那種酷似迷霧一般的印象。那種包繞著她的身軀以及頭顱的特殊服裝所劃出的涵養和日夜的神聖工作，像故意埋藏著裡面俗身的憂煩，這些像是一般的婦女遭遇到的被禁錮在她們肉軀裡的那份痛苦。我所見到的婦人沒有表現是眞正的快樂的，這足以反映多麼不快樂的男人們。我確信這種直覺的觀察時，就把我自己歸納於她們的族類而付出心理上特別關注的情感。

午後，在睡眠回甦意識清晰的一瞬，我突然幻覺我肉軀的死亡，被一簇活生生的人抬去埋在泥土深處，我站在一旁煩惱地凝注自己，這一刻我爲那清晰的景象驚異得產生窒息的感覺。醒來我側伏著不敢動彈，心中的驚怖依然延續著。這種幻境不是第一次如此惡毒地擾亂著我；就在我住在小鎭的後期已經數次被這種異況襲擊。於是我便把這個夢魇的實況告訴了午後進來的見習醫師。

黃昏前，修女領著一位拖著腳步進來的新病人，她所做的工作和昨天晌午時爲我做的沒有兩樣。當我還未忘懷早晨離去的那個可愛的人時，我現在寧願享受孤獨和靜寂。我第一眼與這個新病人交視時，便非常厭惡他那旁若無人的樣子；他露出看到有鄰居時的不快表情。他高大肥胖，有一個巨大和充滿水腫的面孔，眼皮和面頰的隆腫把眼睛擠迫得像岩石在陽光下深而且黑的一條裂縫。他穿著很好的衣服，進來後就脫下上衣掛在牆壁鈎上，我料想他是個服務於公家機關腦子裡思想著貪污的高級職員。他皮膚蠟黃，是個很嚴重的水腫痛的壯年男子。在他搬來同室後的幾

天裡，我出入房門，都有一種被監視的畏懼和窘狀的心理，在這種人的欺視下自然會產生一種卑小不自由的囚徒感覺。

晚間，我潛心於書本，大獲從未有過的讀書的樂趣。翌日上午，慇勤而可親的修士帶領我下樓，我跟隨著他再經過樓下外科的大病室走廊。敞開的門窗揭露出那些談笑的肢體殘斷的人們，婦人與小孩來往於病床之間，彷彿是一處快樂熙攘的大雜院。我走進一間內室，見習醫師站在桌前調整一部機器，一位男病人從中央的黑色臺上起身，整理了一下衣服後走出去。修士吩咐我脫鞋躺在臺上，他和見習醫師沉默地開始綁著我的腳頸和手腕。幾十秒之中，我聽見機器轉動的聲音。他們再解除我肢體上的電線，心電圖的測驗便算完成了。

回到病室，我躺下來頗爲擾亂地開始又墜入於對自己病情的猜想。護士進來爲我注射，也給水腫痛的男人注射。護士把針刺進他的臀部的皮膚時，他痙攣般地震動了一下，同時哀叫一聲。我對一個男人害怕疼痛的皺曲表情在內心表示了最大的蔑視，我一向不給一個怕痛的膽小男人予以太高的評價，我相信他是懦夫。吃午飯的時候，他坐起來，手掌還不絕地按在臀部被刺的位置。我輕蔑地瞥望他一眼，就只顧吃著面前餐盤裡的食物。我一面思忖著：要是他不先說話，我是不會卑屈地先向他開口說話。意外地他在咬嚼的中途停頓下來問我是那裡的人，我猶疑地思索一下，便說是中部的小鎮出生的，隨即而來的便是問我患什麼病，我也加以考慮之後說是心臟不好。總之，我和他算是開始打起交道來了，心中俱存著的陌生感覺頓時解除清淨。

事實上除了命令口吻的說話態度和傲慢表情使我產生厭惡外，他還是個十分安靜和懶惰的病

人。他沒有帶什麼書籍來，只有每天報童爲他送來一份日報。他大部分的時間都是閉眼睡覺，以忘掉他有個水腫的笨重軀體。下午三點鐘，見習醫生約我到他的私人寢室做一次談話。談話的結果便是介紹我到北市找一位姓賈的精神病醫師。回到病室，我已經可以論斷我來聖母醫院就醫的結果了。正如所料，第四天的午睡醒來，修士有些怪異地單獨走進來，很謙遜地告訴我——他宣佈了這件事的結果時，已經收斂他先前給我的滑稽印象，他輕輕地說我所有的僅是一種精神鬱魘症而非心臟病。這件消息我心裡早有準備，一點兒沒有驚嚇，倒是這種被宣佈爲鬱魘症的病名令我羞紅了起來。隨繼他審愼地通知我這種病不能再住在聖母醫院，我有一種急遽上漲的羞憤，我想抗辯同時極端地想衝動地要跳出窗外。我抑制一下，故裝鎭靜地問他：

「我要馬上辦理出院手續嗎？」

「不必要，」他再以本地的語言說，恢復了他原有的笑容——「你可以明天再辦。」

「那麼我明天再辦這件事了。」

「不要緊，賴先生不要緊的。」

我感覺他那舞動著的眉毛和咧開的濶嘴，實在有安鎭我的情緒的意圖，就像小丑這個角色所承負的使命一樣，擔憂人們會憂傷不快樂。修士完成他的任務後離去，同室的男人還未醒來，我起身到浴室去沐浴，準備吃晚餐後到街市去遊逛。

既然已經宣佈我不能再住下去，我便不必在最後的一夜，還守著院規細則的必要。

我是順依著一股漸漸上升的衝動決定在一條運河沿邊走著，我的頭擺向彼岸的許多毗連著的

招攬男人的妓院茶室。在綠色的燈盞的映照下，一個個盛裝的女子上上下下地坐在門前椅上，宛如天生就是大聲地談笑和囂鬧的特殊族類。我在心頭決定著做那一件事。遙遠地我對她們一一審視著，以便找到一個合適我口味的女子。我舉步走過橋去，當我緩慢猶疑的腳步被她們知曉了我的意願後，她們遂前前後後交響地對我招手歡呼，於是我漸漸被這種坦露的迎迓儀式嚇阻了心頭的慾望。

我羞慚地轉進一條巷子，不料這條巷子逐戶依然有女子站在門口輕輕對男人招攬生意。突然，我跨進一家門戶，一位十分漂亮的女人還在整理她的裙裾，站在客廳對我微笑。我與她議價，這時房門的布簾被掀開，走出一位女人，再走出一位高大男人。他的臉上露出像狼一般醜惡的門牙，一面還在調整他褲上皮帶。那位等候我決定的女人看看他又看看我。我再度為這猛烈襲擊我自己的人格的最大蔑視激醒了過來，撤身離去。

那一天，我在北市尋找那所聖母醫院見習醫師告訴我的精神病院時，在路邊的一間冰果店意外地遇見了阿蓮小姐。幾年前我曾在通往古寺的公路汽車上見過她一面，那是自從我們都脫開了童年的故鄉的那段遊戲的時代之後，很感驚喜的一次邂逅。我發現那時她和幾位男人在一起，穿著非常華麗的服裝，像一位細小的土皇后一樣；現在反而變得異常樸素，身上穿的都是一些褪色的過時衣服，看起來要比車上的一次令我滿意和親切。這是春季午後，冰果店還在賣熱飲，座位上僅有稀少的幾位客人。她和幾位服務生模樣的都顯得無聊。我走進去和她寒暄一番。我不加思索地叫一碗紅豆湯。她坐在我對面，態度很自若，但二次所見的差異使我很感興趣（我唯一能忘

掉我自已的痛苦，就是去猜想別人的痛苦），我注視她時，她對我笑笑，這時我才眞正辨識到她是個很端莊的女人。年紀推算有二十四歲了。我還是把想問她的話中止，因爲第一次見面不便詢問太多私事。我們只談些有關家鄉的事。我坦白告訴她，我正在病假期中，正要去找一位醫生。我爲了故意驚嚇她，我說我要去找的是一位精神病醫師。她笑笑不相信，我極力說這是眞情的（反使她更加不可置信，她還是不相信），我說我明天再來看她。

我後來在北市河邊的一條堤壩車道找到了精神病院的所在。正面望過去它像是一所隱置於許多樹木的優美住宅，不料裡面卻非常開濶，除了診病室病房和候診室外，有一扇大門通到一座寬濶的院子。一群樣子呆癡或過分活潑的男女交雜在一起遊玩。有的投籃球有的打羽毛球，有的打乒乒和跳繩，由穿制服的男女護士監視著。有些則蹣跚的徘徊，有些坐在石凳上。預先有的意識使我審視他們時，自身感覺到一陣陣冷澈的寒顫；我不能容忍我可能是他們類族中之一，這比起做一個爲環境包圍迫害的普通人更難以忍受。我寧可選擇我是極危險的心臟病者而不要被指爲是個精神病患者。一位護士移近一位興高采烈地和同伴奪籃球的病人，輕拍他的肩膀，對他溫和地說：「阿賓，你要去洗澡休息了。」那位男人抗辯道：「再等一會兒，再等一會兒。」她拖拉著他，其他護士都走向他們的病人。「今天你已經太累了。」他疑問道：「眞的嗎？我眞的疲乏了嗎？」她已經帶走了他。「是的，你沒有注意到你很疲乏了嗎？」他頓時垂頭喪氣，彷彿萬分的疲倦，「我知道了，我知道了。」遊玩全部停止，護士都領著他們陸續地經過迴廊走進病室。我苦惱地否認精神病者是處在自已幻想的快樂天地中的說法，同樣地，這也是一個被束縛和支配的

領域，爲憐憫所囿限的一個更窄小的世界。這種天地將更不能尋索些什麼價值，顯然脫離了眞實和自由，最後只有窒息而亡的結果。賈醫生召見了我，他坐在能隨意轉動的圈背椅裡，仰著頭審查著我。他簡單地問了幾個在任何場所都免不了被詢問的問題。最後我說出我是聖母醫院的陳見習醫師介紹來的。他吩咐我明天早上聯合門診中心再見。

在聯合門診中心精神病科的門診室裡，賈醫生手中的小鐵鎚敲打我的膝蓋骨，使我的腳顫躍起來。他照射我的眼睛，以及再問我一些我感到難以啓齒的繁瑣的問題，然後他安排我下星期同樣在此會見另一位劉醫師。

我把看醫生的經過當做一種談話資料告訴了阿蓮，她還是半信半疑。她坦白對我說出她對我的觀感：她說我喜歡說出足以使人驚異的事，由我說出的事情中難以分辨眞僞。她又說，從前童年時在一起遊玩就是如此，現在還是一樣。可是她相信也好不信也好，總有一天她會相信的。我坦白說，眞實事仍是做一個眞實的人要說的。她不甚了解我所說的，我也不生氣。到此爲止，我能再遇見一位出身相同的人，已經使我感到幸運了，由此我們也能比較和諧相處，而不互相懷疑對方有不可測的欺騙行爲。當我那天早晨走出聖母醫院，搭火車抵達北市時，已經是午後一點鐘，我去尋找我的同窗朋友，但看到他們的住所異常窄小且有不悅的表示，我便漫步到三十七路租了一間破舊四蓆的小閣樓。我再遇見她，像命運使然，我像回到了童年，也認爲童年遊伴的她才是我一生眞正的朋友和遊伴。

星期天，我幾近於強迫她向她的老闆請假一個下午，她以一種溫情允諾，卻未對我的提議顯

露一絲熱烈的興奮。我猜想她對我提議的遊玩並不想做是童年遊戲的延續（我心裡事實上懷抱著童年），而想做是她往日常爲男人們邀請出遊的相同動機。我甚至連和丘時梅女教師都不曾做過這樣的遊玩，我不曾學習如何誘惑對方的遊玩形式，我約她一點鐘在冰果店附近的一所大學校園相見。不料這一次出遊竟延續到星期二晚上才疲倦的從遙遠的海濱回來。從這一次的遊玩遭遇，我整個人生都改變了，同時了解她（我永恆的愛人）是怎樣的一個我相同命運的不幸女人。

她稍稍打扮，穿著天藍色的春裝，手中提外套和皮包。從開始我便感覺她沒有遊玩的喜躍表情，事實上，後來我才知道她的外表永不會告訴別人她內心在想些什麼。我憶起她在童年爲後母責打後的那番靜默呆癡的樣子，我呼叫她時她總不會答應的，直到後來我不注意她時，她才慢慢的靠近來。我携著她走出校門，到北市中心一家戲院看了一場下午的電影。在影院中她讓我靜靜地握著她的手。從影院出來，她還是那種緘默態度。

「妳不喜歡這部電影嗎，阿蓮？」

她搖搖頭，勉強投給我一個致歉的笑容。

「我知道了，我們內心都不快樂。」

從她繼續給我的那種淺笑中，我知道這種心境是確實的：她與我都有一個共同的因素，雖然誕生下來的這塊土地是屬於我們的，但和她都過著流離顛沛的生活，得不到溫暖。

「假如妳不馬上回到店裡……」

「我正是想如此。」她堅決地打斷了我說。

「爲何我們不到遠一點的地方去；離開這個城市。」

「好的，越遠越好。」

「去哪裡？」

「我不知道。」

「一個地方：海濱。」

對我這個提議，她稍稍表露她的歡愉。我們趕到火車站搭火車到瑞鎮，在瑞鎮再搭汽車到海邊，黃昏的時候，我們已經到達海演。雖是四月初旬，晚上的天氣依然寒風徹骨。海風有些狂烈，我帶阿蓮投宿在附近浴場的一家簡陋的旅館。因爲未至夏季，海濱沒有旅客，於是乎也沒有什麼好飲食可吃。晚餐就在一家零亂的兼賣餐食的冰店吃了當地捕捉的魚，同時我們共飲了一瓶啤酒。這樣要此在城市吃了一頓昂貴的大餐有趣得多。四周天然環境秀麗美好，情興大增，阿蓮十分快樂，臉頰都因少量的啤酒緋紅了起來。

飯後我和她散步到岩石灘邊。海濤沖擊岸沿，浴場沙灘，一片寂寞。我們站住不動，頑勁地吐出胸中的鬱氣，我手臂環護她。除了海濤的響聲，我們保持靜默和凝注。在這個夜的漆黑和廣漠之中，隱蓄在心中的憂煩衝塞在鼻喉之間，眼睛湧出淚水。我們互擁著在岩石漫步，心胸已因嚮往與這環境爲伍的願望而漸漸地在熱淚滿盈之下清醒開朗起來。我內心愧憒，使我在滿臉狼狽之下許久不敢去注視她，只讓風濤吹襲著沒有目的行走的兩個連靠在一起的軀體。後來躺臥在旅舍的床上，她羞怯地坦白告訴我，她剛剛在岩石散步時流了許多淚水，我愛憐地緊緊摟抱著她，

故意嘲笑她的愚傻。

感覺上和她來海濱，第一夜就有許多本地人站在門口疑惑地窺查著我們，我們交觸到的都是猜疑的目光。我對她警告說他們可能以為我們來此地了結生命的。事實上，我有這樣的感覺當然是自己心理上先有了這種自殺的意識。

第二天，陽光普照，我們像新生似地跑到沙灘。我們決定午後徒步沿海岸到據說中的美麗之鄉的山城去。吃午飯時，加點了些較貴的菜餚，然後開口向店東借雙布鞋，聲明沿岩石海岸遊歷一番。店東笑臉一口答應。由於我們的這一種好興致的表示，店東首先撤除了對我們怪異行徑的猜疑。飯後回到旅舍躺在床上歇息一下，她急急催促我登程。

步出旅店門口，眼前展現著無比遼濶的藍色海洋和晴空。海潮的聲音像對我倆歌頌。依然有許多人站在門口或停止工作望著我們，不過現在他們的面孔都有些歡喜的顏色。

開始旅程踏上岸石的第一步，她就在我的前面奔躍起來，像一隻大的跳鼠，我警告著她這個行程是不能太早感到得意忘形的。

經過第一個小村落時，她和我暫時離開岩岸，順著一條車道經過小村的中心，這是一個與外界隔絕的漁人和礦夫的簡陋小村莊。石子的道路撒落著乾的殘枝和紙屑，污面的小孩們蹲踞在門口遊玩，沿路所見的婦女都缺乏裝飾，面目呈露著十分無知的庸俗，和她們背後的嬰兒十分相像。廟是這個小村的中心，有較寬闊的地面，那裡聚集著捕魚的漁夫，坐在小木欖上雙手編補著漁網。他們毫無隱晦地大聲說著男女間的事，對我和她好奇地抬起他們的頭顱，然後在我們的背

後零散地爆出一些笑聲。

這是僅花幾分鐘便走完的小村。當我們經過時，所見的那些事物都引起我內心的感觸。簡陋、紊亂、骯髒都遭到內心的卑視，這就是我們。這些景象清晰地使我憶起童年的家鄉，像看到自己裸露般的羞愧。再跳上了岩岸，接近海潮的聲音，有一陣，我和她都傷心得不願講話。然後才慢慢地忘懷了它們。

我對她宣佈，繞過眼前這座大山腳下的岩石後，眞正的漫長的途程才開始。我們所看到的除了動盪的海水，腳踏著的崎嶇岩石，右邊便是大山的一面陡斜的土壁擋著我們。土壁漫生著修長的淡綠野草。她說，除了前進，便是後退，否則就是攀山和跳海。我們唯一的希望就是朝盡頭凸立的岩石走去，以外便不再有何希望。人跡渺茫。

這時她才領會旅途中必要沉著地放慢腳步。她把她的身體緊偎著我，對著海和高低不平的岩石若有所思地移注。陽光溫和地在身背照耀，我們身上早已僅剩一件單衣，我斜側瞥望她胸前衣服乳房的弧線，同時感到皮膚發熱。我們約定非走到那個岩石，眺望那一面的景物絕不休息。但是到達那裡，只見另一段相似的曝曬在陽光中的光凸岩岸外，並沒有什麼新奇的發現。

我鼓勵心疲的阿蓮，再走完那一處彎角，便可以眺望山坡上山城的鍊銅場，那是一個很美麗的所在。總之，那個地方是我們意識設置的目的地，阿蓮自己也提高了勇氣，發誓一定走完這段岩石海岸。

抵達後我們坐在石頭上休息。脫掉了布鞋。腳板浸入水裡。海水的冰涼使我的心頭都震顫了

一下。隨浪潮忽厚忽薄的水鏡裡，舒展著腳趾。她細長秀麗的腳趾在我的不停注視下，不安地撩亂著那池清水意圖掩羞，我疑問著她爲何經過赤足的童年還保有那雙纖美的腳呢？她說她十歲後住在姑母家庭中便一直穿著鞋子。後來腳板擱在岩石上曬乾，她提醒我太陽已近遲暮。

「怎麼辦？」她說。

我望望那顆紅球，默思一下，望著顯露焦急的阿蓮。

「我們到達了那裡再說吧。」

「到了那裡怎麼辦？」

「我們不是出來旅行的嗎？」

「是的又怎麼辦？」

「那麼就沒有一定行止了。」

我們開始穿上布鞋，她也變得坦然了些。當我們站起來眺望山坡處，那座宏偉的大工廠延建築以及密集的民舍正浴在黃昏的夕陽紫光中。玻璃窗投出閃光，一片靜穆和諧籠罩在它的空際。腳步逐漸地移近，心中除了喜悅不再存有任何憂懼；我牽著她的手，她的眼睛充滿夢境的驚喜。

抵達山城腳下，我們跟隨許多工人，職員和服飾整齊的婦女一同搭著鐵索車上坡。走到街道上，反而感到我倆顯得襤褸。在飯館裡她對我表示無論如何不能冒險徹夜趕回去，事實上，我已經疲憊不堪，不容做這樣愚蠢的想法。我們走出餐館便投宿一間清潔的旅舍，沐浴和睡眠。

第二天早晨，我們又回到岩石海岸，對著山坡上那不可思議的（因爲這條海岸十分荒涼）城

鎮頻頻回眸，她表示著不能常久居住的遺憾，我說：

「阿蓮，不要冥想，那也是一個可觀覽而不可居住的城啊。」

她開始對我爭辯，她說這裡居山臨海，是人類樂園，我表示適者生存，不適者同樣是地獄。走過彎角，我叫她回頭，除了擋阻的石壁，那山城已經隱沒。

「人的一生就是這種現象，阿蓮。」我說。

她大爲悵亂，沿路上一直偎在我的身邊。回到海濱已經接近中午，許多人都莫名其妙地跑出來觀看我倆拖著疲倦的腳步回來。我牽她走進飯店，詢問著店東，他才笑著說，昨夜我們的不歸曾引起大多數人的悲觀猜測，早晨還曾有人要沿途追找我們。我將兩雙布鞋還給店東，又在那裡吃一頓豐美的午飯。我有一個感覺：就是這個小村落好像已經和我倆熟絡了起來，來時和去時的感覺已經截然不同。可是我不能相信長住會如何？總之，我和阿蓮是旅客。

當夜我們趕回北市，我要求她住在三十七路我租來的狹小閣樓上。翌日她去冰店工作，我到聯合門診中心找劉醫師。

憑良心說，我對精神科醫師心存畏懼：第一面，我不想把自己也當爲一個精神病患，我十分清楚我所有的症狀的原因，所以我決不會向醫師說出眞話，我在他們的面前只有假裝對我自己感到多麼不可思議和煩亂。我甚至說我根本沒有發生什麼事。眞的，在這種情形之下，劉醫師根本也不能爲我做些什麼。他唯一對我的勸告是，要我長期的跟隨一位和我同籍的醫師，才能解決問題。於是他便爲我介紹在下星期會見一位他的同事陳醫師。

我對以上的幾位精神病醫師所做的不坦率的行爲認爲是根本就是在拖延時間。第二面，我的確太羞於把自己的事公佈出來。面對著他們，像面對著我們生活十分接近的鄰居一樣，由於大家太坦率太了解反而沒有一絲安全和獨立感，這是我沒有正確的觀念建立起醫師（尤其精神病醫師）的神聖高尙的地位，也懷疑這些人在現世中是否眞正能積極地解決病人的問題。自始至終，我總太過於自信地以爲自己能夠護衛著自己，反正，這個社會呈露著一片自私，社會缺乏公正的維護，在如此潰散之下，個人只有依照著自己的想法活下去，任何人都是不可信任的。

由醫院回來，看見本來去工作而現在躲在樓上等我的阿蓮時感到無比驚異，當我再看到原來什麼東西都沒有的房間，現在堆疊了兩隻陌生的皮箱時，我整個都了解了。我跪下來把羞坐在牆角的她摟在懷裡，她在飲泣中想解釋些什麼話，我阻止她。「什麼都不必說，阿蓮，我異常清楚，我倆命定要永遠綁在一起了。」

一生之中，再沒有比這一刻更衝動著要想以一件事實行動來安慰一個軟弱的女人，我和她討論後的結論是馬上結婚。雖然結婚的形式早在我的心中已經喪失了意義——這緣於和丘時梅女教師的戀情在最後時突發的邪念。可是既已脫離那個環境和時間，現在與阿蓮的相愛在心裡上不免在做完互獻的儀式後，猶存在著一種孤獨的寂寞，所以爲了把兩顆心綁在一起，當然就得託藉一個外在形式。

翌日，阿蓮留在樓上，我獨自跑到司法大樓買了幾張結婚證書，然後到公證處去登記。門外有幾個人向我招攬，推薦他們要當我的介紹人。我想，這個人類世界眞是安排的很好，只要付出

少許金錢，做什麼事都十分簡便。於是我把這一切不熟悉的填表工作，都交給了那兩個纏著我的男人。

我穿著白襯衫和一條白長褲，她穿著銀色旗袍，下午三點鐘，公證處門口的那兩個臨時介紹人立在那裡等著我們。整個樓廊和休息室充滿了衣著光耀，香氣芬芳的男女。我和阿蓮以及兩個陌生的介紹人插在他們之中，順序地走進另一個房間，把身分證和印章繳出檢驗和蓋章，做完了這件事，我們便擁入一間四方形，有一個大講臺，壁上亮著霓虹燈的大囍字的禮堂。這座禮堂兩旁插著整齊的一排國旗。我和阿蓮坐在後排的板櫈上等候。四點鐘時候，整個禮堂都坐定了今天結婚的男女和各色人等的介紹人和親友。司儀進來，把一大疊證書放置在講桌的左端。當一位老態而頹喪，穿著黑色大法袍的公證人出現在門口時，司儀喚起立。那位頰肉垂墜的公證人帶著倦怠，一生中唯有不斷重複的腳步冷默地走上臺，對全體很輕蔑的掃視一眼。他戴上眼鏡，司儀喚坐下，開始逐一的把結婚人喚到臺前。我和她是第一對，我挽著她上前臺走去時，背後響起輕微的評議聲。我倆立在右首端。二十多對的結婚人整齊地排滿後，司儀再喚拜禮的各情節，最後公證人用他那模糊而低沉的聲音，快速而草率地唸著證書裡的文字。我再度被喚到那不高興的公證人講桌前面代表領取那些證書。然後在一陣熱烈的鼓掌聲中結束了這一個法定的儀式。

我付了錢給伸手過來的那兩個當介紹人的男人。我摟著她奔出公證處，那個司法大廈門前的廣場突然滾捲著一陣一陣帶沙的風，太陽被飛奔的亂雲遮去，整個街市灰暗了下來。她的頭紗幾乎為捲風帶去，我的眼睛含滿刺痛的沙粒。我擁她避進一部計程車，吩咐朝三十七路駛去。在車

廂裡，我再度擁她入懷，在我因沙粒沾眼而淚珠外滾的模糊眼視中，發現整個下午都十分沉默的阿蓮，竟然在此刻淚流滿頰。回到孤樓，隨著當夜便來了一場暴風雨，幾乎要把整個如鴿屋的樓閣捲去。第二天暴風停止，但雨沒有停歇，限於經濟的薄弱，我和她也只好躲在孤樓上，而不做因這喜事而來的遐想。

每天早晨，十點左右，我的頭上蓋著雨衣，從樓上出來，走下露天樓梯，手中提著茶壺，越過十字路口，在一間館子買了半壺的豆漿，十個饅頭和幾塊錢的乾菜，再回到樓上，這便是我和她一天的食糧。

在那個溫暖的小天地裡，聽著雨聲在窗外，屋頂和路上淅瀝地下著。她沒有想到外面去，所以沒有打扮，我似乎不洗臉和留長髮已經習慣了。我們讀故事書（我一生之中感到此刻的時間最充足），聽音樂和做愛。我們如此親密，如此赤裸，以致我漸漸探測到她的內心深埋著昔日的創傷，所給她的不良影響（我也洩漏了我的一份）。她在做愛時，總會哭泣，我要她忘掉過去，面對現實，她才停止了這種傷泣。如此一星期爲雨水所困，我倆都變成瘦骨如柴，面孔蒼白，頭昏眼花，怠倦和軟弱的人鬼了。

我與陳醫師面對面時，他首先爲我乾枯的形容所驚，以爲我已經病況嚴重，面臨瘋狂的階段。他不斷地詢問我，但我除了依然如法炮製地誇張我的痛苦外，我一點兒眞情都沒有洩漏出來。他顯露失望之色。可是我自己內心的焦慮也顯露給他了。他知道我頗具狡慧，便坦率地說出治療精神病的程序和要領，以求得我的赤誠合作。至此，我顯然無法再遁形逃竄，我便把所有埋

藏在心底的事（那兩年在小鎮所發生的事）向陳醫生做了一次坦率的陳述。

第二卷

抵達之日，正好逢到新舊校長交接歡宴的時刻，我看到那位矮小的舊校長，年輕漂亮，最後飲醉了。新校長梁啓川先生高大英俊，服侍這位被貶的人慇懃得有如奴僕。打聽之下，才知道他借酒發作是爲了平時不管校務，和地方黨派勾結花天酒地，虧空了公款被彈劾調職。他說（很狂傲的），他決定不去理睬教育科把他調到一個偏僻荒涼的小學校去的命令；他已經在港城找到了個教導的職位，一年以後便能晉升校長。他無疑是個既狂傲又懦弱的人，在旅舍的休息室裡，我看見他內心顯露出來的敗喪之色。他不能使我產生絲毫的憐惜之情。

在餐宴的時候（在那時飲酒的另一個意義，就是歡迎新的校長和教師），我的身旁端坐著一位高大豐美的女教師，約三十多歲，名叫丘時梅，她注意到我，非常好意地邀請我暫宿在她的家的空樓上。那場不甚興奮的餐會之後，她便領我走進市街一間紅磚砌成的兩層矮樓。屋裡充滿著一股淡淡的海鹽的氣味，客廳的牆壁掛著漁網和竹竿。她介紹她的丈夫陳蓋文先生。他是碩壯中等身材、帶著學養氣味的男人。但他給我的印象是冷漠和傲矜。我見了他就感到陌生和不自然，好像我是一隻綁縛的天鵝舉足艱難。丘時梅有一種爲我熟識的風姿；她的模樣彷彿我童年時代母

親的象徵，和溫柔而又堅毅的愛神典型。從她的舉動我想她一定把我看成一個不懂事，要人指導一些生活事務的兄弟這樣地待我，所以她坦落的善意自然地消除了陌生的距離。

陳蓋文先生披著漁網提著電筒外出。丘時梅領我到樓上的房間，那裡簡直是個空洞而低矮的樓閣，牆角同樣堆置著棕黑色的魚網，有一張板床空洞地橫置臨街的窗邊。她一面鋪床，一面向我表示歉意。我說這樣十分合乎我的口味。放下了行李，隨即沐浴和換衣服。那個晚上，她等候她的丈夫的時候，我禮貌地陪伴她坐在客廳。在簡樸的客廳，她講起學校的事，以及約略談到她的丈夫所給人的印象的種種解釋。

第一次的晤談，她並沒有表示出對丈夫的不滿。她讚美和憐惜她的丈夫的才學。她說他早年是小鎮之中最優秀的學生，受過嚴格的日本教育，他娶她的時候，正在城市的港務局當職員。她停頓了一下，她說他喜歡自己做自己喜愛的事，小鎮沒有任何捕魚的男人能匹敵他刺魚的技術，他的父親自校長的職位退休後轉入銀行界，還是城市裡鼎鼎有名的銀行協理。但她說，她和她的丈夫來馬東也只有一年罷了。她再度停頓下來，顯然在她的內心裡藏有隱衷，新調來的校長過去是她丈夫的同學，與現在的鎮長方火井先生十分熟識，她說她有一個大的家族在二十里外的藍山，祖父母還健在，並且皈依基督教，她自己一直對基督教十分地了解和虔誠，且對教義有頗長時間的潛心研究。

不幸我顯露出對她的陳述沒有多大興趣的睏倦被她發覺了，這也使她這一番表面隱藏一個眞情的前詞感悟到幾分的羞悔，不過，我的眼睛有一度（在未瞌睡之前）毫不客氣地專注賞識她美

麗的姿容，當她迴避的時候，在她明媚的臉上總有一種慌亂羞赧的措舉。她轉爲請求我上樓休息，我沒有再推辭和掩飾我實在的疲倦，遵照她的意思上樓睡覺。半夜我醒來時，樓下有一片熙攘的聲音。注意諦聽才分辨出她的丈夫由海上回來了，鄰居圍攏過來觀看那些被刺回來的奇異的魚類，發出讚嘆之聲。我聽到陳蓋文低沉冷酷的聲音，吩咐丘時梅爲他準備洗澡熱水。我只是疑問著她是否一夜都在等候中沒有睡眠。在不著邊際與曖昧的關懷以及那些傳來的斷斷續續的音響中，我再度墜入夢鄉。

第二天早晨，我和丘時梅一同吃早飯。她解釋她的丈夫昨夜晚歸還在睡覺。一位女傭蹲在廚房的水泥地板洗衣服。我和她偕同上班。開早會時，便目睹著幾位驕傲的年輕教師吵吵鬧鬧的，彷彿向新校長示威，我一點也不知道那是屬於什麼事，甚至一點兒引不起我的興趣。

我步出辦公室，沿著走廊對整個校舍觀覽了一遍。一個三角形的操場高低不平，散佈著一堆堆的海沙。有一面背著山坡，一面是一排簡陋不堪，地板的水泥破裂和充滿細沙的教室，另一面的一座方形禮堂已經爲颱風掃刮得只剩石泥的空殼架，舊式的教室牆壁已經龜裂，與並排的一列低矮教室，同樣被列爲危險教室整個圍繞著鐵絲網，禁止學生闖進。

我對丘時梅表示我必須去找一間自己的住所。一位學生帶著我到街上去詢問。這一個馬束的小鎭只有一條彎曲的馬路。我從頭到尾觀覽了一遍：

郵局代辦所

布店

飲食店
冰店
餅店
理髮廳
照相館
西藥房
一座灰色的老廟
中藥房
布店兼車站
菜市場
裁縫店
小兒科醫院
雜貨店
衛生所
警察局
鎮公所
農會

文具店

內科醫院

機器修理店

洗衣店

基督教浸信會會堂

這個最後一間的建築十分優雅，色彩鮮明，與其他的屋宇有著很不諧調的氣氛。住屋和店舖雜混著。我折回古廟的前面，步下那裡的幾級石階，在巷口旁邊，不屬於那條馬路的，那裡聳立著一家碧海旅舍，進入巷口，有一間鐘錶店，一位身體結實棕色皮膚、長有一張突出的老鼠面孔的女主人十分歡迎我租賃這座小屋子上面的那間閣樓樓房。她帶我走進屋裡，裡面十分黑暗，經過廚房時有一股豬糞與海鹽的混合味道衝刺鼻腔。聽到人聲，廚房隔壁的豬發出求食的鳴聲。我所見到的那裡面的人都是長得與這位女主人一模一樣，長長的嘴巴好像隨時都會逼近我，嗅聞我的身體。走上樓梯，她把一扇扣住的門打開，一間十尺見方的房間裡擺著一張古式的雕花床，一張圓桌和一張靠背椅子。通向陽臺有一扇兩摺的玻璃門，右方一口窗戶。這個很簡陋的房間的一面牆壁是用木板隔置起來的。她開了一個很公道的價錢，我就答應搬來居住。

學校很混亂，我退避了校長與教員間顯著的不和諧。可是，每天晚上我走進丘時梅的家裡，總會遇到校長梁啓川先生也在客廳裡。陳蓋文先生並不每天晚上外出刺魚。我喜歡在他（她）們三個人的談話中順便聆聽一些唱片，我靠近放唱機的角落默默坐著，時時站起來調換唱片。

白天，我不在學校的時候，為了逃避由廚房飄來房間的刺鼻味，我沿著屋後的那條河到海灘，對海做一番的注視和沉思。我並不好學，星期六午後便搭車離開那裡，到城市看電影。

有一天早晨，沉鬱的面孔上掛著近視鏡的鎮長方火井先生偕一位高顴骨、薄胸大臀部的中年女子來校，經過校長對全體教師介紹後，才知道顯露得有些傲慢的這個女子是鎮長本人的妻子，她的名字叫高斐，由本鎮山區的一個學校調到本校。校長同時宣佈由高斐和丘時梅兩位女教師擔任學童營養午餐的監督。當晚，在丘時梅家中，校長便把這位剛來的鎮長的妻子臨時調校的事情洩漏了出來。他說，鎮長方火井先生未當選鎮長前是這個小鎮的幾所國校中之一的校長，高斐正是他掌校的一位女教師。高家是當地的富農，十分趾高氣揚。高斐和方火井結婚後，她便掌權的拉攏年輕的教師組織俱樂部，和時與校長不和睦的外籍教師敵對。去年高家的人支持方火井競選鎮長，以便排擠高家的敵人。這位沒有主見，沉默而死氣沉沉的方火井先生便慢慢地交際起來，燃燒起政治野心的火焰。競選的時候，衆所皆知高家拿出鉅款，購買日用品由競選運動員贈送鎮民，要求鎮民投票給方火井。當選後，他辭去了校長職務，縣府另派一校長到校。不料這位已經掌慣權力和籠絡教師的高斐女教師，意圖支配新的校長，終於和新校長衝突起來。她對於教職工作我行我素，並操縱她的那群俱樂部的朋友挑釁校長，經校長的再三呈報縣府，終於將她調校。可是又經過鎮長對縣府的請求，不但不處罰倒反調到鎮上的國校。梁啓川先生說，當初他當教導時，曾經受到方火井的提拔，所以對於高斐的來臨他便只有承諾了。

高斐來校不久，我便聽聞她在她那所漂亮的鎮長公館裡晚上聚集了一批教師，準備再組織俱

樂部，平常在校內，三五成群會聚在教室門口竊竊私語。她介紹了她的妹妹，漂亮而稚氣的高花小姐到校當一名臨時的營養教師。幾個年輕的教師以高花小姐爲中心，常常纏繞在營養廚房嬉鬧和奉承。當校長把整個營養午餐的設計工作，交給曾受過正式的營養講習教育，取得縣府合格證的丘時梅女教師時，高斐女教師表示十分不高興，她表示這種主權的工作應當交給鎮長夫人才對。第一個謠言便出來了：教師之間互相輪傳著丘時梅在縣城受營養講習的兩個星期裡，校長曾經屢次公差外出，有人目睹校長和丘時梅走進旅館。

第二年春天，雨霧消逝，陽光照耀著綠色山頭，曬落在金色的沙地上。浪潮均勻地捲滾著，一波一波打擊著岩石。黃昏時，漁舟出海，晚間，黑色的港灣佈滿著移動的藍鑽石的光芒。冬天裡，這個小鎮唯一有趣的新聞便是西藥房的女老闆與一位城市騎摩托車來的藥品推銷員的姦情觸怒了那位沉默的贅夫。那時是星期日的晌午時分，我和丘時梅由浸信會的禮拜堂出來經過那裡，那位平時沉默，工作賣力的男人把他驕傲美麗的妻子從藥店裡拖到走廊上來，拍打她的臉頰，憤怒地撕裂她的胸衣，脹紅著面孔咆哮著要圍堵的人們注視這個賤婦。那張平日花粉的誘人面孔，從朱唇濺流出口沫，與淚水混塗在脖子上，這個情景給人一個非常深刻的印象。關於這位風流的女人在白天公開地和推銷員的姦情，鄰里間早已傳聞多時。人們站在走廊觀看，反而十分同情那位白天在礦場工作的蒙羞的男人。與丘時梅回到家裡，陳蓋文先生坐在客廳的矮凳上，默默地握著一隻鐵器磨擦擱了一個冬天生銹了的刺魚鏢。鋒尖由陽光映著白光閃刺我的眼睛，突然我有一陣的驚懼附著在心底：要是傳聞丘時梅和校長梁啓川眞有著戀情怎麼辦？陳蓋文先生抬頭用著銳

利而冷峻的眼光注視我們走進來，像平時一樣沒有笑容。星期天我總是在陳家吃午飯。在飯間，陳蓋文先生破例地笑臉對我說，明天他便可以請我吃今年第一次他刺殺的魚了。

我對陳蓋文總抱持著敬畏的心理，他從不在談話中扯拉到他過去的事，他的嚴肅和冷默的態度是一道與他交通時的隔離之牆。他不批評別人，只談刺魚的伎倆。自從晌午時看到他蹲伏在地板上磨擦刺魚鏢的鋒尖，當夜我因過度的幻想和恐懼而失眠。我還沒有想到它的鋒芒會刺進我的胸膛，當我把它與早晨親睹的西藥房的事件連想在一起時，不禁為丘時梅擔心起來。雖然很明顯的，梁啓川校長對待丘時梅要比別人慇懃，但我只把他看成是對待朋友之妻合理而應有的那種較多的親善的禮貌罷了。從陳蓋文先生與梁啓川校長之間的態度，我沒有發覺有怪異的顯示。晚上梁啓川照常來閒談，有時和他妻子兒子一起來。他的妻子是個很矮小的平庸女人，與他高大英俊的外表成為很明顯的對比。但是他們兩個男人沒有公開赤誠地談論這件謠傳（僅限於校內的謠言），我心裡也始終不能拂去這點疑惑。

我唯一看見陳蓋文表露內心的激動是一個炎熱的午後，我坐在客廳閉眼聽音樂，他在角落安置電池，為晚上出海準備。這是吃了他今年第一次刺的魚之後三個月。門口出現了一位匆促的童子喚著陳蓋文先生，告訴他到郵局代辦所接電話，我張開眼睛看到他放下了工作跟隨小孩出去。一會兒，我目睹他面色蒼白，悲傷地回來，我站起來問他什麼事？他聲音微弱地回答我說他的父親死了。隨即他的眼睛迅速地落下兩顆晶瑩的淚球，劃過蒼白的面頰。他蹲回角落，雙手顫抖地小心拆去電線，同時細細地發出哭聲。他再站起來時，用手肘擦去臉孔的淚痕，轉告我，他即刻

要奔到港城父親的身旁去，請我通知傍晚由學校回來的丘時梅。

我將這件事轉告了丘時梅，她聽到了這個不幸消息悲傷地哭泣起來。她坐在臥室的床邊，心情像有極大的苦衷，我坐在她的對面握住她的手，安慰她勿過分爲這件不可避免的事傷悲。不料，她卻憤憤不平說，家翁之死倒非引起她什麼悲傷，是家裡經濟不好，如何安排這一次葬禮費用，要非早年蓋文放浪揮霍，今天斷不會如此丟臉。她說，現在蓋文的幾個兄弟之中，唯有他敗落隱居。她說她與他艱苦廝守一起全是爲一點人生尊嚴，誰能夠體諒同情她呢？就是說校長梁啓川對她極好，她並不否認，可是他連碰碰她的手都不曾（我警覺地緩緩縮回我的手）。她表明她對他也不是頂好印象，否則年輕時他的求婚已經下嫁給他了。

我答應守候她的家，當夜丘時梅也搭夜車趕去港城。第二天中午，他們夫婦相偕回來，兩個人都因一整夜的哭喪蒼白了很多。她臉上尖細筆直的鼻下現出一雙蒼白的唇片，眼睛繞著黑圈，額頭蒼白黯淡，引起我萬分的憐惜。下葬還要擇日，到時候會異常鋪張熱鬧。蓋文必須在父親身旁守靈，他帶了一包換穿的衣服又搭夜車趕去港城。丘時梅在她的丈夫陳蓋文先生在城市守靈時，我陪著她守候在家裡，在數次夜談之中她傾吐了她往日的故事。

她是開雜貨店的父親的大女兒，從小聰明伶俐，是祖父的掌上明珠。十八歲那年，畢業於城市的中學，受聘在本鄉的國校當一名學童教師。她年輕美麗，善於歌唱和口才，在諸多追求者之中，有當地駐防海灘的砲兵軍官，有教師（梁啓川是當中一位），有商人。當時她無憂無慮，充滿了青春快樂，在衆人的襯托之中無比的榮耀和滿足。她的臥室堆滿追求者贈送的禮物。在這許

多男人之中，她與誠樸、搬到港城的陳家第二孩子陳蓋文始終沒有較好的往來，屢次他從城市跑到鄉下都抱著失望的心情歸去。可是，他從不曾不在下一星期假日再出現在鄉下。他給她的印象是他根本不懂交際。她年紀太輕，無法了解一個追求者的心情。後來，她爲何開始對他注意皆緣於那位英俊魁梧的砲兵軍官的魯莽行爲之後。

有一天黃昏，她照例在學校逗留到很晚才步行回家，歸途必須通過海灘的木麻黃樹林。當她獨自快樂地在柔軟的沙地上邁步前進時，那位軍官站在樹幹旁邊靜靜地等候著她。這一次，砲兵軍官不像往例一樣馬上伴在她身邊送她回家；他微笑地告訴她有一件東西要贈送給她。他拉著她走向茂密的樹叢，將身上的夾克脫下鋪在落葉上，請求她坐下。他伴坐在她的身旁，面孔轉過來朝對著她，且從衣袋裡掏出一條閃閃的鍊條，一個精緻可愛的黃金十字架由兩邊鍊條之間垂吊下來。他捉住她的手，把那隻十字架和鍊條放在她的掌心。她的心充滿了驚訝和愉悅，眼睛細細地考查著那隻金的十字架，而且在她的指間揉撫著。這時，那位軍官的身體緩緩地壓過來，兩隻巨掌緊捉著她的肩膀。她的身體突然失掉了重心仰倒在夾克上面。她的視線遺失了十字架，替代一張赤紅而喘息的面孔，出現在她的面孔上面，它漸漸地擴大，那些帶著朦朧水氣的孔洞逐漸地巨大，整個成爲模糊而粗糙的肉塊逼近著她，由於一個驚嚇的意識，她像反射般閃避了那張面孔，翻轉身體站起來，砲兵軍官整個撲俯在那件煙味濃厚的夾克上。她迅速將緊握在手中的十字架項鍊拋下，拔腿逃開。在她驚慌的感覺中，好像後面尾追著那位羞怒的砲兵軍官。她看見小徑上模糊的有一位挑擔的人影，她喚叫那個撿拾乾柴枝的老人等候著她，於是她和那位晚歸的老人一同

走出樹林。她連回頭都缺乏勇氣，害怕那位可能躲藏在樹幹背後，一步步尾隨的軍官的窺伺的銳眼把她整個身體再度攫去。

第二天，她領悟了，把臥室裡的所有饋贈物清理了一下，送還給每天在她周圍的男人，謝絕了除普通朋友外的往來。那位永恆而充滿耐心的陳蓋文終於以文雅誠樸的個性在兩年以後贏取了她。

陳家根深柢固的日本式的家庭風範，使她在第一年之中都懾服於家翁兩撇短鬚的威嚴之下，成了一位不平等的服侍男人們的奴婢。這是一個大家庭，家翁只喜歡善交際做生意賺大錢的老大，對以下的子女就不甚關懷。蓋文在港務局上班，整日在外面，新婚夫妻只有在晚上見面，甚至在那所漂亮的日式房屋裡，睡眠都不安寧。她整日慣地洗衣服、擦地板、端男人的洗臉水、洗澡水、做三餐，卻連一個傭人幫忙都沒有，這一切在當年只是一種麻木的工作。第二年，自小得不到父親注意的老二蓋文開始轉變，他偷偷地辭去了死板板的工作，對她說他要開始做生意，將來才能出人頭地。她發覺她的金器和珠寶漸漸的減少，當她追問他時，他推託是拿去做投資生意。他不再每天回家，有時一連整個星期都找不到人影。家翁見狀不妙，開始對她呵責。她相信蓋文這樣的男人是不會欺瞞她。所有的珍貴的嫁粧終於被拿走一空後，有一天，他喪氣地說投資已經失敗，最好一起脫離家庭。結婚一年又八個月，家翁在盛怒之下趕走他們。他們脫開了嚴肅的家庭，租賃在一間小房子裡。她在獨處和冷落之中漸漸醒悟起來，注意觀察他的行爲，她驚訝地發覺他出入賭場，睡在旅舍裡，與流氓往來，找尋妓女玩樂。有一天，他歸來聲明要與朋友南

下做生意，歸期不一定。她第一次對他暴怒起來，罵他是個騙子。他沉靜地說，他是被環境所迫，都是爲了不被父親看不起，才走錯路。現在，只有孤注一擲，冒險南下，他說對她的愛永遠不變，不過，他請求她能忍耐等候最好，不能忍耐也不強求她一定遵守夫婦的約言。

她挽留蓋文無效後，忍辱地回到鄉下的老家。那一年未完的最後幾個月裡，她都因自責和怨憤，把自己囚禁在臥室裡。翌年，她勇敢地再到學校去請求復職，學童非常愛戴她，家族中的人更加愛護她。星期天，她對教會的事十分認眞，開始潛心研究教理。昔時的那些追求者有的已經離去，有的已經變異高升，現在她傷心的回來，依然有新的一批對她傾慕。

首先，她由於對蓋文心灰意冷，心旌有些搖動。但她不比年輕的處女們，心裡總有些矜持和羞愧，長時間一直不能下決心決定自己的新的幸福前途。那些焦渴的男人失去了耐心，用著激烈和傷害她的言辭對她進攻，這使她在加倍的羞怒中堅決拒絕那些嘲笑和誘惑她的追求者。她卑視他們的人格，賭咒一心等候蓋文的歸來，否則，永生不再接近男人。

蓋文很少有信寄給她，只有在年節時寄來簡單慰問的賀卡。他沒有談到自己的狀況，那些信都來自不相同的地址，使她不能對他有點兒捉摸。她與他之間的連絡都歸無效。他在賀卡上的文字十分禮貌而沒有夫婦間的親密意味，他是標準的硬漢，她的感覺是他一定以爲她已經有其他的男人了。一年又一年的過去，她忘掉了他也像忘掉了自己一樣地度日，而陸陸續續像戲弄一般的可惡的求婚者都不能引起她的興趣。突然在第七個年頭的中秋節之前，她接到他打來的一張緊急的電報，要求她來南市，她突然直覺到他一定在非常的不幸之中，於是當她決定啓程的時候，把

自己所有的積蓄帶在身上。在南市的一家旅舍她找到蓋文，發現原來蓋文的身旁有許多男人監視他。那些男人對她說要不要這個男人，她說他是她的丈夫爲什麼不要？他們說，要他的話拿錢來贖。她詢問什麼原因，回答說賭博欠了他們許多錢。蓋文坐在榻榻米上，垂肩低頭。她拿出五千塊錢交給他們，他們便放了蓋文走掉了。

當夜，他們夫婦相偕另投一家旅舍，兩個人百感交集。她要求他回來，從頭做起，投機和冒險不會贏得代價。這是他們結婚以來經過重重波折後感覺最恩愛的一夜。第二天黎明，他請求她先回去，他必須單獨清清楚楚地思考一下。

她一旦又離開他，便感到要永遠失去他了。不料，再經過一星期，他偷偷地潛回來。他雖然敗喪的回來，可是對她來說像拾獲了一個曾斷絕的新生命。她鼓勵他做工作，他固執地堅持不爲這個世界再做任何事情，他唯一生存的辦法就是像原始人一樣自食其力刺魚爲活。他變成一個十分沉默和嚴肅的男人，雖和她的家族同在一個屋蓋之下，卻難有歡笑和愉悅。他整夜在海上，沿岩石海岸刺魚蝦。再經過兩年，她和他將所有的積蓄到馬東買了一棟房子，當爲永久的定居。她以多年來服務國校的優異成績獲准調校。在這兩年多移居馬東之間，蓋文從不忘懷把最好的魚蝦託人送到港城給他的老父親。可是他們依然經濟不好，這個葬禮便足使她感到十分的傷悲了。

約半個月時間，葬禮的事終於過去。蓋文的長兄表現得很開明，聲言各兄弟能拿出多少算多少，其餘一切都由他負責。這位完全習慣日式作風的老人終於因腦溢血倒下死亡，像一片楓葉的墜落，成爲過去。

佔在男性的立場，我不但不歧視蓋文，反而由衷地對他加一層的敬重。一位遺世嚴肅地選擇著自己的表現形式的人，多少帶給我一種敬重的崇拜。我和他之間好像距離縮短了。有一次，他自動帶我在一個黑夜裡沿岩石淺灘刺魚。整個晚上，我都得不到要領刺殺一條魚，後來我不再有耐心了。站在岩石上，注視著他像報仇般地舉鏢向水中猛刺，在孤燈照耀範圍中，從水裡提出那個頭尾擺動掙扎的魚。黎明前回來後，我自忖這種工作除非興趣和苦練，否則不是一個意志力薄弱的人能勝任的。

學校掀起了一陣風潮，因爲不能整齊地向學童們收繳營養午餐每月三十塊的菜錢，學校被迫暫時停辦，請示縣府的指示。縣府延擱幾個月沒有正確的下文答覆，校長無法決定完全停辦或續辦。一部分繳錢的學童家長來校詢問，一部分懷惡意的教師私地告訴不能明辨是非的無知農民、礦夫和漁夫，說這是校長想從中營利的企圖。但據知情的人士竊竊揭露，那些年輕教師整日價地找校長敵對，第一，沒有照他們的要求分配他們喜歡的班級，第二，他們不滿意這個沒有文化的窮鄉，學生繳不起補習費，第三，懷恨縣府沒有公平分發教職工作，第四，經高斐女教師對他們秘密的唆使，只要他們天天跟校長搗亂，不合作，校長就會因不堪騷擾請求縣府調走他們。她舉了她自己的例子，她甚至誇言她的丈夫，過去的國校校長現在的鎮長，縣長科長都是他的好朋友，調校的事只要她的丈夫走一趟縣府，就容易解決。她說一切聽從她，盡量使學校動亂起來，那麼像這種偏心不公平的校長，縣府自然會懷疑校長的能力。最主要的因素，還是校長梁啓川是高家的對敵林家的女婿。校長獲得這些消息後，曾經私下表示，他一有機會是會採報復手段的。

每天早晨，辦公室總會無故地掀起一場吵鬧和辯論，當校長不願理會他們時，他們就上前捉著他的衣襟，指責他爲什麼不答覆。我坐在那裡，一生之中再沒有遇到如此窮兇惡極的教師，出言魯莽，言辭拙劣，強詞奪理，且高聲叫罵。我心中漸漸地積壓著這種情況的不滿和心靈受騷擾的痛苦。每當我和丘時梅談到此事時，她勸告我獨身無援最好忍耐下去。這個馬東的小鎮，如此破落不修的校舍，和擁擠不堪的學童，以及只關心自己利益，製造動盪的教師，我唯一在一天之中找到安寧的是接近海洋，漫步在沙灘，或與丘時梅傾談的時刻才獲得補償。

正月的一個晴美的星期日上午，我和丘時梅照例到浸信會去禮拜，午後，我提議去爬山，她雀躍地表示贊同。我們緩慢地走著，她突然對我談起警察局裡一位冷待妻子的警察。這一對結婚二十載，已有三個孩子，年輕時曾由戀愛結婚的警察夫婦，目前的情況是這樣的：

旅舍裡有一位妖艷的女侍，在馬東是個重要而人人知曉的角色。她的行爲是向迷戀她的警察索取每月五百至八百的與她媾合的渡夜資。據我們所知，她在城市的那個年輕好賭的男人便會按時來向她要錢，這位無業流氓，是這一位女侍早些時在城市當妓女的時候，他們性情相投而定的契約。所以這位可憐而愚迷的警察在家庭中冷待妻子，責打子女，二十年來，每月把薪水全部交給妻子的溫良習慣也中止了。有時，他的同事見憐那位在家忍氣吞聲的妻子，把他從旅舍勸回來。他回到家裡，脫下了上衣，等候他的同事告退了，他再穿起衣服，一面責罵妻子，一面再踏出門去。上星期，他的妻子已不堪忍受如此虐待，攜了最年幼的小孩出走而不知去向了。

市街上日夜傳遞著類似的事情，聽來總令人感到搖頭沮喪。丘時梅把這種晚間閒聊的題材，

單獨地再對我談起，當時我是猜不透她心理的因素的。

她在爬山時是那麼容易疲倦，汗汁潤溼著她的前額，臉頰紅潤，呈露蘋果一般的美麗，在爬登小小陡坡時，我都必須跑上前去拖拉著她上來。最後我們倚靠在一棵樹下，坐在山的頂端，俯視馬束一帶彎曲優美的海灣，覽視全鎮，有一種孤絕的感慨。她靜靜地仰著頭，閉目沉思，彷彿有著滿腔心事和通繞周身的疲乏。我的手插入那擱置她的手的外衣口袋，突然兩隻手怯懼而迅速地緊握在一起。一股電流迅速由手傳到心靈。她依然閉目緘默，我審視她那張在眼尾佈有細細皺紋的面孔。許久，我的內心十分騷亂不安，遂抽出手站起來，深吸一口新鮮空氣。她跟著站起來，對我說最好回去，依今天的潮水，蓋文會早出刺魚。我們都有點阻不住像孩童一般跳躍著下山，但我一點也不知道她已經懷孕三個月，這時正是孕婦最危險的時期。

第二天我們已經在開往港城的車上，她談到她的不舒服是昨天過分跳躍震動的緣故。公立醫院婦產科醫師檢查的結論是十分危險，可能帶來流產的結果。回到小鎮她將檢查的情形告知蓋文，蓋文表示得很淡漠，好像有沒有孩子，或危險不危險均不在乎。我正在理髮廳洗頭髮，倒著頭由背後的一塊鏡子看到她很憂煩地向我走來。她的手指敲打著玻璃窗，我抬頭時髮上的水滴流滴滿臉，她簡單地說她在等著我陪她到港城去。我叫理髮師迅速地爲我吹乾頭髮。她當天晚上就住進了醫院。我回來小鎮將一切情形告訴蓋文，他的神色很鎮靜。他照常到海上去。第二天早晨他親自到港城的醫院去探望她。黃昏，我由學校下班，就搭車趕到港城的醫院去。她看到我走進病室，她說一切情形都還好，醫師似乎還在做青蛙試驗，她的丈夫午後才走。我只逗留了二、三

鐘頭陪伴她，然後離開醫院到車站搭末班車回來小鎮。

她極力地想留住腹中的胎兒，事實上情況日漸悲觀。第三天黃昏我趕到醫院時，流產的手術已在午後四點鐘時分完成了。她躺在病床上形容很憔悴。她看到我就流淚，告訴我她的丈夫在她手術順利完成後就離開。

我對她說我從來就沒有看過蓋文有一天快樂，她點頭稱是。他的內心也可能很沉痛，他的遭遇已經足夠使他成爲一個冷酷的人了；他是個帶著滿臉滄桑回家的男人，他對任何事都可能顯露痲木，他逃避著，甚至掩飾著，只關注到他自己堅持的生活方式。她說他就是如此。她露出躺臥在病床上休養的每個時辰都在祈望一個了解她的人降臨的心事。她祈望黃昏這個時辰成爲永遠，以便和我傾談。白天，她的父親以及祖父或家族的人輪流地來看望她。蓋文再來過一次。她對我說，她以爲挽救他的歸來可以重建家庭，她滿心以爲她終於在這一次可以捉牢幸福。她可以忍受生活的艱苦，不料他已不再是過去那個內心熱誠和溫柔的男人，寧可說他是爲了避去晚上的熱情才選擇了刺魚。他的身體恢復了堅實，彷彿他在爲復仇做準備。有時整整一個月，她得不到一次滿意的愛撫。甚至他假意和強忍不看重自己，在做那一件事時，他草草了事。他爲何要選擇這種虐待自己的苦刑呢？她請求他，他躲避在一旁表露出一種無情的沉默和僵硬。我在這種情況之下感到恐懼，我不自覺地告訴她，我可能在不久要離開馬東。我這種預先的宣言觸怒了她，她坦率地說，我走了她要怎麼辦？我告訴她我早已愛上她，也因爲如此我必得非走不可。她請求我無論如何要爲她而留在馬東。那麼我們遠走高飛，拋開一切既往，她說不，她不能在這樣的社會以那

種理由和她的丈夫離婚，況且是她要他回來的，無論如何在道義上沒有人能諒解她。既然如此，讓我選擇我清醒的決定，從明天起我便不再來探看她了。我旋即離開病室，走出醫院，淚水奪眶而出，寂寞和愛與恨包圍著我，我的心已經夾碎滴血。在灰黑的街道，意識之中我對自己哀憐地喚叫著自己名字，彷彿模糊不清地叫著——「哲森，哲森，哲森，」夾雜著邁前的腳步聲——「哲森，哲森」地喚著。突然我像漸漸聽到另一種拖拉的腳步聲，響自背後，我一直往前，在碼頭邊上已經淚沾胸襟。叫聲越來越大——「哲森，」我開始徹悟那再不是我自己的叫喚，是來自一個跟踪者悲憤而有力的叫聲，我停步回轉，一句清澈的喚叫——「哲森，」頃間，一個龐大的軀體傾斜地撞向我的懷裡來，我驚異同時敏捷地接住她，我看到她的臉孔像死亡一般蒼白，在我的扶持之下癱軟和喘息。我呼叫一部過路的車，送她回到醫院。

我扶著她推開病室，校長高大的身體從椅上站起來。他帶來許多水果，他不斷地為著他因公務繁忙以致現在才有空暇前來探望表示歉意。他已來等候多時，問我們到哪裡去。我說醫生吩咐她起來散步，我們剛剛在後院試走了一圈。躺在床上的時梅開始喚著頭暈和發熱，身體十分不舒服。醫生來看了一下，斷定是著了涼和過激的運動所致。她漸漸昏迷了過去。我表示今夜在病室看護她，託校長回到小鎮轉告蓋文。校長離開後，我感到躊躇不決，最後跑到電話間和蓋文通了一次電話。蓋文在電話中表示感謝我。她吃藥和打針後醒來，她說她現在已經顧不了什麼道義和宗教了，她必須依照著她的願望去做才免受苦。

一星期之後，她康復地回到小鎮。當天黃昏，一件風流鬧劇振奮了這個沒有消遣和怠倦在夏

季的小鎮的人們。一位矮胖獨眼的婦人，脫下了她腳下的木屐，高舉著它，把她當農會總幹事的瘦丈夫，由婦女會主席的家中連打帶踢地罵出來。她自己的臉頰上印著那位碩壯時髦的婦女會主席的巴掌痕跡。這件爲時已久的淫蕩之事，終於演成一幕憤怒的戲劇高潮。那位如猴子一般模樣的人，在被捉姦之後在街道上鼠竄著，赤著腳，未穿上衣。傳聞那是一件有趣的眞實的交換條件：農會的金庫缺乏鎮民儲蓄的現金，幾乎要撐不下去，他請求有錢的婦女會主席把錢放存在農會，這個有名的蕩婦（她和她的丈夫的鎮公所同事，也有許多糾纏不清的事實）說出只要他答應她，她便答應他。不僅如此，據說這位瘦皮猴十分精於那一件床笫的事，她在興奮的驅策下無私地介紹給她同樣身材，同樣有錢，同樣好色的結拜姐妹。許多人總會在這幾家的後院巧遇他紅著不自然的臉躲躲藏藏。

我躲在那間有豬糞和海鹽氣味的鐘錶店的樓上，注視著書頁，強行鎮靜這顆憂懼和充滿愛慾的心。我能猜想她同樣在家裡焦慮地等候著我。現在我不能像往昔躲在這個屋子裡清靜地消磨晚上的時間；經過我們互許的允諾後，我變得不自然和害怕。只要我踏上那個門檻，我便是爲了要實行偷情的企圖，不管她的丈夫在不在，即使他或校長在那裡，我的心情也是在等候機會，或偷偷地與她眉目傳情。我總是害怕，我不自覺地幻想她的丈夫手中的魚鏢像他刺魚時的憤懣刺進我的胸膛。凡是像這樣的事都會有一天洩漏出來，沒有喜樂的結局。白天我繞路到學校去，晚上深閉在閣樓之中。我喪失了睡眠。我驚跳了起來，我不再像往常一樣地坐在那個有音樂的客廳，我如何相信我自己不被她稱爲懦夫呢？她的丈夫不是同樣會懷疑起來嗎？我彷彿聽到她或她的丈夫

上樓梯的腳步聲，前來邀請我去吃魚。第三天，我阻不住自己才穿著整齊的衣服坐在她的客廳，因爲，清晨我在沙灘散步時遇到蓋文，他問我爲何這兩個晚上沒有到他家去，家裡有許多魚的確吃不完。我推說學童有許多作業，不能不在晚上趕夜班。坐在那裡，並沒有什麼事發生，我極力提防著自己不可太衝動露了馬腳。而且，我內心祈望我不要有什麼事情眞的發生。我看出她也裝扮的像忘掉在醫院許下的諾言。整個冬天都十分和諧，年節時，我成了他們夫婦最親密的朋友，彷彿一家人一樣圍坐在餐桌旁邊，舉酒互祝。

春天來了，梁啓川校長終於找到一個向高斐報復的機會。縣府最後終於下令小鎭國校的營養午餐停辦，命令中對於校長呈請的事也批准照辦。校長依照縣令，停辦營養午餐，發還學童的菜錢，派丘時梅接本校的一個班級（縣令中合格營養教師留校），派高斐到五哩遠的分校去報到。這一張字條握在高斐女教師的手中，她便像石油點火一樣地爆燃了起來。她揚言她是何等身分的人，她要拒絕這張派令，而且抗命到底。她的爪牙開始攻擊校長不公平，憤怒地把公佈的命令撕掉，在質詢時又堅決否認自己的錯誤。高斐繼續來學校，表示不理睬這件事，也不教課，要校長收回成命。校長第二次再給她一張條子，她索性不來校上班，躲在鎭長的公館裡。校長下令停高斐的薪水。這件事引起鎭民代表出來開一次會議，指責校長獨斷獨行，沒有顧慮到上級的禮貌做出這件魯莽的事。校長回辯這是縣府的指示。我們想，梁啓川的確是捉到了一個合理的機會報復了心中的私怨。本是好朋友的方火井和梁啓川就因高斐女教師的事意氣地鬧翻了。學校因爲這件事好比一隻遇到風暴的小舟，在浪潮愈來愈大的時候，船長和水手們有了對峙的意見。最後，這

位女人（在校拉攏教師，在家欺壓丈夫）配合著那群喪失道理的教師竟在辦公廳扮演著一幕哭泣呼冤的鬧劇。這時，我心中壓積已久的憤怒使我第一次在衆人之前站了起來，我指責她不應該以這樣的年紀和身分埋沒天良帶來壞的模範。我的話未講完，玻璃杯在我的耳邊飛過，打碎在牆壁上，拍桌叫罵之聲阻止了我的講話。三五個爪牙陸續站起來指罵我欺侮女性，且侮辱我爲校長的一名走狗。這樣的聲勢確實是嚇壞了我，不過我心中的怒氣已吐，漸漸抑制自己平靜下來。其中一位教師公開邀我到外面的操場決鬪，身旁的丘時梅以及其他沉默的教師緊捉著我的手臂。中午，那幾個爪牙陪著鎭長方火井先生降臨我的閣樓，要求我解釋早晨的事。我看鎭長應該是明理的人，我便把心跡和實際情形戰戰兢兢地說了出來。他聽完我的話知道無理可辯，臨走時與那幾位爪牙揚言，假如我要在小鎭住下去就要加倍小心謹愼。

這一個波濤終於沉靜下來；默視著學校混亂縣府因爲涉慮到人情，遲遲地才解決了這件事；顯然雙方都沒有失敗，高斐在抗命期間曠課半個月一筆勾消，校長的命令終於實行到底，關於那一部分教師的暴亂不予追究。自此以後，學校有著顯著的改變。校長妻子的妹妹突然來校代課，她成爲這幾個年輕教師追求的新對象。往日他們對待校長窮兇惡極，且在我無時無刻不看到校長與他們之間親如兄弟一般，互相握手，拍肩說笑，在校長室進進出出，任何事的解決辦法是口中掛著都是自己的人的招牌。我平時沉默孤獨，無課便不在學校，與教師之間十分的疏遠，現在反而遭到他們在背後的誹謗和譏笑。目睹如此變化，我開始精神潰散，晚上不能安眠，噩夢成爲我最大的苦痛。

我顯著地露出緘默和憂鬱的時候，回想起來，我的行爲在一般人看來一定十分的怪異。晚上我不再常到丘時梅的家中聽音樂，我整夜地在沙灘散步，甚至整夜地寫著一些亂語。我開始對教學怠倦，而羞於和我卑視的人爲伍。與這極端不同的是一度平息下來的心中的情燄，現在熾烈地復燃起來，高漲著沒淹整個心身。我渴望著有一個可以取到手的愛的對象。但是，這個小鎭除了丘時梅以外，再找不到其他滿意的女人。兩年來，我習慣在清晨蹲伏在豬舍僅隔一面短牆的窄小廁所裡，我冷靜地思考，當那隻豬的前蹄搭在短牆，沾滿黃色渣汁的龐大嘴巴在我的耳邊鳴唔，與糞便落入於流著一股湍急的水流的暗溝之時，我不禁掀起一股賭咒我身處此境的憤怒。後來一定是我表面顯著地在迴避見到她，使她發覺到我的異變，也除了她，其他人不具備著這份警覺。她以一個好朋友的身分自動在晚飯後來敲我的房門。當聽到她在樓下與鐘錶店的女主人寒暄時，我的神經驚跳起來，馬上收拾桌上的一切，在房裡的有限空間踱步。她的腳步聲隨繼從樓梯傳來，而且她未走到門口，便聽到她故意裝得坦磊的溫柔叫聲：「哲森，賴哲森，在家嗎？」這種情勢逼迫我開了那扇門，迎著她走進來。

「你單獨在屋裡做什麼？」

她皺著眉頭詢問我。我們互相對視著，她可以看清楚在黃紅的燈光下我的憂悶面孔，我避開她審查我的臉部的溫柔的母性的光芒。我微笑起來：

「沒什麼，我正在看一本新書。」

她轉頭到桌上，把桌上我預先翻開的書小心地端起來，她怕弄失了頁次，再小心地用手掌托

著翻過來看書名，她小聲緩慢而有點驚異地唸著：

「貝多芬研究。」

她對我投出滿意而帶著疑問的一瞥。是的，事實上，我在僞裝我自己的行爲，床褥下面壓著一本我怕她看見的《男女性行爲》的盜印本。不可諱言地我是以這本精印著美妙的照片的書籍在排遣晚上這段窒悶的時光，分散我對這個充滿淫亂、粗暴、不神聖和失掉眞理的小鎭的憎惡。我甚至不能逃避一個幻覺：好像我走在那一個角落，都會有突向我攻擊的恐怖的埋伏。她把書再翻回來，放在原來的桌上。於是她的目光無事地對整個斗室巡視一周。我站立在通向陽台的門檻上保持緘默，我對她向我屋子裡的東西注視感到羞慚；到處散亂著書籍和衣物。我從來不曾注意過我屋子裡的灰塵，現在這些塵埃在這一刻反而對我起了譴責。她的目光終於停在那個久經不洗而變色的棉被。我的神經再度警覺震跳。她走近古床旁邊，注意地看那些污漬，我湧起一個衝動想向前阻止她。可是我這種舉動，她要對我的怪癖如何解釋呢？從來，我在她的面前沒有表露過這種魯莽行爲？她竟然像我擔心的一樣把它翻開，移動了位置，像要尋找總共有多少污點，口裡不斷地指責我還一直處在不可寬恕的懶惰和疏忽之中的生活。我啞口無言，我正關注到被褥底下的那本在她移動被褥時跟著拖拉了過去的書。它沒有暴露出來。她又把棉被以她習慣的方式摺好，把它提起來放在床頭，這時，她的眼睛注意到床中央無法黏帶起來的那本書。這本書毫不羞愧地靜靜朝著我們，使她有半分鐘的驚僵。然後她嘆息般地咧嘴笑一聲，若無其事地拿起它，轉頭再投給我一絲微笑。我低頭沉默，感到無比的羞恥。我抬眼瞥視到她翻開後很注意地看著裡面的照

片和說明。漸漸地，她的面孔羞紅起來，直到感悟到不能再看下去，同時她也無法從手中丟下那本書。她表示要回去才把書丟在床上。我跳躍起來阻擋著她。

「不要那麼快走，」我焦急地說。

「爲什麼？」她迅速反問我，且在我的臉孔尋找著解答。

「妳不是才來了片刻？」

「蓋文馬上要出去，我得回家。」她狡猾地回答。

「再待一會兒。」我央求她說。

「我覺得你並不想和我說話，而且，我本來是想邀請你到我的家裡……」

她自己中斷了說話，她看我不能回答，就從我的身旁走到門邊準備離去。我突然衝向她，再想阻止她的離去。我的雙手從她的身後抱住她，手指正好落在她前胸的胸乳上。經過這一觸動，彷彿我平日渴望的幻想實現了，由手心傳來一股從未有過的狂潮。她驚嚇起來，在我的牢抱之中旋轉掙扎，緊張而焦急地發出一串抑低的聲音：

「不要，不要……」

我不可思議地瘋狂地把面孔埋在她赤裸的頸背，貪婪地吻著那一帶的肌膚，我甚至憤怒而暴亂地說：

「爲什麼？」

她奮力掙開了我，迅速轉身靠在門邊，她的聲音依然抑低著，避免溢流屋外，她搖著頭帶著

恐懼：

「不要，起碼不能在這裡……」

她開門走出去，把我遺留在羞憤而荒涼的屋中。我不能動彈，我凝聽到她下樓的腳步聲由急亂到鎮定，然後是她和樓下的人的招呼聲，一直到靜止。我奔到陽台，看她的背影在巷口消失。一會兒，我穿衣外出，走向眞正屬於我的沙灘。那天晚上，月亮爲陰雲掩沒，大地十分黑暗。當我由暈明的路燈照耀下的彎曲巷路經過時，感覺到背後尾隨著一群躲躲藏藏的人影。走到住宅區背後的曠地時，我已經相信那些人影的確是不懷好意的跟踪者。我繼續前進，心裡充滿著狐疑，腳步迴避著雨後地上的積水，神經感覺到雜亂而匆促的腳步聲越來越近。一瞬之間，有個人快速超越了我，我被迫止步，他們已經包圍我在他們的中央。我充滿了疑惑和恐懼，這一刻，我突然有著遇難時的驚醒。他們在黑漆中的形體，使我辨別出是鎭上那群爲利所誘，不再進學校的遊蕩青年。我大聲詢問這是做什麼，他們不願正面回答我，在那些黑色的臉上掛著兇惡的獰笑。我開始受到背後的一記猛擊，我意識到不能停在那裡抵抗，奮力衝出暴力的圓圈，腳步踩踏在水窪裡，面孔濺滿了泥濘。陸續地又在背後受到打擊，但我已經衝下沙灘，他們在背後喚著「殺死他」，我不停地奔跑，避免跌倒重落暴力的掌握之中，而且奔入前面響徹著潮聲的海洋，把身體整個撲倒在冰冷的水裡，開始游向茫茫之中。我漂浮在水面休息時，他們斷定我已經淹死了，才開始離去沙灘。

第三卷

醫師到此已經完全知道我的遭遇，我不顧羞恥坦率地對他說：

「你能幫助我嗎，醫生？」

他搖搖頭。

「你只有面對現實。」他說。

「我就是請求你在現實中幫助我。」

他又搖搖頭。

「這個社會沒有賦給我醫治病痛以外的權柄。」他說。

「那麼我對你說了有什麼用處呢？」

「你說完你已經獲得了平靜。」

「是的，過去已經過去，將來呢，醫生？」

他再度搖搖頭。

「我無能為力。」他說。

當他開始在桌上拿起鋼筆寫藥方的時候，我站起來，悲憤地拋下了那一切，推門出來。我聽到他在屋子裡悶著聲叫喚我，我繼續朝門口走去，且聽到護士刺耳的高音再叫下一個病人的名字。

有一天，我陪阿蓮去找一位可以信賴的婦產科醫師，他是個胖碩的中年男人，外貌充滿了果斷。這間診所座落於三十六路，距離我們的住屋僅一條街，產房、病室、手術設備十分完善，他有一位十分漂亮苗條的妻子當他的助手。

第一次找他，檢查阿蓮已經懷孕兩個月，胎兒十分正常，沒有不良異狀。她的懷孕我早已清楚。我和阿蓮預先已經商量好，可是檢查以後，面對著醫師，我有點難於啓齒說出要把胎兒取出這件事。我坦白說出我和她的經濟情形，讓他相信我。所以第一次去，我的確便想把她腹中的胎兒墮落下來。醫師坐在我和阿蓮的斜對面，時時轉動他的座椅正視我們。他表現出做爲一位婦產科醫師應有的精神，談到道德以及保全胎兒使其自然降生的自然法則，母體健康……等等事情。他問及這是否我們的第一胎，我說是的。對她來說這並不是。可是爲了阿蓮的自尊，我不便向醫師坦白說及過去的事。因爲他相信我的話，認爲第一胎，於是他似乎更加有理由勸說我們夫婦保留胎兒，他說爲了經濟上的問題可以在第一胎孩子降生後，不想再有孩子時，可以循醫術和藥物的幫助斷絕生育。

坐在醫生的面前，我覺得愈來愈慚愧，於是我對她說，無論如何要信賴醫師的勸告，第一個孩子對我們來說是十分寶貴和具意義。她只有服從和相信我。我當時對醫師十分感激，但言明今

後胎兒在母體的各階段生長完全請他特別照料。

她繼續在幾個月前應徵的特產店做店員，我則在各大學裡旁聽哲學課程和戲劇課程。一個月過去，她的身體開始感到特別的不舒服，她清晨起床，我還躺在床上時總聽到她在盥洗室裡的嘔吐聲音。我早已經注意到她的面色蒼白，對許多事情不再發生興趣。我陪她步行到三十六路醫師的診所，他毫不驚疑地說這是孕婦常有的現象。她接受注射，身體就恢復了舒暢。在這一個月中，依醫師的指示，每星期注射一次。

這一個月過去，她的身體恢復正常，飯量也稍微增加一些。但是，談到孩子降生以後的種種艱苦時，憂患常佈滿整個黯淡狹小的樓上：第一，阿蓮不能放棄現在的職業，這是我們經濟的總來源。第二，我必須對學識一事持續著恆心，要是我待在家裡養育小孩，一定會把我弄得混亂和暴躁。要是由阿蓮在家餵養，她要辭去工作，如此，我便得去找一份薪水很高的工作，但是什麼工作是我能勝任的呢？即使在北市的學校找一份代課的工作，也是一件很不容易的事。以外我便沒有一項特別技能。我開始異想天開地注意可以賣腦子的職業。認識我的人都勸我把高傲的骨氣消除一些，不難承當和做好目前一種新興的廣告意念的企劃工作。

有一個星期天，她休假，提議要我和她去訪謁她的嬸母阿葉。她說：她的嬸母的三個孩子都已經長大上學校，不再纏擾她，和擾煩她的特別看顧，要是嬸母阿葉答應能夠替我們暫時撫養誕生的嬰兒一年或兩年，整個盤纏在我們心中的難題便可以解決。這個意見眞使我感到無比的欣喜，我歡呼得把阿蓮和五個月大的胎兒緊緊合抱在懷裡提起來。

我們整裝到街上去買一點見面禮物，搭公路車抵達天母。這是一個晴美的日子的晌午，步下汽車，由她帶領著，向一條未修的泥土路走去，首先路的兩旁是一些華美的外國人住宅，漸漸地就像來到了鄉村一樣，兩旁是稻田。我們轉了一個彎，她指著前面不遠處的一座小山坡的大廟，「那裡就是。」她說。我有些驚疑，廟的四周都圍著高高的鐵條柵欄，小道的盡頭是一道半敞開的鐵門，她繼續解釋，我著實感到疑惑。

「這座廟不是神廟，是一座宗廟。嬸母的丈夫就是宗廟的看守人，一家人住在廂房裡。」

我們從那個半敞開的鐵門進去，頓時一種幽寂佈滿周身，她走在前面直往一扇洞開的廂房門口，我停留在廟前的草地上好奇地觀覽著這座由精細的雕工構成的黃褐色廟堂。踏上臺階，在前廊徘徊，更加感到此地的一股幽寂。我充滿了多樣複雜的幻想，當目睹堂內排滿著死去的祖宗的鏤著金字的黑牌時，它們整整齊齊像滿山遍野地聳立著，這掀起我一陣恐懼的嚴肅。我一時之間變得十分不快樂。我轉移觀察廊道中央的一口巨大銅鼎時，她帶著一位四十歲左右的樸實婦人出來找我，她說她就是阿葉嬸母。我是不慣隨她稱呼的，所以僅僅點頭微笑。她在我的眼中是個高大而有點愚鈍的鄉下婦人。我離開廟廊跟隨她們走進住宅。阿葉嬸母盛情熱意地說，綠臺舅舅有事外出，要我們隨便在那裡吃午飯。桌上擺的是一餐標準的農村式的沒有多大營養的簡陋午飯。她一直再三再四地向我和阿蓮道歉，因為我們來得突然，以致令她沒有時間去買辦。阿蓮笑嘻嘻地和阿葉嬸母談論孩子降生後撫養的問題和條件，阿葉嬸一口答應下來。於是，雖然是一頓草率的飯菜，她都吃得十分有味道。這一天眞是她幾個月來最快樂的一天。約午後二點鐘，我和阿蓮

回北市，她趁興一定要我再陪她走進戲院看一場電影。

事實上，爲了隱藏我內心的沉鬱，整個下午我都小心謹愼地觀察她的舉措而陪以微笑。

第二天，她照常去特產店上班後，我由樓上溜到街道旁的攤子吃早餐，手上撈著筆記準備到大學去。我喝豆漿的時候，破例看了那面刊登人事欄的報紙，注意到某廣告製作公司徵考企劃人才，這一個消息使我心裡有點悸動。昨天步出電影院後，我曾和她商討我找工作的問題，原則是：一個我能力能勝任的幹得很起勁的工作。我以爲我可以爲這件工作去試試考驗自己。

我折回樓上取了一張照片，再到郵局寄了我的履歷表和自傳報名。在大學校園裡，我路過樹蔭時，聽到一群大學生在爭辯沙特拒絕諾貝爾獎金的事，他們再談到他的哲學主張時，像在一個中心的外緣繞著圈子，以致面紅耳赤，像一群頑童在果樹下爭搶一隻不熟的果子。我跑去等候教哲學的桑教授，請教他下面的幾個問題：沙特的時代，歐洲法國的地理背景，當時的世界局勢，法國一貫的思想傳統，沙特的性格，法蘭西的滅亡因素，法國的知識份子的抗敵地下工作，和古希臘犬儒學派的因緣關係。我沒有遇到桑教授，在不適快的歸途中，我心中想著這些問題：我的抱負是什麼？我要扮成一個什麼角色？我有國家民族的觀念嗎？還是一個純粹的個人主義者？現在的社會制度潰敗的因素是什麼？死是開始還是終結？死是勝利還是失敗？死的本質是什麼？晚上她回來，我告訴她報名的事。我突然問她關於死有何意見？沒有料想到她對死有一個特殊的看法：她說，死是個人的事，與衆人的關係是法律問題。

一個星期在一種混沌的狀態中過去，廣告公司的回信來了，通知我去考試。第二天早晨應約

前往，那間廣告製作公司的三層樓已經擠滿了應考各部門工作的男女。一個負責人來告訴我說我的學歷資格不夠，是否可以轉到繪畫部門，我請求和經理談這一件事。我奔進經理室向經理談到不應太卑視我的學歷，而應該考慮興趣能力的問題，他勉強答應我參加大專組企劃部的應考。不料正如我所料想，題目上的廣告詞的編寫，如何連接三個不同的畫片爲一段有意義的電影故事，一個廣告電視片的意念產生，四方形減去一角等於什麼？都是我得心應手的簡易問題。考完後口試，我認識了文雄，他是對我口試的年輕男人，由於我們談到電影和戲劇的基本觀念時獲得一個滿意的投合，我們都像遇到了知已，十分快樂。

但是，三個月之中，我能掩藏住困惑和惱怒順利地度過這段日子，完全是文雄的從旁勸慰。每晚，我的手按在阿蓮隆高的腹部，觸聽胎兒的踢動，我心中隱伏著理想和責任的衝突。終於有一天，我告訴她我想去新縣拜晤一位久已敬仰的作家。我欺騙她我已經向公司請假，當天晚上即能趕回。可是我一離開，第三天才回來。我與她會見，她對我說的第一句話便是說她腹中的嬰兒自我不歸的當夜至今三天都沒有踢動過。我迅速陪她到三十六路找醫師。結論是：不再聽到腹中有什麼胎動的聲音。他請我們都要鎮靜，他抽了阿蓮的血以便從血液方面檢查，吩咐第二天再來複查。從這個時候開始我充滿狐疑的痛苦，我不能了解這是怎樣地對我和她所施的責罰，我甚至沉默無法面對她施以安慰，她靜靜地，臉部蒼白而沒有一絲表情；她完全僵化了，除了水，沒有飯食能夠進她的口。

總之，我們都在等待著，等待宣判。第二天醫師說著同樣的結論，第三天也是如此。他要阿

蓮照一張腹部的X光照片，以便確定胎兒是否死亡。第四天，醫師綜合著各項檢查的結果，宣佈要儘快把胎兒取出母體。當天黃昏，我和她都住進醫院。一切手續都辦妥後，我便一直守候在她的身邊。護士和我牽她走進手術間，她被指定臥在一張黑色的手術臺上。護士遞一杯白色的泡沫要她飲下，且從肛門通進一條橡皮管，鐵架上吊掛的一罐倒置的泡沫水十分緩慢地流進她的腹內。從這一刻開始，她驚怖的眼睛完全落在我的臉上，像捉攫著我，要求平均分配苦痛。

之後，我扶她在廁所裡瀉下了她腸內的任何東西。我再挽她回到病床上躺下後，護士進來打針，一個煎熬不眠的夜晚開始降臨。

午夜前她來了第一次腹痛。從此，隔一段很長時間便有同樣的腹痛來臨。每一次，她的呻吟聲都召喚著我從沙發椅起身，依伴在她的旁邊握著她緊張的手。

清晨的時候，她的腹痛次數顯著的增加。一夜之間，當太陽的亮光替代著燈光，能夠看出她已經枯瘦了很多。她的眉頭之間刻出一道痛苦的痕跡，瞳孔張大著望著我。我在她的請求下走出醫院到街旁攤上吃早餐。

陽光照射著我的面孔，使我感覺暈旋，從來沒有像這個早晨我會那樣害怕陽光。我充滿著疲憊、頹喪、惱怒的意識。回來正處在疼痛之中，我向前讓她握著我的手。疼痛過去了，她喘著氣告訴我，醫生來過，告訴她一定要再等候。

整個早上，她疼痛時不再握我的手了，她的雙手伸到頭髮後面緊緊捉住床頭的鐵條。我看著她的身體整個在床上扭曲旋轉，哀吟的聲音如利矛刺進我的心坎。她請求我在她疼痛時走開去，

但每一次我都來不及避開，所以只有留在病室內。後來我想，我不能爲了她在痛苦時離開，她緩和平靜時再走回來。這個時候是每三分到五分鐘便疼痛一次。

總之，現在隱隱約約知道失敗已經在未來迎接著我們，我們也無法逃避躲藏；一生之中再沒有比這一個時辰更勇敢地忍受這種自然的痛擊，而且勇敢地讓它慢慢地逐步打敗我們。這一個時辰沒有半點詭詐隱藏怯懦，而且也沒有半點要拒絕眞理的理由。我看到我們在命運之前低頭臣服，再沒有半點驕傲之色。

中午的時候，她示意我她感覺到它流出來了，我翻開被單，看見女陰有些滋潤的痕跡。醫師走進來檢查，吩咐她耐心再等候，他說下一次看到女陰自然的張開時，時候便到了。

我害怕她抵禦不過頻頻接連而來的腹痛，我能看出那是一次比一次更甚的痛苦，我十分害怕她的意志在這長期的抵禦中磨損耗盡。我拉了一張椅子靠近她的頭顱的旁邊坐下，握她震顫疲憊的手。我望著她那雙頰下陷而異常張大的圓圓的瞳孔。

「我愛妳，阿蓮。」

我哀愁的說。疼痛來了，她的手自我手中抽出，捉住腦後的鐵條。它過去了，手癱軟下來，額上冒著汗。

「不要說。」

同時她對我搖搖頭。

「妳知道嗎？愛不是一次會整個撲向我們，它是逐漸的加起來，一分一寸地疊積起來，就像

採集花朵，一株一株地。」

她不耐煩的皺曲面孔。

「妳懂嗎，阿蓮？」

「不要說了，痛又來了。」

她整個神經再被痛苦攫去，軀體翻騰嘴裡哀鳴起來。

「叫醫生來，快……」

她對我喚著，我奔出去粗魯地把醫生拉進病室來。

「現在怎麼樣？」，醫師表情鎮定地問著她。

「一定可以了，她不能忍受。」

我說。經過醫師的檢查後，他說再一二小時後便差不多了。我又到街道的攤位去吃飯。已經下午二點半，只有我一個人坐在位置上，瞪視著車輛來往的炎熱道路。我預感著，認爲她會死去而懼怖顫抖起來。我低下頭，好像覺得剛剛我的意識並不清醒。我沒有感覺口中咬嚼的是什麼食物。腦中一直很迅速地掠過許多令我不寒而顫的念頭。我頓時傷心起來，啊，我要怎麼辦？假如她死去我便什麼也都失去了。總之，這一切朝著我身上發生的都是什麼事物？爲什麼那麼令人傷心？爲什麼這一次我不能逃避？好像昔日如法懦弱地躲避那些可厭的人物一樣的去做。我現在能夠迎著它眞是太奇異了，但畢竟會失敗，假如她能夠度過這一關，我實在太感謝上帝了，我會有一點兒勝利的傲氣。但到目前爲止，我們的勝利的希望十分的微小。我放棄了吃那個盤上油膩膩

的食物，站起來橫過馬路，走進醫院。我推開病室，她的頭垂倒在一邊，我奔到床頭，喚叫著她。

「現在怎麼樣，阿蓮？」

我用雙手扳回她的頭顱，雙手所觸到的整個散亂的髮叢都是潮溼的，她的眼角還掛著淚水的漬痕。

「妳覺得如何？」

就在我的雙眼的凝注下疼痛掩沒了她，過去之後我用毛巾擦拭她潮溼的面孔。

「我有理由哭的。」

「當然，阿蓮，誰都如此，妳看我，我不是也含著淚嗎？」

她彎彎曲曲地抬起她顫抖的手，它不能準確地觸到我的眼睛，我的面孔移動跟隨那隻不能鎮定的手指，使它觸撫到眼睛，它一觸到了，就迅然跌落。

「不要離開我。」

「我剛剛去得太久了嗎？」

「你出去後我又痛了幾次。」

「對不起，阿蓮。」

我坐下來，握著她再度伸過來的手。

「醫師可以信賴嗎？」她說。

「爲什麼不？」

「我有點懷疑。」

「醫師是醫師，他的任務與妳不同，信賴妳自己，阿蓮。」

「我恐怕……又來了……」

現在我看見她的疼痛自己都會痙攣起來。醫師又來檢查一次，護士推著輪床進來，再把她送進手術間。我跟隨著。手術間的器皿在一盞巨大的照明燈光下閃亮著銀的光芒，那個黑色手術臺在屋子中央，她躺在上面，赤裸著下體，雙腿分開綁縛在腿墊上。我坐在她頭部旁邊的一隻腳梯上面，她的手讓我緊緊地握住。醫師和他的妻子助手推門進來，對護士的準備工作檢查了一遍。醫師全身白色，帶著口罩，帶著橡皮手套，在她兩腿分開的中央坐下來。他吩咐她像拉屎時一樣用勁把胎兒擠出來。一次又一次，她咬緊牙齒面孔脹紅，雙眼發射出無比逼人的痛苦的光芒。醫師說胎兒的頭已經露出來了，護士交給他一隻鉗子，我瞥視到他將鉗子伸進去，然後用力拖拉，有髮絲被抽出來。他巨大的手中改拿著一隻銳利的巨大鈎叉，它刺進了頭顱，像碼頭工人握緊勾把拖著沉重的物品。我們的雙眼從此刻緊緊地牢攫著對方。她在一次一次的鼓舞之下，付出她生命的剩餘力量。醫師的雙手把一個通紅的小身體拖出來，與一些潮溼的血水堆積在平臺上。

約有半個小時，那連著胎兒和母體的臍帶還不能脫掉。痛苦已經過去了，她顯露軟弱和平靜，她的呼吸微弱，不再感覺她的下體人們到底在搞些什麼。血液一直汩汩地流出來。醫師站起來，發出從未有過的疑難的目光。助手移近她的旁邊，把一隻準備好的注射筒刺進手臂，那隻針

在她的手彎處找了很久才找到血管，十分緩慢地推進注射液到血脈中。醫師滿面汗珠，他的手指壓著她的腹部的臍眼，另一隻手盤繞著滑膩的粉紅色的臍帶。他使勁拖拉，好像在明亮的天空下一個雪人在做拉力運動，一次又一次，滑脫了重新再來，每一次都使他發出疑惑和惱怒的悶聲。醫生的面孔因恐懼變色，雙手震顫。她平靜地慢慢遜息下去，她的面孔沒有半點憂煩，彷彿隨時會綻浮一絲潛意識的顫動的笑影，連她自己都不知道。再從他暴亂的舉動，我感覺我們勝利十分渺茫。她的面孔轉變成像有一次我在什麼地方目睹的土壤一樣的白和癱軟。我感覺我在此守候著的彷彿一向我內心裡告訴我的那個渺茫的希望，冒著巨大的耐性守候，像一個歷程，讓我們慢慢受到折磨，讓我們付出連我們都不了解爲何付出的代價。那一具舞動著的白色光影就在她的雙腿間代表著一種武力在那裡爭鬥著，除非是他幸運，他才會在這一次混沌的戰爭中獨得勝利。我想成功與失敗都來自一個意外。那個醫師在他的意識中賭咒，整個手術間都在賭咒，外面的整個城市都在賭咒，全世界都在賭咒，爲著未來而精神錯亂。我們處在現在，但現在是不可捉摸的，而對我們來說唯一存在的是未來和過去。他盡他的力量終於把它強硬拖拉出來，他終於讓一個生命舒舒地喘息一口空氣。他結束了他扮著我們的命運的一個戰鬥者，一個解釋者。他片刻的任務完成了，他不常常如此冒險的，他和助手都很懊喪地推門出去。

護士把她的臀部抬高半寸，迅速地塾進一疊厚厚的棉紙。照明的燈熄滅，整個手術間垂下了寧靜。我依然伴在她旁邊，餵她飲些開水。她感覺寒冷，我把一張毛氈摺疊後蓋在她的身體上面。她的腳痠麻不適，央求我爲她解開皮帶。我把那淤積血水的手術台的一端擦拭乾淨，她的腳

板便靜靜地放在上面。那裡，雙腿之間，像永不停息的流泉之口，沿著一條皺紋的山澗往下滲流。一個用塑膠布包綁的東西，靜靜地擱置在牆角一旁，我對它畏懼而哀憐地投視一瞥。一隻電熱器從一隻鐵架臺上朝她的方向發出紅紅的熱流。每當臀下的棉紙完全潮溼，染成紅色，我便做著替換的工作。在我扶抬的手掌中，那個臀部現在不再溫熱。不知經過多少時候，血漸漸稀少。助手進來為她打針。她逐漸沉靜昏迷，護士把她移到輪床上，送進病房。等她完全睡去，我穿著外衣離開醫院。

外面的街市已經進入深夜的靜息狀態，我在街道漫步到很遠，在一個攤位桌邊坐下來，我回憶在醫院發生的事情，不覺寒顫起來，她靜息睡去的模樣出現在我眼前，我一面啜飲，一面流淚。

終於通過去了，我這樣告訴我自己，但為何沒有半點勝利的興奮？那種類似投降者的疲憊、厭惡的感覺充滿心胸。這一次，我像隨著一個隊伍出發，而我沒有參加戰鬥，只在一旁看著，目睹那種悲慘的戰爭，以及靜息下來目睹殘局，而我同樣感到喘息，就像我的一個同伴被整得十分慘烈。為何這一次不是由我，或者可以說，有些事情都由於我是個狡猾的男性而避開了，天生佔了很大的便宜而逃脫。我多麼希望這一次應由我扮演，親歷其境，然後死去。總之，我要抗辯不公，為什麼我的肢體完整而精神已崩潰？人們將如何相信這個世界隱含在其軀殼內的眞實呢？後來我醉倒在桌上，雙臂貼服在桌面，我的意識清晰地讓一隻酒瓶滾過桌面墜落在地下，且聽到他們說：「他飲醉了，讓他睡去。」後來我因寒冷醒來，睜開眼睛已是晨曦時分，我的腳下就踩踏

那些玻璃碎片，付帳後步行回到醫院。病室裡床上的她正在嘔吐，她用那疲倦軟弱的目光譴責我，疑問我一夜在哪裡，我說我去飲了一點酒，但很快便天亮了。後來我厭煩地抵抗不住疲倦，臥倒在沙發上睡覺。

有一天早晨，我走進廣告製作公司，發現一個陌生的稚氣青年已經替代了我原來剪輯工作。我未見到文雄之前，有人喚我到經理室去。我覺得這一次必要費一番工夫解釋我一個星期沒來上班的理由，況且，我心理不願將我發生的事坦白的告訴其他人，自從對精神病科陳醫師告白了在馬東的眞實往事以後，我對編造故事也感到無比厭煩，所以我本著已經喪失了做這份工作的意義（當初是爲了這個憐惜他的父母而犧牲的嬰兒應徵的）的心情，沒有走進經理室，直往門外，搭公共汽車回到三十七路的樓上。

我不幹這個工作總得向躺在榻榻米上休養的阿蓮陳述一番理由：可悲的是她是最能了解我批評各種事物的聽衆——她就是根據這個理由指認我爲高傲，我說出一些常見的事實情形歸納了幾點結論：（同時也是我在廣告製作公司三個月的工作感想）第一，做任何一種事業必須從頭開始時就堅守這項事業的精神。廣告雖然爲顧客所委託製作，但本身是一項藝術工作，必要顧慮到藝術的水準。第二，低估觀衆的愛好，無疑爲本身的低能找尋藉口，觀衆抗拒廣告，原因是廣告的內容和形式干擾了他的娛樂心理。第三，無法說服僱主的愚蠢無知，就寧可不做一件生意。第四，循賄賂的途徑等於破壞了社會的公平競爭。第五，犧牲的精神是工作的靈魂，不可因爲已經虧本太多而停止繼續做好，而草草交件。第六，依據水準索求高價是合理的，同業競爭不能削價

賤賣。第七，所得的利潤應做合理的分配，實際工作人員往往獲得十分微薄的薪水，等於大部份都被董事老闆奪去。這些牢騷終於獨得她的讚美和諒解，也爲我找到再度賦閒的藉口。

我雖然是個男人，可是能在我們的窩巢做著家庭工作感到十分愉快。自從醫院回到孤樓，她的身體必要一段長長時間的調養。我清早到菜市場買些她要吃的營養食物，然後回來做飯，十點鐘吃一頓飯，午後五點再吃一頓，她體弱，晚上睡覺前再吃一小碗的粥食。每天晚上，我洗完身體，就把她和我的衣服洗滌清潔，晾掛在木梯的底下。除了送去房租錢，我們很少和屋主，那位做海參生意的老闆交往或寒暄。這一次進醫院，幾乎把她少數的積蓄用盡，我已經賦閒，她不能去特產店工作，很快的我們就囊空如洗了。

我想再去應徵一些什麼工作，但檢討起來，斷定自己不能長久做下去；我的性格已經過分堅持我所規劃的做事原則而與整個社會對抗起來了。

第一個星期，我拿她穿的一件黑色毛料女衣到當舖去，這是她堅持說她的身分已經不能合適穿這種衣服，才做了這件事。

第二個星期，她能夠起來散步，她提議要去旅行，這使我嚇異了一下。事實上她很認眞，她把計劃告訴我，我認爲可以實行，我們的目的是南市，到了那裡，能在她的朋友茱莉家中住多久算多久，只要花去旅車費，即可省去一筆吃飯錢又可遊覽解悶。我們只得再去當掉一部分東西當車資。總之，當去年我們結婚時，沒有想到要去旅行度蜜月，現在出去遊覽，也算彌補了這件事。於是我們便雙雙啓程了。

一踏入南市，她昔日在南市想試做舞女時的朋友茱莉，的確待我們很友善。茱莉的丈夫黃先生是高大個子的工廠技師，薪水很高，夫婦住在一所公寓的四樓。我們一降臨，茱莉便佈置一間臥室給我們。我們的堂皇理由是我陪她出來調養心身。當然她必得將生產的事全部告訴沒生育過的茱莉，這獲得她女性式的憐惜，而加倍地與她親熱，對我則表示連帶的歡迎。世間凡是說出了心底事的人無不獨得親密的知己。事實上，我們骨子裡是隱藏著貧窮。當天吃晚餐時（幾個星期以來我所逢到的最富營養的一餐），茱莉特別向她有點土氣的高大丈夫介紹我是個有名的作家。事實上，我多年習慣的言談以及隨便的衣著（給局外人對這種人產生更多的猜想），都顯示給不明瞭我的人往這個方面承認的想法，撒謊我幹著其他的工作似乎依他們的眼光一定看出破綻，必定否認合適我這種模樣的男人。

我不得不裝模作樣，假戲眞做，把平時賦閒在家的零碎筆記搬出來整理。每天，我和她以及茱莉坐在南市海浴沙灘的太陽傘陰影裡，說故事給這兩個懷著不同感想的女人聽。後來，我漸漸發現茱莉有點懷疑我說的故事爲何和時下的文藝小說有著一段很明顯的距離。我只得說，我對她們所說的故事完全和現在所對您說的我自已的故事類似，那是因爲我發現此事已不再稀罕，正充滿了整個社會，所以我只配談談我懂的事，而且是眞實的經歷。

星期天，茱莉的丈夫也和我們在一起。我發覺他是個很不擅水上運動的男人，不像我特別酷愛海水和陽光，阿蓮只能施行有限的仰游。大部分的時間阿蓮、茱莉和她的丈夫都在淺水灘的地方嬉水。我一下水就游到警戒浮標的地方，在危險區與安全區之間，由一隻旗游向一隻旗，來來

回回的游著。這些日子，眞像是我一生的黃金時代，充滿了做爲一個人時的快樂和閒適，與造物主賦與生物的本義沒有二致。

在這些迅速過去的快樂日子，我實在很感激世界上還有如此友誼存在。茱莉和阿蓮都是受教育很少的女人，可是這類的人反而有著單純高尙的情操，眞正視友誼爲珍貴之物，相處以愉快爲主。倒是阿蓮身體恢復得很順利，這大概是無憂無慮和海水陽光的所賜。我們在那裡長住漸漸顯得不安，如此寄生亦感到慚愧。回來的那一刻我們偷偷再去賣一件衣物，充當旅費回來。去時正是夏末，回來時已經是入秋多時，三十七路的樓上依舊存在著。

有一天黎明我從一場惱人的噩夢中醒來，她赤裸地暴露在榻榻米上，零亂的頭髮掩蓋她一半的面孔，雙乳柔軟地向兩旁垂吊著，牽拉著胸窩的反面，臍眼黑黑深深，裡層沾黏些粒粒的污垢，腹部光滑而隆起，就像一個懷胎的母體所應該有的那樣，撫摸著它，使人感到欣慰，那一處我永遠不能忘懷的地方，從女陰開始長著一脈的捲毛，它有別於其他她身上各處的毛髮，爲我特別鍾愛，那些黏滿陰唇以及滴積在蓆面乳白色液體是我常見的，是昨夜我再度注入給她的精液。我微笑，但我馬上陷入苦惱，當我的手行經她潔白渾圓的大腿時，我疑惑起這是怎麼一回事？她僵硬了。她靜靜地沒有理睬我，那一隻被頭髮遮掩的眼睛張大直瞪著天花板，我俯在她的上面，姿態像我們做愛時一樣。但是與一具無生命的肉體行交媾，使我自己顯得無味，我開始感覺我很久以來對被剝奪的東西，終於被完全奪去……

不要激動起來，哲森，歇息一下靜下來後再說。好的。我終於無望後起身，我不知道去那

裡，但茫茫意識中我想到回到森林，草原，山谷或河岸那樣的地方，回到幾萬年前我的原身的環境中去，讓偉大而神秘的自然決定我的生與死，供給我飲食，也供給我遊歷，遷徙和自由的愛慾。我恢復冷靜，完全由一場噩夢中醒來，我環視這一間與她在最繁榮的世紀維持最簡單的生活斗室，幾乎看不到有什麼珍貴的器物。然後我從牆上吊掛的她的上衣口袋裡掏出這一個月在特產店服務的薪水塞進我的衣袋中。我走到門邊，蹲下提起我的鞋子，打開門，向外窺視，街道。漫著濃厚的霧靄，我像往常在她未起床梳洗之前，先踱到街上飲食早餐般溜出了屋子，再把門關上。我走下露天的樓梯，對房主人的住屋窺探一眼，還沒有聽到他們起床後的聲響。我來到街道，依然到熟絡的路邊攤子飲豆漿，然後我朝三十七路的街道行走，搭上公共汽車，來到火車站。我買了一張南下的火車票，中午的時候，我在一個不知名的小站下車。我看到兩名警察站在出口的木柵旁邊，對旅客注視，眼光觸到我的面孔時，兩個人馬上緊張而蒼白起來。我想我無論到哪裡都不是為了做什麼事而圖行逃避，唯一在我心中意存恐懼的莫不是其他人想藉故加罪名於我罷了。我裝做的很鎮靜，我走出口，他們馬上前後圍著我，要我出示身分證，我說我疲倦了不想再囉嗦，便跟隨他們走了。

警察局的一位警官再押我乘一部吉普車於黃昏前回抵北市。他們問我神志清醒嗎？我說是的，他們再問我知道不知道逮捕我的原因，我說我不知道，他們問我為什麼離開北市，我說我的阿蓮死了，現在我到哪裡去都是一樣。怎麼死的你知道嗎？他們再問，我說必定昨夜有人殺了她。他們再問我為什麼不悲傷不報警？我說現在悲傷已經為時已晚。至於為何不報警，我說警察

有更重要的事要做，既然她已經死了就不必大驚小怪。現在只剩下我一個人，既無能力埋葬她也扛不動她，唯一的辦法就是我自己換個巢居。

當他們以為我故意狡辯或冒充精神失常時，便開始用他們的老辦法私刑了我，我阻止了他們那種缺乏審問方法時所喜歡搬弄的粗暴，我說我雖親自扼死了她（他們這樣告訴我這件事實）那也是暗中他們假借了我的雙手。由於他們之中無能完成一篇較好的供詞，而且顯然一篇親自說的供詞要眞實的多，他們答應要禮待我，這也是我的要求，我說我的動機都是出於忠實地報告了我的生活和感覺，我大概這樣繼續說著：

我們在南市的假日結束回來後，她回到特產店工作，我的生活也起了變化。那位我敬佩的作家開始和我通信起來，他鼓勵我寫作，我於是寫一些雜的散文發表於報章上，然後他在信上說為何不嘗試寫寫短篇小說，事實上我已經寫出來。我告訴她說我畢竟也能做一些只有少數人能做的事了，有機會我們再到南市茉莉家度假，再也不必瞞騙他們了。不料她乘機要求我，既然我能寫作賺錢，那麼她實在很想有一個自己的孩子在身邊。對於這個意見，我即刻阻止她，我有些惱怒，我漸漸生氣起來；為什麼連她都不了解我呢？我必須好好告訴她，把我的感覺，把我的計劃都告訴她。我對她那種懦弱性的母性的眼淚，沒有像初期我們相愛時那麼重視了，我對她的愛情起自一種憐憫而漸漸擴大為積極地消除她的痛苦，我們初期只滿足於求生和縱慾，那是一種絕望的愛慾，現在我却發現了更遠的生命和思想來規避災難。我不知道她是否了解，我漸漸發覺她對我有些多疑了起來。她是個單純的女人，我有些為她不能開脫她內心埋葬的只有家，愛人，孩子

的愛的心懷而惋惜。

四月初，那位作家突然失踪，正巧我前往訪晤，他的夫人含著憂懼悲傷和憤懣的淚水對我說，這是起於一種社會恩怨的陷害，由於她的先生在文壇的地位（猶如某些人在政壇或商場的地位），而引起另一部分人的妒嫉而誣告。我安慰她，既然他沒有任何對國家不忠的行爲，我想賢明的裁判者絕不會有意爲難他，這種誤會，也會馬上澄清的，他不久即能完全回來，要是他回來請轉告我的來訪。終於他親寫的信我在第五天接到，出乎意料的使我萬分驚異；他的這一次遭遇使他懷著極大的恐懼勸告我不要去開罪那些有權勢的人，不要用我們的坦誠去交換懼怕，除了管理自己的利益外不必太關心世事，他說以他這樣年老的年紀，實在無法承當這種無端的騷擾。他的信件全部被沒收，他被對方（對方卑鄙地採用匿名信）誣告許多莫須有的罪名而憤怒顫抖。他的恐懼心使我很覺迷亂，同時我的指謫醜惡的一面的小說全部退稿回來，我爲我又不能爲人服務的一份義務的受阻和他的晚年的懦弱，有著深沉的悲憤。我要永遠被摒斥做個外表頹廢的個人主義的悲觀者，無法同享人間的所有樂趣的這個命運感到極大的不平。正當這個時候，我因發覺她偷偷瞞著我懷孕一事而暴怒起來，我幾乎將所有壓積在內心的憂悶殘暴地對她傾洩，在這一刻她的反抗同樣是驚人的，她將她幾年來對我的容忍以及一個現世的女性對男人的容忍全部揭露了出來，我發覺她對男性所抱的痛恨之深不亞於男人對一個不當的社會的痛恨，我面對她這種的哭號彷彿空前看見了她的心在流血，這種狀況反而使我漸漸地平靜下來。我沒有想到一個不體面如我的頹敗男子所加給一向依恃男人的女性竟會如此地深沉悲痛和羞恥，我不知那些不惜犯罪掠奪權

力和金錢的男人，是不僅爲了使他們的愛人感到榮耀？以及男女同流謀計不惜犧牲別人而收擄財物築起城牆是否爲了貪圖榮華？假如沒有互相的諒解和體察，愛情如何存在？當我悔愧時，爲時已晚，我這一次不謹愼且無端的殘暴激發了她對我的卑視；當我步出閣樓稍微躲避再回去的時候，她已經走了，留下了字條，囑我不必去尋找。

我轉回屋子準備對她懺悔和安慰而却看不到她，我像喪失了一切，像喪失了我的國家，像喪失了這個容納我的世界，我整個瘋狂地奔投在茫茫街道。我先奔到火車站，在那些待開的車廂巡邏追找，然後我到她平時的女友處詢問與交代，我疲乏敗喪的歸來，這時正是初夏滿天紅色的黃昏，孤樓寂靜得令我害怕和悲哭。

我在絕望時跪下向上帝祈禱，我請求祂帶她回來，我許願我不再將內心的憤怒之情轉移酷待女性，我請求上帝傳達我的懺悔給她，我對她的愛將持續永遠。我不敢離開樓上一步，以恐她回來時見不到我，我一直等待和保持清醒，假如我不見她回來，我對國家民族以及全人類的愛都歸於空洞，沒有她，我的生命不再有有何意義，因爲有她我才能愛萬物，否則我只有咒詛這個人間。

第二天黃昏，我在疲敗和軟弱的少量清醒中，凝聽到樓梯的幾聲猶疑的腳步，僅僅只夠我查覺隨即停止。我在躺臥中抬起頭顱，聲音靜止了，我不敢輕微移動，我害怕任何驚擾再度嚇走了她。我緩慢地站立起來，以等候腳步聲再度響起，她一步一步怯怯地上來，然後緩慢地移到門口，我終於熱淚滿盈地再迎著她。她多麼疲倦且滿身塵污，她的形容憔悴，靜靜立著，讓我摟抱

著以及吻遍她的面孔和頸脖。她僵直而無動於我的激情，她的面孔帶著不再被任何情感激動的冷漠模樣，與她童年被後母苛責痛哭後喪失般的冷靜一模一樣。後來我請求她坐下來，她才移動坐下，且對我向她誦讀的悔詞報以一絲笑容，她舉起手臂粗暴地勾拉著我的脖子，吻我的嘴唇。

我們再度携手走進婦產科醫院，那位醫生看到我們十分高興，而且恭賀我們又已懷孕，他這次看到我們興奮的樣子，早已猜到我們的意思。我們爲愼重起見問起上次流產的眞正原因，他說，檢驗的血極好，顯然那一次是因爲意外的關係。他還說梅毒也可能造成那樣的結果。我突然憶起在聖母院那位義籍修女對我抽血時，我對我的血液疑惑的印象，但是他們沒有告訴我檢驗的結果，便把我驅趕出來了。我請求醫生對我的血做一次的檢驗，他抽了我的血時，我再度看到血液容納在玻璃管中的污黑色澤而憂懼起來，醫師解釋每個人的血液色澤都是不同的，他說他曾見過比這更黑的血液。顯然血液的濃稀決定了色澤，我才放心的携她走出醫院。

第三天我獨自到醫院去，醫師坦白的告訴了我，我的血液充滿梅毒的病菌，他還說她腹中的胎兒可能會遭到同前的厄運。我告辭出來後，這一刻，任何事都離開了我的思緒，什麼都像自行退後，一切理想和愛慾都完全遁跡，我成爲一個空洞且悲哀的人。我是個充滿血毒的男人，我以前所發表的憤怒之詞全屬空言，我唯一想做的就是去死。我開始疑問我的血液中的病毒從何而來？我未曾與任何和我戀愛的女人交媾，包括丘時梅女教師，我曾衝動地步入妓院，但被嚇退了出來，她是清白的，唯一可尋的就是遺傳。我曾聽許多人描述我那位風流的祖父，在我童年時候。我去死時，她怎麼辦？我坦白地告訴她時，她如何能寬諒我？我何忍再令她遭受那手術臺的

經歷？以後都不可能有孩子，她將如何地絕望？我要如何補救呢？

我沒有告訴她我心裡隱懷的可怕事實，她工作回來已經疲乏不堪，她一向疏於追問我的事物，連我前日表示再去謀職一事她都緘默得好似忘掉一樣。晚上，當我想起我是如何虧待她，以及感謝她給我如此光華且充滿愛情的許多日子，我由衷地愛惜著她，不堪再加任何痛苦給她。在這個時候，我能對她表示的就是慇懃地令她多嚐肉體的交合之樂，我現在生爲一個男人可供給她的也唯有這一件事能令她由衷的感動，我再也想不起做一個現世的男人能夠再以這一件事去欺侮女人。交合是靈魂溝通的契機，高尙而痛快，動人而神聖。這一件事有效地令雙方沉醉而平靜地睡去，醫治了我們，使我們感到生命活著多麼溫暖。我白日時心瘁潰裂，晚上却獲得了慰安。我開始夢著一個酷肖我的年輕男人上戰場，而且目睹不知來自何方的子彈穿透了他的胸膛，倒臥死去。這是昨夜，黎明醒來，她赤裸裸地僵硬了。這是全部的事實。

冬來花園

一九六五年聖誕節前日蒙友人鍾肇政先生之介紹，在楊逵先生墾植的東海花園爲一名園丁，但爲期僅數星期。

一

可憐，黑眼珠，那些既嫩又脆弱的、在菊花莖上、綠葉之間的幼心蕾，爲了讓較它們早生的花蕾有足夠的養分，它們必須犧牲在莖梗上的生長，散臥在葉下的土地上，垂眠而腐化……

早晨，我自坡頂的臥室步出，欲把孤軀淋浴於東海這一帶冬季溫暖的太陽下，企望在花圃的竹籬後面的荒野塡補空茫而憂鬱的思想以一些自然景物的新奇。我在花圃的小徑走著，雪白色的圓而大的菊花在陽光下多麼亮麗而姣美，綠色的枝葉襯托著那些圓球，我因欣悅和刺目垂下了頭顱。這時，微小而堅毅的、有如命令的聲音夾在風中從側背呼叫我——

花園的主人蹲在花蕾莖葉叢後，老皺而削小的臉上的銳利的眼勾惑著我。

「我來教你怎樣折棄過多的花蕾。」他說。

我轉回來蹲在花圃的對面，他雙手快速而熟稔地從葉間莖上把結的圓幼蕾，在大蕾旁的小蕾折擰下來。

「像這樣，」他抬頭對我說，手指頭像夾鉗。「一枝僅留下一，其餘的折棄。」

我樂意去模仿花園的主人。但是，黑眼珠，妳不明白，我的心中將如何抉擇它們呢？誰該折棄，誰該留在莖上，當它們未在日後長成美麗的花朵的時候？誰能斷言被卑視遺棄的將來不會長成最光耀的花朵！黑眼珠，我恨我是卑下的園丁，平生拙於處世，我只配服從眼睛所見的，不是腦中所想的……

我面臨著絕對的艱難，黑眼珠，假如妳在我的身邊，妳將告訴我怎樣依情理選擇。左手指夾住一個，右手指夾住另一個；這兩顆花蕾自相同的根莖未分開，一模一樣，大小相同，彷彿一對孿生兄弟緊緊的相依併連。我停頓下來，偷偷地瞥視那一頭勤於工作，無暇監視我主人，我的手竊暗地藏它們兄弟於茂密的樹蔭下。黑眼珠，這是否妳的意志？

二

一連幾天，我把幹高葉大，掌般碩大的雪白花朵辨為種類繁多的菊花的一種。從修花屋的水瓶裡抽出一枝眞正的菊花，和板臺堆積的大花比較，它們的瓣葉、莖、花朵的形態，的確十分相似。可是在細辨之下，瓣柔姿美的無疑是屬於菊花，大理花花瓣粗俗而潤散，這種情況是毋庸自辯的。

可是大理花有它在生存上的優點，它不經過怎樣細瑣的照顧都能坦磊的生長和開花，彷彿地球表面那數目衆多而低賤的民族。

今晨我起床來到修花屋的時候，板臺上已經堆滿約有千朵的大理花，聽花園主人說這是最後的一次採擷了；今天是今年的最後一天，天氣十分酷冷。

在我們未相識的那些日子，黑眼珠，我憑自身想像妳在妳的生活中是多麼沉悶，妳的意志堪稱十分的勇敢。但願我沒有聽到妳說出的那些滄桑的經歷——由一個男子到一個男子（由一個女人到一個女人），這個多麼令人妒憤和憐惜。現在妳必然明白，我對妳狂虐般的愛情是由此發源。

事實上能夠被選上的花朵，並不多數；因爲缺水，受到寒流掃刮而畸形的，或未及時採擷已經凋謝的，都棄置在地面，任著來往的腳步的踐踏；這是花園裡這些大理花末期的殘相。

三

門戶朝東的屋子，越近黃昏格外幽暗。這些峭寒的冬日，我不曾感覺有黃昏的光澤降臨。三朵幽寂靜默的玫瑰花，以其薄薄而深遠的色澤吸引著室內的寂寞。

禁不住被這三嬌所注：黑眼珠，我的眼睛唯一能視的，是投向躲在黑漆隅角，感覺遙遠的桌上，插在小瓶水裡互相偎依著的三朵呈露三色的玫瑰。

黑眼珠啊，毋庸我爲妳提起，妳記憶中恆久銘刻的不外是在一個夏日晚上，冰果室內的帷簾

裡，我朝妳傾露的愛慾的眼神罷？妳曾羞悵地告訴我，妳在夢中更加無力拂拭那雙刺灼的火燄。我曾屢次悔恨；爲什麼我能扮裝出我的眞態，我的虛假和冷酷在那時藏躲到何處？爲什麼除了愛，在那時不能再做些什麼呢？彷彿我害怕明天會在這個恐怖無常的世界，因一件偶發的政治事變死亡。

眞的，我們在茫茫中被迫去做這種無可挽回的愛情，我們付出所有，想在一夜之中終結，但是，黑眼珠，我最親愛的，這不是我僅有的一次；我們這可憐的人類，隨時都在一堆灰燼之旁重燃熾烈的火燄，扮演死亡的愛慾。

我的鼻子靠近它們，一一嗅覺它們的香味；紅色的、白色的、赤橙色的。最賤的愈能發出刺鼻暈迷神經的濃郁味道。那朵酷似妳的女陰的赤橙色玫瑰，是一點兒氣味都沒有，它是昂貴的新種類、尖瓣，靠近心蕊的嫩瓣翻捲得有若我唯一的幻想。

四

冬季的晌午
似感覺中
夏季的初晨
廳堂的泥面

放映兩片菱形的
廳前葡萄架上
枝葉影子的光幕
如蜘蛛網般
薄薄的
瘦瘦的

東海的
花園主人
外出去寄信
爵士樂繚繞著
一朵孤寂的白色康乃馨
即興般地
魔惑著的

五

一隻雄兔，三隻雌兔，分籠餵食，食量驚嚇了阿旗。每天在這個無草的冬季花園，牠們要喫掉菊花莖葉兩大籮筐。花園的花莖也喫盡了，阿旗徒步到一哩外的山丘尋找可吃的草料；這樣，除了爲牠們覓糧，阿旗無法爲自己謀生活了；他必須荒廢所有應做的工作，只爲了這四隻寶貝的活命。

與其說阿旗有四隻種兔的資產，不如承認四隻白色的大種兔擁有了阿旗。他想在耕種的餘閒養兔會帶來源源不絕的錢財；但其結果卻如此的悲慘：他傾出了所有儲蓄，買來了爲牠們充當奴隸的實銜。

整個客廳彌漫著糞尿的刺酸氣味。阿旗握著刺首走近兔籠，打開門一隻手伸進裡面捉揪著兔耳——

「阿旗，你想幹什麼？」

「不要阻擾，與你不相干。」

「你殺牠等於殺你自己啊，阿旗。」

他的手鬆開了，那四隻碩大、雪白的種兔，用著牠們沒有善惡的紅色的眼睛很疑惑地盯著阿旗。我從這位可憐的懦弱的男人臉上看出他那受騙的屈辱的憤怒。

「回信來了嗎？」

我翻閱那封早晨寄來的信，推行種兔繁殖會社只肯以原來的八分之一價錢購回。

「把牠們當肉食不是太昂貴了嗎？」

連利益都計算清楚的說明書所明確記載的事，現在在他的心中產生了疑問：交配後四月能生一胎嗎？合乎標準嗎？會社的人願意買稚兔回去嗎？依照說明書規劃好的價錢嗎？

在這之前，黑眼珠，阿旗曾想養鳥當鳥的身價高昂的時候。至今那些養鳥的人因爲不能吃那些太輕瘦的小身體，紛紛把鳥放回天空。阿旗曾未養鳥而感到慶幸。可是如今他的四隻種兔呢？

黑眼珠，世態是相互影響的，不能不以此爲戒……

六

花園的主人和阿旗同我，爲著承應一位顧主的吩咐，要我們在他的亡妻墓前栽植茶花。黑眼珠，我不設想爲誰——偉人或卑徒，我爲工作，爲工作的時辰和機會感到神聖。

夕陽的光輝給這一帶亡者的佳城投下各種的動人陰影。但由基石的構造雕刻，我卑蔑其奢侈榮名的子孫，在那些煩多而構辭優雅的忌文中，其意義多麼浮誇和虛假。在這不自由（或過分縱容）的世界，我渴慕正義與眞實的楷模，而不愛疾病的適安。

黑眼珠，讓我們來設想我們將來歸處的荒僻。我們似乎將在殘酷的爭戰中暴屍於曠野，鳥獸前來啖去軀肉，命運使我們永不能站起來反抗，那疼痛過去，終於在風蝕中化爲一無所有。

不會不爲這想像顫慄，黑眼珠，我們多麼無依啊。我祈望我們不要死亡。死亡是我們類同的

人的化身，這其中有人出賣了我們給死亡。

我察辨一個佝僂的意志是眞正的出賣者，他常在我們遭到厄困時滲入軀內煽動我們，他把原是美麗的死亡裝扮成恐怖般醜惡，一定要我們與之連結。

那兩株茶花移植在墓前，一如在花園中一樣受晚風的招搖。它們像微笑的原體，像坦適的智者，它們那無損於其存在的侍僕之姿，震撼了我的思緒，使我失去了身心的平衡。黑眼珠我厭惡一種形體，一種皮肉與我一模一樣的人。

七

我步入花園附近一所宛似森林的大學，我想像青年們在此的快樂和恬靜。黑眼珠，你會驚訝一如我受到的衝擊：在楓樹和尤加利樹柵圍的一大片草地中央，息棲著一匹碩大無比的獸，它的長頸伸向天際，插著鋼鐵的十字，彷彿跪下的駱駝。我屏息地走近它，它的形象逐步在變形，它如現代莊嚴而神秘的少女，投出輕蔑欲睡的眸姿，我站在階前，被它擋拒在門外。

晴朗而太平的日子，此紀念性教堂敞開著巨扉，但年輕的情侶已經乘機浪遊於草園和山顚，人們走出屋外；那爲勞動或散步，風雨及疫癘的日子，此室一如街坊的屋宇，栓緊窗和門，它拒納著漂泊而瘦倦的人們；像如今灰冷之時，擋拒我於龐大的殼壳之外。

透過窗扉玻璃，裡面靜謐如藍，溫和如春天，寬敞如我想像的世界。我祈望在裡面臥睡和思禱，在殘酷的日子讓我暫時躲避身軀，在它建造的意義下受到保護。

但是黑眼珠，上帝與我們之間有中間人。那在此室內被擺佈、被釘、被囚的聖神和聖子的寂寞宛如我們的體心。遙遠的你啊黑眼珠，我們不再爭論上帝的有無，同病相憐罷，痛苦又一次證明我們是如此地互相眷戀。

黑眼珠與我㈡

畫像

假如妳要和女房東口角，我便把妳畫成像她一樣有一張冰硬寬濶的面孔，鈎出潑辣的後母常有的下彎的嘴角和凶狠的眼神；假如妳常無端對我生氣，這會使我憶起學生時代專讓我吃苦頭的那位傲慢的戀人；假如妳藉故夜不歸來，黑眼珠啊，妳是個夜女郎嗎？黑眼珠，我們相守的日子，妳最好是流著眼淚，或者永遠像妳現在一樣，低垂著眼睛靜靜地坐在屋角那張木椅上，讓我把妳這個早年失怙的可憐的女人繪在畫布上。

黑眼珠的頭自然地傾垂在瘦肩膀上，彷彿哭過後瞌睡了一般。長長的手臂像兩根中間有節的洗淨了的乳白色蓮藕，綠裙就像一小片草地。她習慣把那件不知穿了多少年的鑲著咖啡色邊的灰色無領外衣披在肩上，隨時給隆起的乳房投下半面的陰影，這一胸脯的部分就彷彿日暮的山頭。

在這張專爲黑眼珠油彩的畫像的背景，玫瑰色彩繽紛著，替代眞實的那個染污的白壁。黑色的短髮倒垂一邊。被眼簾半遮的黑眼睛像日蝕的太陽——我們生活在黯淡無光的世界啊——唯有

那雙紅鞋，象徵我們生活中勇氣。

吵嘴

有一天晌午，我從印刷廠拿校稿回來，推開了大門，突然一片喧嚷的聲音撲向著我；在那間白天顯得灰暗無彩的客廳，一個站在廚房門口，一個站在樓梯階級上對罵起來。從那種相類似的形態中，我一時認不出那一個是我親愛的黑眼珠，那一個是租房間給我們歇息的女房東。兩個女人都醜惡地張大著嘴，瞳仁要從眼眶裡跳出來，手插在腰間，不肯相讓……

「住嘴，黑眼珠，上樓去；對不起，潘太太——」

搬來的第一天我就警告妳，黑眼珠。那天，我在佈置臥室貼上照片的時候，女房東在隔房剪裁衣服，一直縱容那兩個面孔酷似她的小孩在我們的睡床上踩踏跳躍。我們察覺那位在大學讀書、潘教授的前妻女兒的表情是多麼沉鬱不快樂，從來未曾聽她喚女房東做媽媽。可憐的老人要做著一切的家務事，甚至要把他灰色的頭髮染黑。而她的聲音每天晚上在電視機前叫得眞像個男人。這個我從印刷廠轉回來的早晨，黑眼珠，妳變得眞像她，使我嚇一跳。

我把你推進房裡，拉著妳站在鏡前，妳看妳的臉都發青了，就像一張令人譏誚的老鼠臉啊，黑眼珠。我的手貼在妳的左胸下方，感覺心臟撞撞地急跳著，這是吵嘴換來的代價：喪失了尊嚴，損壞了身體。妳不要辯白，或告訴我妳受的冤屈，我的心中早就明瞭。像妳這種的弱女人要仿傚那種醜惡模樣，眞是太不自愛啊。妳坐在床上哭罷，好好地反省一場，黑眼珠。

學徒

黑眼珠，看看他們的模樣罷；蒼白的小臉孔和襤褸的衣褲塗染了一撇一撇黑色的油墨，那是他們工作的時候，手臂掠過額上擦汗，手掌在臀部和胸前的地方擦摸，細細的尋找連指紋都可以辨得出來。那些剪不齊的頭髮又是多麼零亂和骯髒啊，那雙鞋子就像腳板踩在泥巴裡一樣。多麼可憐，眼睛的角膜都變紅了。

這群未長成的男孩們爲什麼在這峭冷的灰色黃昏不回家去？走出這一條巷，就是林蔭大道兩旁高聳的樓房；那些燈紅酒綠的大飯店才在這幾年內建立起來，這一帶或全個城市的住宅的窗戶門已經關閉了。走過街道，從玻璃窗可以看見涮羊肉上市，後車站的圓環壽司燒出現在餐桌中央。這是冬天啊，爲什麼他們還逗留在鐵道旁邊，在低矮的印刷廠的帳架下投球和說著骯髒話？他們之中的幾個靜靜地站在門檻上，帶著哀愁懷思的眼神望著灰藍和細雨飄飛的空際。黑眼珠啊，妳知道裡面爲什麼那麼吵嚷翻騰嗎？還有東西打在堅硬的機器上跳躍的聲音。在疊高的紙張之間的狹道，以及樓梯的下面，爲什麼謾罵的聲音那麼高昂，帶著無比的憤怒和哀號，也有嘲笑挑撥和哭泣刺進入的心坎……原來他們在那裡打架啊，黑眼珠。

那個上星期才由鄉下進城來印刷廠當學徒的小男孩的胯部被他的對手重踢了一腳受傷了，屈蹲在衆人的腳邊，雙手捧著，抬著痛苦的淚眼哭號起來。那個擺著姿勢的對手的驚惶面孔雖縮成像一張老鼠臉，眼睛卻還瞟著那痛苦的人，口中還不歇止地罵著……爲什麼那麼年幼就表現出那

麼殘酷？誰來告訴他們這些行爲既愚蠢又野蠻？誰來教化他們腦中的無知？誰來開導他們要互相友愛啊，黑眼珠？他們的主人現在一定在溫暖的大屋子裡，可是他們一會兒就要開始上夜工。黑眼珠，妳還記得昔日妳在織布廠罷？我在那樣的年紀也曾在廣告社當學徒，情形那麼一樣，爲什麼到現在都一無改善？

週日午後

黑眼珠，穿上妳的灰色鑲褐邊的外套，離開這市聲嘈雜和多塵的城市，我們到新店我們的親密的朋友簡君的碧亭去偷這週日午後的半日閒罷。

路上，那條新築的北新高速公路中央插枝的千里香，被汽車輾過後飛揚的塵埃蒙上了一層灰白的沙霧，看起來像插著竹竿結些細碎紙片。它們種植在這樣的環境實在太不幸了；不能呼吸新鮮自由的空氣，直照到陽光，水份都不夠。這些千里香應該是屬於綠色自然的一部分，或花園的住客之一。

我們抵達那條藍色大溪的邊緣，已經遊倦的男女們都陸續從小船裡上來，男人拖著想瞌睡的女人要回家去，吊橋上迎衝著的都是臉頰和前額染有紅紅的陽光色痕的人們。有一條鐵柵石泥的小道方便地通達那座巨石上的涼亭。黃色的石柵和紅色的竹材頂，裡面寬敞幽靜，俯覽著碧潭的三面景色。

「是誰來了？」

「你們猜猜看。」

「是通霄的。」

「啊，通霄的來了，出來看看他。」

簡君的弟妹，和他溫和的母親發出溫暖的笑臉，隨著牽手啊，拍肩啊，詢問啊，把陌生的羞

怯的黑眼珠逼得發窘，躲避那些睜得大大注視她的眼睛，就像第一次赤裸著身體躲開著我。

在太陽還未減弱它的熱力之前，黑眼珠，別太急躁吵著要去划船，讓我們躲在舒適的沙發椅裡，嚼花生喝綠茶，我是阻不住要從石柵的間縫欣賞那些來往於吊橋上多姿多彩的女人們，妳也有權力去注目英俊而年輕的男人；這樣的觀察是多麼能改善起我們自己缺憾的姿容啊。

終於，黑眼珠像睡美人躺在小舟裡；在家常的晚餐之後，我是傾慕她的王子，雙手搖著輕槳，口中唱歌。啊，讓星夜像棉被覆蓋我們罷，這時，有我伴著她，這在城市中膽怯軟弱的女人變得驕傲，不怕處在黑中，不怕撞擊岸石，不怕急流……

現況

星期六晚上，我便牽著妳走進旅店，叫妳暫時離開那個整整剝奪妳一星期的時間的商店。我們心中都誠然明瞭來旅店的目的；因爲，黑眼珠啊；我們許久都不能再返回草原……沒有時間做些奔逐的遊戲，沒有時間游泳，我們便委屈在一張床上草率而缺乏詩意地做著性愛。

黑眼珠，妳像這個城市中的幾十萬女人一樣，從早到晚站在櫃臺或櫥窗後面，不止八小時站在那裡，整個酷寒的冬天都如此，只爲了換取維持溫飽的米飯。妳一度曾操勞過度，面黃肌瘦，像一隻凍僵不再活潑的小驢萎縮在一張黑色毛皮裡；我發現妳以胭脂和口紅塗在臉上，除了那雙露出煩惱的大大的黑眼珠外，均糊上一層脂粉，像一張假面具，以僞飾你的蒼白。

而妳不會那麼幸運在幾十萬女人中恰被主人選中，把妳藏在海邊的別墅，或這城市的高樓頂上，妳只能在類似妳般可憐的男人中選擇一個伴侶，排遣心中的寂寞；妳終於選中了我。

所以有一天，黑眼珠啊，當我們已不再忍耐得住那種剝奪和侮辱，我們明瞭我們的死期已經不遠時，我會毅然携帶妳離開這樣的大城市，我們不再在星期六住進旅店，或付出昂貴的價錢租賃一間蟹居的小房；妳要相信才好啊，愛人，有一天，我們會回到草原，我們赤裸著與偉大的自然類似，在雨中在夜中奔逐，在明媚的夏天游泳，在冰雪的冬天相擁死亡，在春天甦醒……

迷失的小男孩

我和黑眼珠散步去國立歷史博物館看畫展的那個午後，走出了巷口，在臨沂街遇到了一輛載金魚缸的三輪板車。那位踏車的年輕男人是個武俠小說迷，雙肘平均地架在把手鐵條上，傾著瘦長而骯髒的上身，目不旁斜地看著那本翻開的書。他留著一頭鬈髮在黑面孔的低低的額頭上面，像故意裝飾了一團草球。三輪板車只有我們散步的速度。可是，三輪板車後面，一位不到車高的獨眼的小男孩，一隻手臂高舉在頭頂上，骯髒的小手指捉牢著鐵條，跟著車輪奔跑著，像龍眼核般黑色的眼珠瞪著因搖盪而在破璃缸裡急游的橘色金魚；他的另一隻掩蓋起來的眼簾則像在睡眠時一樣，一排象徵調皮的長睫毛整齊地貼著臉頰。

「妳看，黑眼珠，那些缸裡的漂亮金魚顯得多麼慌張啊。」

我們一隊人——我，黑眼珠，獨眼小男孩和三輪板車走出了臨沂街，加入了東門一帶那日夜不停的人潮隊伍，朝著城門方向而去。小男孩赤裸的小腳板噼拍噼拍地在冬天冷硬的柏油路面上節奏地響著。黑眼珠有我做她的依持，相同那小男孩的心情因看金魚而進入幻境了。經過了金甌女中的校門，那個踏車的男人才稍稍抬起頭顱，如速衝入十字街口，我和黑眼珠看著那位小男孩的雙足交錯得更快追隨在後面，突然那張黑而猙獰的面孔轉回來大聲斥罵著：

「小鬼，放開手——」

獨眼小男孩嚇鬆了手，回身縱跳了幾下，滿足地歡叫了起來。但等到駐足後，他在左右前後

擺動著頭，突然被這熙攘和陌生的環境所威嚇而號啕大哭起來。我對黑眼珠說：妳走進那間路旁的冰果室等著我罷，我拉只要把這迷失的小男孩帶到臨沂街口，他便知道回家了。

暈旋

早晨還很冷，吃午飯的時候太陽掛得低低的，放射出金色的火龍；這是冬天啊，好像夏天突然降臨了……

小姨阿花把鞋店門口的帳篷放下來，用著兩根鐵條撐住伸出街道。我疲乏得不得不躺在沙發裡，手臂用來遮住眼睛，一顆鹹李子甜甜的，靜靜地麻痺著口腔……突然一串潑水般的聲音連帶一陣雞毛帚的拍打彷彿從天上落在我的頭上、手臂和胸部，把我莫名其妙地嚇跳起來——

「顧客來了，起來啊，到外面去，你這個懶惰的寄居蟹——」

我踉蹌地奔出去，陽光刺射我的眼睛，我開始感覺頭暈和口渴，街道的房屋、汽車以及這個時候才出現追過來的黑眼珠全都旋轉起來……

論文

八又二分之一的觸探

那個代表評論家和導演佳度的電影編劇人杜米耶的乾枯而顯得堅硬的有些像哲學家的頭被蒙罩一隻漏斗形的黑巾，他被牽引到陡斜的劇場走道上，中世紀的絞刑吊索套在他的頸上，下一個鏡頭他垂屍在空際，從此不再聽到他像一隻鳥很聰明的、很冷靜的、又極度友情地發表他的忠懇而又酸楚刻薄的評論。但下一個鏡頭，我們依然看見他萎縮在佳度的左上方的戲院板椅上，戴著加深他學者模樣的眼鏡。如此在情節上不合邏輯，是空前陌見。但是這不是一齣善惡分明的英雄故事，或舒放我們的情緒和感情的悲劇。做為欲望強烈的觀衆，詰詢他為什麼不拍英雄故事使我們感到顫慄；第一次做為觀衆的我們被他帶上了銀幕，看見自己像暴民一般的貪饞面目。他在述說這樣的一件事實：在現實中，人們都同樣複雜地生活著；擁有一個男人為丈夫的家庭主婦，是最最堅持於一項狹窄的道德規範，這些幸運能順利地且合法地獨佔一個男人的女人，就從來沒有想到她們淪為妓女的情形，她們理直氣壯地大聲指責為什麼他每一部片子都有妓女，顯然地，這

些到晚年都可能成為歇斯底里亞的女人，是不願看到有人揭露她們生活在一個被丈夫利用和蒙騙的狹窄囚籠中。這個證明眞實的電影，由於暴露了太多的眞情實事，一定引起當事人的不快。藝術家敘述事物的理念時，那些不合邏輯的情節，便被指為荒謬。好在被指罵為荒謬，否則必定使人們大感窘狀。事實是：願意淪為妓女大都可能是物質主義者，一群快快樂樂的人。而一個男人的最大希望，莫不是每一天晚上擁抱著的是一個不同的美麗的女人。費里尼便是把電影蒙太奇當做他個人熟練的傳心術的工具。任何藝術形式都沒有要訣的，也不神秘，但人們總喜歡詢問，像看魔術師一樣的態度來疑問他。

「你是怎樣傳達了別人的思想的？」

「我不知道，我只經由我的手把別人想的事傳達給我的助手，這個一點也沒有要訣，也不神秘。」魔術師說。

就像不懂文學的人看德國人卡夫卡，不懂科學的人看猶太人愛因斯坦一樣懷著一層煙霧的神秘感覺。費里尼利用蒙太奇做為他傳播思想的工具，假如這其中有涉及娛樂我們的地方，那是電影的要素，一如小說或科學的要素。現在我們不在電影或其他的藝術形式中再祈望它們邏輯的部份，邏輯只是個僞善的架子，一把剪掉眞實部分的剪刀。所以上項例舉的映畫，那是藝術家被評論家（或朋友）長期纏擾後的決策。

那一類像管家婆的漢子，是大公無私到任何立場都考慮到的精密家；這一類的人為無知的製片家的生意著想，為觀眾的趣味著想，為經濟政治社會教育著想，為宗教道德著想，就是單單不

爲藝術家本身的立場著想。顯明的，一點也不爲任何人著想而僅被自已的理念所支配的藝術家，便與那類成爲對諏，藝術家的自私，最後終於逼迫做出殘酷的想法：成爲朋友的叛徒，離群獨居者。

但是背叛世界現有的一切確是藝術思想家們唯一的一條道路。

導演和製片家的倫理關係，以及女演員和男導演的主奴關係，這是人間最爲可悲的普遍的制度，但凡是有一個組織的存在；都不能免於形成這種向家庭的倫理模仿的制度。關於一個人的生命被創造出來，一個人得到一個被賜予的工作，到底要感恩或不感恩，在我們的社會中是毫無思索要肯定的。人類是一種具有複雜本能的動物，當藝術家思想企圖把人類從許多束縛中再度驅趕回到本能時，由人類建立起來的空洞的規範，要人類無條件遵守這些規範已經令人難以忍受。偉大的思想家是容許亂倫的特例以及背叛存在的，歸納起來唯一的兩個罪惡是不忠實自己和無辜侵犯別人，那些寫母子相愛或通姦的故事的作家的用意何在？因爲故事的結局是悲劇（人生還不是在悲劇和喜劇中選擇其一）就告訴我們不能做這一件事嗎？還是想解放我們內心的苦悶，喚醒我們的本能呢？我們眞的爲犯罪而犯罪嗎？被費里尼所觸發的這些想像遠勝於去看一個英雄故事——但是英雄故事依然可以照樣存在。

做爲藝術家的費里尼，他在本片中最偉大的創造之一，是把他的童年的境遇重現出來。我們無不回憶往事時是不帶著心碎般的傷感的。流淚之後獲得平靜和激勵。對於天主教的嚴酷教育，他很穩重地和這龐大的僞善團體引起不快是可能的。他用一種笑話的方式投注在映畫：那就是年

幼的佳度在沙灘上撞倒了來捉拿他的兩個神父之中的一個。這不至於不是他對有恩惠於他的天主教的嘲笑。隨之而來的連續的訓示和懲罰都勾引我們回憶我們不快樂的童年。

每一映畫的塑造都引起我們著迷，產生豐富的想像。如今我們對費里尼的電影之著迷，像那一段時日初識詩人艾略特。我們可獲得這樣的一個結論：當眞實的事物經過藝術家的手重現在眼前時必獲得無比的感觸，這個作用正如我們手中揚著一張死去的愛人的小照一樣。關於這些，我對此類精細的藝術家都產生賞識佩服的情愫。

但是我以爲費里尼會在這裡同時提供一個令人滿意且寬濶的倫理見解的。我們已經見到他有能力把一個陳舊的社會倫理嘲笑得無比露骨；我們看到忙亂於他的導演事物的佳度，在一個教士出沒的場所當著包圍他的工作人員及演員面前，口唸「阿菲瑪利亞」向左邊有保鏢右邊有美女的製片家跪拜，這一節的涵義眞令我們笑謔和哀傷。但是推演到夫婦的關係時，我們無不希望由此獲得一個模範，一條使我們自由的道路，但佳度卻變得是個僞善、儒弱以及無可奈何的樣子，甚至一個男人爲了本能的慾望感覺有罪時，唯一想開釋自己的辦法，竟是希望自己的女人也不貞以此抵消，這等於在不安之上加上卑鄙。僅此而已，把一個卑鄙的心跡洩漏出來。男人和女人要獲得相等的公平是不可能的，要是可能，那麼人類最好是兩性同具的動物。一個天性貞潔的女人不應該束縛自己的男人服從她的律法，唯一不至於怨恨的法則便是聰明而貞潔的女人要多設法了解自己的男人。寬諒才是唯一有效果的制敵術。費里尼本身躊躇不決以致沒有爲這一件事發表一個哲學家的論點，他僅僅把爭吵和沉悶的眞實描寫出來；把一張嚴肅無慾以及討伐的面孔和另一張

裝模作樣，善於說謊，只會說「我愛你」的帶肝病的蒼黃面孔排起來對比。這是他在現身說法中最令我們同情的一環。他是我們見到的最能譏諷世俗的藝術家，他能把教授描寫為一個性變態者（薄伽丘七〇第一段），在這裡他對自己和他的朋友都指為一群房事過度而得肝病的男人。

代表純潔美麗的克勞蒂亞，是個男人心中追求女性的一個象徵。男人在邂逅一個女人時都相信對方純潔美麗的本質，都以為找到了他的理想，可是每一次都失望，因此男人不休地追求這樣的偶像，直到膝蓋無力為止。在最後所有的人們蹁手舞蹈時，克勞蒂亞——男人的理想——是不存在的。從天使吹笛，拉開布幕，下凡的人群中，就沒有這個人物；人的一生永不會遇到和捉牢他的理想。所以在這個戲臺，人類唯一的要務，那就是携手在一起歡笑，及時行樂，平等與自由。

最後這一場的設計最能代表他優美的思想和偉大藝術家的巧思；在一個循環的圓形石堤上，站著的有他敬重的主教，有他童年好奇心接近的魔鬼，有他的情婦，有他在他的片中祈求扮一角色與他有性關係的女演員，有他的妻子，有他的父母，有那些崇拜他的人，有製片家和工作人員，最後他也跳上去，携著手，場中央有天使指揮的樂隊為他們奏樂，這一些活著的人（角色）一律平等。

被倫理制度和主奴關係以及宗教的嚴酷教育所束縛，等於像在夢中腳踝綁著一根繩索，被人從天上強拉下來一樣要驚吼起來。本能被禁錮著所以會顯得苦惱，不快樂，一種遍地皆是的垂死狀態。費里尼很能把握這些主題而發揮藝術上的象徵和比喻。簡單的字幕後，首先安排一景超現

實（夢）的比喻。且在全片中隨處可以見到這類有著奇效的比喻和象徵：要小佳度跪下的童僕之刻毒怒罵的側面，攝影機沿著走廊牆上聖人像滑行，最後停在一位面暴凶線的眞人教師，形容告誡的僞詐的圖案，主教的沐浴室，佳度舉槍自殺和吊死評論家，克勞蹄亞的數次的出現……

費里尼精巧地掌握蒙太奇的敘述能力之簡潔，其中以佳度擁抱母親，分開時卻是他的妻子爲最令人感佩，且巧構最末一場遊戲，情節轉化爲和諧優美和平靜爲最成功。

最後談到他的配樂時，他是蓄意要達成諧謔好笑的效果，加強他嘲笑和諷世的電影風格。

論七等生的〈我愛黑眼珠〉

——李龍第的信念與本性

周寧

「增加了解的途徑，乃是把它當做誠摯的作品，並試圖加以了解。」

紀德

一

李龍第，是七等生所寫的一篇小說〈我愛黑眼珠〉裡的一個角色，這篇小說已被收錄在作者的小說集《僵局》一書中。故事的內容，大意是說李龍第是個失業的人，依賴著妻子晴子微薄的薪水生活著，當在某次遭遇洪水圍困時，卻忘恩負義地，寧肯擁抱陌生的妓女，眼睜睜望著自己的妻子被洪水吞滅，根本無動於衷。

或許是這樣的角色，激怒了以衛道自居的批評家，在對七等生的批評中，葉石濤的〈論七等生的僵局〉與劉紹銘的〈現代中國小說之時間與現實觀念〉兩篇文章裡，不約而同地對〈我愛黑眼珠〉提出嚴厲的批判，他倆抨擊的對象集中在李龍第身上，對於他離經叛道的行爲，劉紹銘認爲「使得某些在平時大體上同情七等生怪癖的批評家，也不會和李龍第哲學的荒謬妥協。」

的確，假使李龍第眞的是這樣子一個人，不論是誰都無法接納，但是，問題也就是在這兒：七等生眞會創造這樣可憐復可鄙的角色嗎？七等生，一個對人生和人性有深刻體悟的作家，會愚蠢到塑造這類「英雄」給人唾罵？假使我們能從疑問的念頭出發，再去細嚼這篇小說，那麼，對於少數批評家粗略的結論，便不會輕率地信任了。

二

〈我愛黑眼珠〉究竟是一篇怎樣的小說？李龍弟究竟是一個怎樣的人？我們應該怎樣讀這篇小說？

葉石濤說：「七等生是一個最關心道德而又對於悖德有過敏性反應的作家。他的小說：〈我愛黑眼珠〉，如果以道德戒律來命名之，大約其主題是嫉妒。這篇小說在詮釋嫉妒的涵義上，已達到象徵的境界。」葉把全篇的主題勉強歸結在狹隘的嫉妒上，因而差之毫釐，失之千里。當我們讀完全篇，實在很難同意把這種感情上的變化視爲主題之所在，葉由於對錯了焦距，使他覺得李龍第只是一個自私而荒唐的傢伙，葉除了刻薄地批評了李龍第的哲學家風度之外，並未深入到他的內心探索有無隱衷，因此不但沒有幫助讀者解開困惑，反而加深了讀者的誤會，而顯然的，在最後連他自己也感到無法提出圓滿的解釋，只有無可奈何地問：「七等生到底預備告訴我們什麼？他究竟企圖象徵什麼？」

在這一點上，劉紹銘高明多了，他銳利地看出這是一個信念的問題——他幾乎已抓住問題的

根本了，可惜他過分執拗於純粹儒家的觀點，並在道德的價値觀念的基礎上去接近李龍第，忽略了人性不是那麼單純的。它有繁複的內涵。所以，他才無法了解李龍第「奇怪的推理過程」，以及他的「利他主義的愛情，人的責任，與存在的榮耀」和他的行爲之間所形成的矛盾現象，難以給予合理的解釋。劉雖然在對李龍第的認識上深入了一個層次，但很遺憾的。他沒有向多樣性的人性面去做探層的挖掘，以至於功虧一簣。劉紹銘以一般邏輯的推理，以求理解李龍第心理演變的過程，結果失敗了。這種失敗很可能種因於忽視了李龍第的背景資料和哲學信念對其行爲的影響力量，曲解了他的行爲，才使得劉紹銘對李龍第感受困惑和不耐，並就道德的層面提出質難。

三

這些批評所形成的癥結，並不是不可解決的，但必須有相當的耐心。首先，我們要了解李龍第是怎樣的一個人？在〈我愛黑眼珠〉裡，七等生提供不少資料，歸結起來，最重要的有以下三點：

㈠在李龍第與晴子這對夫婦之間，晴子是「兩個人的共同生活中，勇敢地負起維持活命的責任」的一方；

㈡李龍第所給人的印象，可「斷定他絕對不是很樂觀的人」；

㈢在現實社會裡，他是一個遭受挫敗打擊的人。

像這樣一個在家庭中處於一種寄生的地位、在經濟上缺乏獨立能力、長久地生活在被壓抑和

輕視的環境裡的人，他的心理和性格方面的健全情形，實在令人懷疑。我們可以從他在生活的社區裡經常單獨閒散的情形，以及「從來沒有因爲相遇而和人點頭寒暄」的習性中，見出他的孤僻與自卑心理。就像一個飄浮的影子，毫無份量地活著。現實沉重的壓力，壓彎了他的脊髓，壓低了他的頭，使他像一個心理的佝僂患者，變得憂悒而寡言。

造成李龍第在現實中「怪異荒誕」（在一般人的常識裡）行爲的原因，除了上述的背景之外，最主要的是源於他的信念。在這篇小說裡，我們知道李龍第並不是沒有飛黃騰達的機會，但他爲了原則而放棄了這些機會，沒有堅持地爭鬪下去成爲他最厭恨的那一類人，我們從他念念不忘「要是我那時……力爭著霸佔一些權力和私慾……」的心理，可看出他的善良和懦弱的一面。但當他身處於滔滔洪流中，見到無情的大自然，滌蕩這個世界時，卻讓他覺悟到「面對這不能抗力的自然的破壞，人類自己堅信與依持的價值如何恆在呢？」也許世界上有很多事情，譬如成功和失敗，都是這樣虛幻不眞實的，即使他那時霸佔了一些權力和私慾，在這個時候又有什麼用處呢？在這特異的時刻裡，一切都平等了。得的，失去了；失去的，卻變得一無所失。他，一個挫敗者，把所有的「負數」都充塡起來，得到了補償以往受挫的機會，在這個突變的時空裡，使他領會到過去與未來，價値觀念等都是空幻的，只有抓住了「現在」的人，才是捉到了「眞實」。所以，當他看到求生的世人，因恐懼死亡，而以「無比自私和粗野的動作排擠和踐踏著別人」時，他卑視他們。在這場混亂的災難中，唯有他清醒而冷靜地注視一切，「寧願站在這裡牢抱著這個巨柱與巨柱同亡」。一向歧視他的人們，如此求生的模樣是多麼可恥，還不如能勇於面對死

亡的李龍第。李龍第或許就是這樣想著。

李龍第的信念就在這一時刻，躍過了最後生澀的階段形成了。我想，直接引述李龍第本身所做的內心思索，更容易使我們理解他的哲學信念。李龍第認爲：

「我在我的信念之下，只佇立著等待環境的變遷。」

「人的存在，便是在現在中自己與環境的關係。」

「……至於我……必須……在現況中選擇……。」

「每一個人都有往事，無論快樂或悲傷都有那一番遭遇。可見人常常把往事的境遇拿來在現在中做爲索求的藉口；當他一點也沒有索求到時，他便感到痛苦。人往往如此無恥，不斷地拿往事來欺詐現在。」

「爲什麼人在每一個現在中不能企求新的生活意義呢？生命像一根燃燒的木柴，那一端的灰燼雖還具有木柴的外形，可是已不堪撫觸，也不能重燃，唯有另一端是堅實和明亮的。」

所謂李龍第的信念，實際上就是一種現世哲學。由於他在過去奮鬥中的挫折，和在現實生活裡的「跛行」，使得現世主義在他心頭滋長，他唯有採取這種生活態度，才能卸脫現實殘酷的壓力，忘掉過去和現在的種種不幸，並藉此獲得信仰。在他的觀念裡，有三點極重要的意義：

第一、他是非宗教的（並非反宗教）。他認爲，人，才是主宰，在這世界上，最要緊的是人與環境（大自然）的關係，而大自然是冷酷無情的，並不會因人有所求而有所照應。當他面對大自然的巨壓，透過死亡的威脅，體會到人到最後所能依賴的只剩下自己，所以，人最好能先「辨

識自己、選擇自己和愛我自己」，在這兒，人與神已幾近合而爲一，所差的只是要不要「信仰自己」了。

第二、強調唯有「現在」才是永恆的。抓住了現在，就抓住了「幸福」。紀德有一句話頗能傳述此中眞髓，他說：「永恆的生命並不是——或者不僅是——屬於未來的東西；而假如我們今世無法獲得它，那麼獲得的希望就太渺茫了。」李龍第主張揚棄往事，抛開不必要的包裹。過去的多半如燃過的那一端木柴，其實早已成爲灰燼，所要珍惜的是那「燦爛光明」的現在。

第三、由於人既然不能憑藉過去，且又認爲人的存在的先決條件是「存在」這一事實，人，自然必須——也只有在現況中做一抉擇。而人的信念相對於環境而言，是不易變異的因素，在這種情況之下，只有人的行爲隨著環境的變遷，而做適宜（合於信念）的調整了。

了解了上面這些分析，我們對李龍第的行爲，才能掌握到了解他的那一把鎖匙，也就不會對他的行爲「吃驚」了。在葉石濤和劉紹銘兩位的批評論文中，我們卻未曾見到他倆做過這樣的努力，所以，李龍第冤屈地被誤解了。

四

在葉石濤的論文裡，他始終未能把李龍第對晴子和陌生女子間的感情加以區別，籠統地將二者混淆在一起，所以他才會迷惘地問：「到底爲什麼李龍第忽然移情別戀一個妓女？」假使我們把李龍第與晴子的感情，和李龍第與陌生妓女的感情加以區分之後再做比較，就會發覺這二種感

情並非對等的，那是完全不同種類的「愛」，愛並不只局限於狹隘的男女相悅之情的範圍裡面吧。唯有把這一點解釋清楚了，才能使讀者對李龍第乖謬的行爲——寧可在屋脊上擁抱著妓女，眼看著妻子隨洪水漂失——採取一種同情的諒解。

我認爲李龍第對晴子的愛是不容懷疑的。雖然他曾表示過見到晴子之後是否會快樂的憂慮，但我們覺得這種憂慮與愛無關，他只是由於在經濟上的依賴所反映於內心的羞恥感，害怕晴子萬一投射過來哀怨的眼光。我們可以從實例中證實李龍第的癡情和專情。

在急速高漲的洪水中，他心裡想念的只有晴子。他想著：「假使這個時候他還能看到他的妻子晴子，這是上天對他何等的恩惠啊！即使面對不能避免的死亡，也得和所愛的人抱在一起啊！」要是這樣迫切而誠懇的思念和盼望，這樣熱情呼喊的聲音都不算是愛的話，我眞懷疑天底下還有什麼叫「愛」？

但是，就在這時，晴子沒有出現，出現的是另一個陌生的女子，一個妓女。再往後發展出來的情節，就是最惹人議論而不滿的。他在那特異的時刻，在妻子與妓女之間，做了使衛道者憤怒的選擇。由於一部分讀書和批評者沒有深刻地了解李龍第此時內心的變化——一種情緒與思想上的變化，以及人格分裂症狀的出現——所以使這些嚴厲的抨擊失卻了準頭。假使我們留意到這陌生女子在李龍第面前出現的情況的話，非常有助於我們對李龍第的了解，因爲這是極爲重要的關鍵：

他聽到沉重落水的聲音，呻吟的聲音，央求的聲音。他看見一個軟弱的女子的影子趴在梯級的下面，仰起頭顱，掙扎著要上去，但她太虛弱了。李龍第過去攙扶她，然後背肩著她……他摟抱著她靜靜坐在屋脊上……。

我們必須在這兒停住，這一段實在太重要了。我們知道李龍第在現實世界裡是一個多方面挫敗的人，而且在家庭中依賴妻子微薄薪水過活的情形，在我們的傳統道德觀念上，很難在人們的心自中享有正常人應得的尊敬和威嚴，他也幾乎是習慣於一種自凌式的生存。雖然，他必也企望著自己在現實中變得強壯而有實力——這種欲望必然深藏在他的潛意識裡，時時等待著機緣表露出來。而現在，不是正有人在「央求」他，正有人在「仰望著」他，需要他伸出援手？這幾乎是夢寐以求的機會啊！他終於靠他自己「獨力」，攙扶她、背肩她、摟抱她，灌注給她熱與愛，生存的意志和勇氣，尤其是當他低下頭「正迎著一對他熟識相似的黑色眼睛」時，更如勾聯緊這份珍貴的經驗。我們若不健忘的話，一定還記得晴子不也是有著一對漂亮動人的黑色眼睛？作者在這兒，一方面點明了題意，一面把李龍第複雜的意念做了眞切的詮釋。

屋脊，也成了他信念的實踐地。一種現世哲學的精義，李龍第在屋脊上一一加以印證。在與世隔離的屋脊上，他殘缺的人格延伸到這兒被充實、被完成，他得到補償與滿足。在這個時候，他髣髴是另一種人：一個施與者和完成者。他照顧別人，而不是被人照顧，這是一種嶄新而圓熟的經驗，他依戀此一時刻豐美的感受，他是主人，不是乞求者，他正被仰瞻著，而弱者正在他懷

抱裡……。

當他正在完成其「自我」並實踐其信念的時候，他實在無法容忍晴子此時此地的出現，因為她的出現，必然導致他辛苦編織的幻影破滅，或者反而帶給她致命的苦痛（而他是多麼愛她，不願她受此煎熬）。他寧願她「被水沖走或換人們踐踏死去，也不要在這個時候像這樣出現」，因為即使出現了，彼此之間依然「橫著一條不能跨越的鴻溝」，他知道在此種境況中「如何能再接密我們的關係呢」？在最初，當他企望晴子快些出現但她沒有出現，等到他已接納了另一個引起他錯覺的需要他、仰瞻他的病弱女子時，一切均已遲了，他已在現況中做了選擇，在孤絕的屋脊上，他一面完成了自我，一面實踐著信念。同時，他尚承諾了一種責任，或許這是他平生一直追求著的人生境界：

「我必須負起我做人的條件，我不是掛名來這個世上獲取利益的，我需負起一件使我感到存在榮耀之責任。」

在這種情況下，在他的哲學信念中，只有一個改變現況的可能，即：除非環境發生變遷。例如「鴻溝消除了，我才可能返回給妳」，他認為，在一定的信念之下，環境並未變更時，「在這條巨大且凶險的鴻溝擋在我們中間時，妳不該想到過去我們的關係」（這個關係正是他在屋脊上痛苦地努力去忘記的）。

其實這個時候的李龍第已不是單純的那位早先出現的李龍第了，他已分裂成好幾個李龍第，他具有著多重人格。我們敢大膽地說，他在陌生妓女的面前，當晴子尚未出現時，他對這女子的感受，是混和著一種對晴子之愛和一種完人似的形象（上帝），他在這女子身上獲得面對晴子時，從來未曾擁有過的自尊和滿足。即使在晴子出現之後，他依然像具有著神化了的身分，猶如權力的化身，在此刻，他說話的語氣是嚴正而權威的，舉例來說：

「我們一起處在災難中，妳要聽我的話！」

由這些徵候，我們可以看出李龍第所付出的感情是在轉化著的，他給予妓女的絕不是那種男女間那種情誼的愛，特別是發展到最後，所見到的是一種聖潔的，超越了兩性和種族的，業已昇華了的崇高情懷。

可是另一個李龍第（晴子丈夫的身分）卻在「暗暗嚥著淚水」，他仍是軟弱的。當完成了自我的李龍第享受著歡愉和豐足的感受，實際的李龍第卻讓痛苦蛇噬自己的心。所以，當晴子隨波逐流而去，他懷裡的女子問他：

「假使你是她的丈夫，你將怎麼樣？」

他答道：「我會放下妳，冒死泅過去。」

李龍第的答覆是眞誠的，因爲他無法分割自己。因此，當我們見他對那女子說道：「我流淚和現在愛護妳，同樣是我的本性」，讀者們也一定能同我一樣容諒他話裡的隱情苦衷，並對他此時悲痛的心情有所體悟。

當我們對李龍第有了這番了解，葉石濤和劉紹銘兩位站在道德觀念上的詰難，就顯得乏力了。李龍第的問題不能純由道德觀念上求解答，這不是單純的道德問題，而是一個涉及人性的問題，甚至，可將它視爲一個醫學上的問題。

五

透過上面的認識之後，對於劉紹銘對七等生的批評，我們便不能不持有異議。他認爲七等生是一位「以中文寫作，卻對中國的風俗習慣毫無興趣，對文化或道德毫無敬意，視鄰居的狗比自己的生命還重要的作家」，並且認爲在臺灣有一些年輕人把七等生「視爲某種精神上的救星，實在是對自稱爲儒家文化堡壘的台灣是很可悲的評論」，我以爲以劉紹銘的學養，對七等生做如此強烈的指責，是很不幸的事，恐怕有不少人對這種「卓識」持著保留的態度，不敢完全苟同。

七等生是一位非常用心的作家，他對於人性的發掘和認識有著相當的成就（〈我愛黑眼珠〉就是活生生的例子），然而劉紹銘卻譏評七等生的作品「缺乏人性價値」，這對努力學習表達人性繁複內涵的七等生，豈不是一大諷刺？我覺得一個批評家，假使不先懷著寬宏的胸襟和一顆謙虛的心，很可能就錯過一部佳作。有些批評家太過於信任自己的識見，而過早提出欠成熟的意見，

我想這可能都是造成七等生被誤解的原因。對七等生而言，光從儒家思想去接近，自然會碰上一鼻子灰，我認爲他的作品，可以在莊子那兒找到淵源。就拿李龍第這個角色來說，頗近於日人福永光司對莊子所做的詮釋中的那種意境：

> 企圖從常識的美意識所認爲醜惡、怪異、變常而摒棄的事物之中，去發掘眞實的美之反俗的美學——醜的美學。

在〈我愛黑眼珠〉中，七等生把一個平面的角色，充實的那麼豐盈，深入了人性深處，挖出了種種矛盾形相，檢視了信念與人性的衝突和調和，反映在人心上的痛苦和愉悅，這種功力是目前一些作家們最爲欠缺的。而且，七等生的貢獻，除了找出一些在社會上常被人遺忘的，渺小卑賤遭人嫌惡的角色，使讀者在這些平凡低卑的小人物身上，體會出一些虛飾成習的社會裡所欠缺的赤裸地沒有矯飾的人性，以及那種富於生命活力的律動之外，我覺得最重要的是他記錄了人性在屈辱中，人格向上掙扎的歷程，他所追求的或許是企圖構建一種精神上的自由與解脫的新形式吧。

在這一點上，使人或多或少聯想到杜斯妥也夫斯基——一位作品最富於生命的震顫的創作者。

——原載《中外文字》三三期，一九七五年二月，後收入《橄欖樹》一書，書評書目出版社

出版。

周寧：本名周浩正，一九四一年七日生，江蘇嘉定人。陸軍官校畢業，現任實學社發行人，著有評論集《橄欖樹》，編有《七十一年短篇小說選》《飛揚的一代》等書。

七等生生活與創作年表

七等生　自撰
張恆豪　增補

一九三九年　出生於臺灣（日據時代）通霄。
原名：劉武雄。父名：劉天賜，母名：詹阿金。在十位子女中排列第五。

一九四五年　臺灣光復。

一九四六年　進通霄國民小學就讀。
父親失去在鎮公所的職位，家庭陷於貧困。

一九五二年　考入省立大甲中學。
父親逝世，家庭更加窮困。

一九五五年　中學畢業，考入臺北師範藝術科。首次接觸海明威作品《老人與海》和史篤姆的《茵夢湖》。

一九五八年　因學校伙食不好，在學生餐廳用筷子敲碗，為了好玩跳上餐桌而遭致勒令退學。兩星期後，由洪文彬教授作保復學。隨後因教材教法不及格重修一年。
讀《諸神復活》（雷翁那圖、達文西傳記），惠特曼的《草葉集》，愛不釋手，

在學校舉行個人畫展。

一九五九年　師範學校畢業。分派臺北縣瑞芳鎮九份國民小學當教師。
單車（腳踏車）環島旅行。
讀海明威作品：《戰地鐘聲》、《戰地春夢》、《旭日東昇》，以及D．H勞倫斯作品《查泰萊夫人的情人》。

一九六二年　改調萬里國民小學任教。
首次在聯合報副刊發表短篇小說，當時主編是林海音女士，在她的鼓勵下，半年間刊登〈失業．撲克．炸魷魚〉等十一篇短篇小說，以及散文〈黑眼珠與我〉、〈囂浮〉、〈狄克．平凡的女人．漁夫〉。
十月，在新竹入伍服兵役。十二月休假回通霄，長兄玉明因肺病去世。

一九六三年　在工兵輕裝備連服役，由岡山調嘉義。與東方白會晤於嘉義鐵路餐廳。

一九六四年　在頭份斗煥坪受平路機駕駛訓練。十月，在嘉義退伍，回萬里國民小學任教。
在《現代文學》雜誌發表短篇小說：〈隱遁的小角色〉、〈讚賞〉、〈綢絲綠巾〉。

一九六五年　與許玉燕小姐結婚。
十二月，辭去教職。
繼續在《現代文學》和《臺灣文藝》雜誌發表小說作品，計有〈獵槍〉等六

篇。

一九六六年　在臺中東海花園楊逵家暫住數週。與尉天驄、陳映眞、施叔青相識於臺北鐵路餐廳，創辦《文學季刊》，發表〈灰色鳥〉等七篇小說。

獲第一屆「臺灣文學獎」。

一九六七年　長子懷拙出生。

發表〈我愛黑眼珠〉、〈精神病患〉等六篇小說。

獲第三屆「臺灣文學獎」。

一九六八年　認識龍思良和羅珞珈夫婦。

發表〈結婚〉等十五篇小說及詩作。

一九六九年　女兒小書出生；九月，離開臺北獨往霧社，在萬大發電廠分校任教。

發表〈木塊〉等三篇小說。

出版短篇小說集《僵局》（林白出版社，絕版。後由遠景出版事業公司出版）。

一九七〇年　攜眷回出生地通霄定居；九月，在國民小學復職任教。

發表〈巨蟹〉等七篇小說。

出版小說集《精神病患》（大林出版社，絕版。後由遠景出版事業公司出版）。

一九七一年　發表〈絲瓜布〉等七篇小說以及散文和詩。

一九七二年　發表小說〈期待白馬而顯現唐情〉。

出版小說集《巨蟹集》（新風出版社，絕版）。
自費出版詩集《五年集》（絕版）。

一九七三年 次子保羅出生。
發表小說〈聖．月芬〉、〈無葉之樹集〉等五篇。
出版小說《離城記》（晨鐘出版社，絕版）。

一九七四年 發表〈蘇君夢鳳〉等三篇小說。
撰寫長篇小說《削瘦的靈魂》，和詩〈有什麼能強過黑色〉等五首。

一九七五年 撰寫〈沙河悲歌〉、〈余索式怪誕〉等小說。
出版小說集《來到小鎮的亞茲別》（遠行出版社，絕版。後由遠景出版事業公司出版）。

一九七六年 撰寫《隱遁者》中篇小說。
出版〈大榕樹〉、〈德次郎〉、〈貓〉等小說。
出版《我愛黑眼珠》、《僵局》、《沙河悲歌》、《隱遁者》、《削瘦的靈魂》等五部小說集（遠景出版事業公司出版）。

一九七七年 接受《臺灣文藝》雜誌安排，與學者梁景峰對談——〈沙河的夢境和眞實〉。
撰寫長篇小說《城之迷》。
發表〈諾言〉等八篇小說。

出版七等生小說全集十冊（遠行出版社，絕版。後由遠景出版事業公司延續出版）。

一九七八年 撰寫《耶穌的藝術》。
發表〈散步去黑橋〉等九篇小說。
出版《散步去黑橋》小說集（遠景出版事業公司）。

一九七九年 發表〈銀波翅膀〉等三篇小說。
出版《耶穌的藝術》（洪範書店）。

一九八〇年 決定暫時停筆撰寫小說。
出版《銀波翅膀》小說集（遠景出版事業公司）。

一九八一年 研習攝影和暗房工作。
撰寫生活札記。

一九八二年 與美國華盛頓大學研究生安東尼·詹姆斯（Anthony James Demko）通信。
發表〈老婦人〉等五篇小說。

一九八三年 接到Anthony James Demko的碩士論文：〈七等生的內心世界——一個臺灣現代作家〉（The Internal world of Chi-teng Sheng, A Modern Taiwanese Writer）。
八月接受美國愛荷華大學國際作家工作坊之邀赴美，十二月底回國。
發表〈垃圾〉等小說。

一九八四年　出版《老婦人》小說集（洪範書店）。

一九八五年　澳洲學者凱文·巴略特（Kevin Bartlett）來訪，並接受他的論文：〈七等生早期短篇小說中的哲學、神學與文學理論〉（Literary Theory, Philosophy and Theology in Chi-teng Sheng's Early Short Stories）。

發表《重回沙河》生活札記（聯合文學），長篇小說《譚郎的書信》（中國時報），出版《譚郎的書信》（圓神出版社）。

小說〈結婚〉拍成電影。

獲中國時報文學推薦獎。

獲吳三連先生文藝獎。

一九八六年　出版《重回沙河》（遠景出版事業公司）。

重回沙河札記攝影展（臺北環亞畫廊）。

一九八七年　發表小說〈目孔赤〉。

一九八八年　發表《我愛黑眼珠續記》小說集（漢藝色研文化事業有限公司）。

一九八九年　自小學教師的工作退休，重握畫筆，設工作室於通霄。

接受法國巴黎大學研究生白麗詩Catherime BLAVET女士碩士論文〈QI DENG-SHENG七等生ECRIVAINCONTEMPORAIN TAIWAN AISPRESENTATION ET IRAOUCTIONS〉。

一九九〇年　六月，成功大學歷史語言研究所研究生廖淑芳的碩士論文〈七等生文體研究〉獲得通過，爲國內學院裡第一篇研究七等生的碩士論文。

一九九一年　出版《兩種文體——阿平之死》（圓神出版社）。

臺北東之畫廊之鄉居隨筆粉彩畫個展。

一九九二年　接受《新新聞》記者謝金蓉女士採訪，談其近來心境，即〈我不想讓人覺得我有做大事的使命感〉一文。

與美國漢學家墨子刻Thomas A, metzger（HOOVER INSTITUTION, STANFORD）相會於通霄，此後，成爲莫逆之交，互相通信和造訪。

臺北欣賞家藝術中心邀請之「油畫與一張鉛筆素描」個展。

一九九三年　移居花蓮，設繪畫工作室。

法國出版〈沙河悲歌〉法文本，Catherime BLAVET翻譯。

一九九四年　移居臺北市，在阿波羅大廈畫廊區設畫鋪子。

義國威尼斯大學Elena Roggi女士的碩士論文及長篇小說〈跳出學園的圍牆〉（原名：削瘦的靈魂）義文翻譯。

一九九五年　結束畫鋪子，退居木柵溝子口。與傑出小說家阮慶岳相識。

一九九六年　發表中篇小說《思慕微微》（聯合文學）。

一九九七年　發表中篇小說〈一紙相思〉（拾穗）。

出版《思慕微微》合集（商務印書館）。
學習彈唱南管。

一九九九年　國家文化資料館（臺南市）展出七等生文稿及出版資料。

二〇〇〇年　國立成功大學研究生葉昊謹碩士論文《七等生書信體小說研究》。
〈沙河悲歌〉改編拍攝成電影（原名）（中影公司）。

二〇〇三年　七等生全集出版（遠景出版事業公司）。

編者按：一九三九年到一九八五年，為作者自撰；一九八八年到一九九二年，為編者增補。
一九九三年到二〇〇三年再由作者補述。

遠景出版事業公司圖書目錄(八)

7忠黨報港	林行止著	240元
8痼疾初發	林行止著	240元
9如何是好	林行止著	240元
10英倫采風(四)	林行止著	160元
11終成畫餅	林行止著	240元
12本末倒置	林行止著	240元
13通縮初現	林行止著	240元
14藥石亂投	林行止著	240元
15有法無天	林行止著	240元
16墮入錢網	林行止著	240元
17內部腐爛	林行止著	240元
18千年祝願	林行止著	240元
19極度亢奮	林行止著	240元
20王牌在握	林行止著	240元
21破網急墮	林行止著	240元
22主席發火	林行止著	240元
23閒在心上	林行止著	240元
24迫你花錢	林行止著	240元
25少睡多金	林行止著	240元
26中國製造	林行止著	240元
27風雷魍魎	林行止著	240元
28拈來趣味	林行止著	240元
29通縮凝重	林行止著	240元
30五年浩劫	林行止著	240元
31如是我云	林行止著	240元
32重藍輕白	林行止著	240元
33閒讀偶拾	林行止著	240元

W傳記文庫

1魯賓斯坦自傳（二冊）	楊月蓀譯	900元
2阿嘉莎・克莉絲蒂自傳	陳紹鵬譯	480元
3亨利・魯斯傳	程之行譯	180元
4夏卡爾自傳	黃翰荻譯	240元
5雷諾瓦傳	黃翰荻譯	320元
6拿破崙傳	高語和譯	300元
7甘地傳	許章眞譯	400元
8英格麗・褒曼傳	王禎和譯	240元
9鄧肯自傳	詹宏志譯	240元
10華盛頓傳	薛絢譯	240元
11希爾頓自傳	程之行譯	180元
12回首話滄桑―聶魯達回憶錄	林光譯	390元
13回歸本源―賈西亞・馬奎斯傳	卞雙成・胡眞才譯	390元
14韋伯傳（二冊）	李永熾譯	400元
15羅素自傳（三卷）	張國禎譯	840元
16羅琳傳―哈利波特背後的天才	黃燦然譯	250元
17蘇青傳	王一心著	240元
18高斯評傳	易憲容著	240元
19王度廬評傳	徐斯年著	280元
20尼耳斯・玻爾傳	戈革譯	900元

X林語堂作品集

1生活的藝術	林語堂著	160元
2吾國與吾民	林語堂著	160元
3遠景	林語堂著	140元
4賴柏英	林語堂著	120元
5紅牡丹	林語堂著	180元
6朱門	林語堂著	180元
7風聲鶴唳	林語堂著	180元
8武則天傳	林語堂著	120元
9唐人街	林語堂著	120元
10啼笑皆非	林語堂著	120元
11京華煙雲	林語堂著	360元
12蘇東坡傳	林語堂著	180元
13逃向自由城	林語堂著	160元
14林語堂精摘	林語堂著	160元
15八十自敘	林語堂著	100元

Y倪匡科幻小說集

1老貓	倪匡著	130元
2藍血人	倪匡著	180元
3透明光	倪匡著	170元
4蜂雲	倪匡著	180元
5蠱惑	倪匡著	130元
6屍變	倪匡著	170元
7沉船	倪匡著	170元
8地圖	倪匡著	170元
9不死藥	倪匡著	170元
10支離人	倪匡著	180元
11天外金球	倪匡著	130元
12仙境	倪匡著	160元
13妖火	倪匡著	170元
14訪客	倪匡著	100元
15盡頭	倪匡著	130元
16原子空間	倪匡著	130元
17紅月亮	倪匡著	130元
18換頭記	倪匡著	100元
19環	倪匡著	130元
20鬼子	倪匡著	130元
21大廈	倪匡著	130元
22眼睛	倪匡著	120元
23迷藏	倪匡著	120元
24天書	倪匡著	130元
25玩具	倪匡著	130元
26影子	倪匡著	100元
27無名髮	倪匡著	130元
28黑靈魂	倪匡著	130元
29尋夢	倪匡著	130元
30鑽石花	倪匡著	130元
31連鎖	倪匡著	180元
32後備	倪匡著	120元
33紙猴	倪匡著	180元
34第二種人	倪匡著	130元
35盜墓	倪匡著	130元
36搜靈	倪匡著	130元
37茫點	倪匡著	130元
38神仙	倪匡著	130元
39追龍	倪匡著	130元
40洞天	倪匡著	130元
41活俑	倪匡著	130元
42犀照	倪匡著	130元
43命運	倪匡著	120元
44異寶	倪匡著	120元

Z張五常作品集

0流光幻影－張五常印象攝影集	張五常著	390元
1賣桔者言	張五常著	
2五常談教育	張五常著	
3五常談學術	張五常著	
4五常談藝術	張五常著	
5狂生傲語	張五常著	
6挑燈集	張五常著	
7憑闌集	張五常著	
8隨意集	張五常著	
9捲簾集	張五常著	
10學術上的老人與海	張五常著	
11佃農理論	張五常著	
12往日時光	張五常著	
13中國的前途	張五常著	
14再論中國	張五常著	
15三岸情懷	張五常著	
16存亡之秋	張五常著	
17離群之馬	張五常著	
18科學說需求——經濟解釋(一)	張五常著	
19供應的行爲——經濟解釋(二)	張五常著	
20制度的選擇——經濟解釋(三)	張五常著	
21偉大的黃昏	張五常著	

遠景出版事業公司圖書目錄(七)

	6樂樂集1	孔在齊著	240元
	7樂樂集2	孔在齊著	240元
	8鄧肯自傳	詹宏志譯	280元
	9魯賓斯坦自傳（二冊）	楊月蓀譯	900元
	10我的兒子馬友友	馬盧雅文口述	240元
	11水滸人物	黃永玉著	600元
	12我的貓	丁雄泉著	600元
	13笑吧！別忘了感恩	黎智英詩、丁雄泉畫	600元
	14樂樂集3	孔在齊著	240元
	15樂樂集4	孔在齊著	240元
	16莫扎特之魂	趙鑫珊、周玉明著	450元
	17貝多芬之魂	趙鑫珊著	550元
	18攝影藝術散論	莊靈著	280元

T 杜斯妥也夫斯基全集

	1窮人	鍾文譯	160元
	2死屋手記	耿濟之譯	200元
	3被侮辱與被損害者	耿濟之譯	240元
	4地下室手記	孟祥森譯	160元
	5罪與罰	陳殿興譯	240元
	6白痴	耿濟之譯	280元
	7永恆的丈夫	孫慶餘譯	180元
	8附魔者	孟祥森譯	480元
	9少年	耿濟之譯	280元
	10卡拉馬佐夫兄弟（二冊）	陳殿興譯	660元
	11賭徒	孟祥森譯	180元
	12淑女	鍾文譯	120元
	13雙重人		
	14作家日記		

U 諾貝爾文學獎文庫

	1緣起、普魯東詩選	普魯東著	
	米赫兒	米斯特拉爾著	
	2羅馬史	蒙森著	
	3超越人力之外	班生著	
	大帆船	葉卻加萊著	
	4你往何處去	顯克維支著	
	5撒旦頌、基姆	卡度齊、吉卜齡著	
	6人生的意義與價值	奧鏗著	
	青鳥	海特靈克著	
	7尼爾斯的奇遇	拉格洛芙著	
	驕傲的姑娘	海才著	
	8織工、沉鐘	霍普特曼著	
	祭壇佳里	泰戈爾著	
	9約翰克利斯朵夫（三冊）	羅曼羅蘭著	
	10查理士國王的人馬	海登斯坦著	
	奧林帕斯之春	史比德勒著	
	11樂土	龐陀彼丹著	
	明娜	傑洛拉普著	
	12土地的成長	哈姆生著	
	13天神們口渴了	法朗士著	
	利害牽制	貝納勉特著	
	14農夫們（二冊）	雷蒙特著	
	15聖女貞德、母親	蕭伯納、德蕾達著	
	16葉慈詩選	葉慈著	
	創造的進化	柏格森著	
	17克麗絲汀的一生（二冊）	溫茜特著	
	18布登勃魯克家族（二冊）	湯瑪斯·曼著	
	19白璧德	劉易士著	
	卡爾菲特詩選	卡爾菲特著	
	20密賽特世家（三冊）	高爾斯華綏著	
	21鄉村、舊金山一紳士	布寧著	
	六個尋找作者的角色	皮藍德婁著	
	長夜漫漫路迢迢	奧尼爾著	
	22尙·巴華的一生	杜嘉德著	
	23大地、兒子們、分家	賽珍珠著	
	24聖者的悲哀	西蘭帕著	
	荒原	艾略特著	
	25玻璃珠遊戲	赫塞著	
	26僞幣製造者、窄門	紀德著	
	27西瑪蘭短篇小說集	密絲特拉兒著	
	柏拉特羅與我	希蒙聶茲著	
	28聲音與憤怒、熊	福克納著	
	29西洋哲學史（二冊）	羅素著	
	30巴拉巴	拉格維斯特著	
	苔蕾絲、毒蛇之結	莫里亞克著	
	31第二次世界大戰回憶錄	邱吉爾著	
	32老人與海、戰地春夢	海明威著	
	33獨立之子	拉克斯內斯著	
	34墮落、異鄉人、瘟疫	卡繆著	
	35齊瓦哥醫生	巴斯特納克著	
	36人生非夢、遠征	瓜西莫多、佩斯著	
	37德里納河之橋	安德里奇著	
	38不滿的冬天、人鼠之間	史坦貝克著	
	39阿息涅的國王	謝斐利士著	
	嘔吐、牆	沙特著	
	40靜靜的頓河（四冊）	蕭洛霍夫著	
	41訂婚記	阿格農著	
	伊萊	沙克絲著	
	42總統先生	阿斯杜里亞斯著	
	等待果陀	貝克特著	
	43雪國、古都、千羽鶴	川端康成著	
	44第一層地獄（二冊）	索忍尼辛著	
	45一般之歌	聶魯達著	
	九點半的彈子戲	鮑爾著	
	46人之樹	懷特著	
	47詹生短篇小說選	詹生著	
	馬丁遜詩選	馬丁遜著	
	孟德雷詩選	孟德雷	
	48阿奇正傳	索爾·貝婁著	
	亞歷山卓詩選	亞歷山卓著	
	49莊園	以撒·辛格著	
	50伊利提斯詩選	伊利提斯著	
	米洛舒詩選	米洛舒著	
	被拯救的舌頭	卡內提著	
	51一百年的孤寂	賈西亞·馬奎斯著	
	52蒼蠅王、啓蒙之旅	威廉·高定著	
	53塞佛特詩選	魯斯拉夫·塞佛特著	
	54豪華大酒店	克勞德·西蒙著	
	55解釋者	沃爾·索因卡著	
	56布洛斯基詩選	約瑟夫·布洛斯基著	
	57梅達格胡同	納吉布·馬富茲著	
	58巴斯葛·杜亞特家族	卡米羅·荷西·塞拉著	
	59孤獨的迷宮	奧塔維奧·帕斯著	
	60責客	娜汀·葛蒂瑪著	
	61奧梅羅斯	德里克·瓦爾科特著	
	62所羅門之歌	東尼·莫里森著	
	63萬延元年的足球隊	大江健三郎著	
	64希尼詩選	席慕·希尼著	
	65辛波絲卡詩選	維絲拉娃·辛波絲卡著	
	66不付賬	達里奧·福著	
	67失明症漫記	若澤·薩拉馬戈著	
	68狗年月	君特·格拉斯著	
	69		
	70		

《諾貝爾文學獎文庫》平裝80鉅冊，定價28,800元

V 林行止作品集

	1英倫采風(一)	林行止著	160元
	2原富精神	林行止著	240元
	3閒讀閒筆	林行止著	240元
	4英倫采風(二)	林行止著	160元
	5英倫采風(三)	林行止著	160元
	6破英立舊	林行止著	240元

遠景出版事業公司圖書目錄(六)

	58巴斯葛・杜亞特家族	卡米羅・荷西・塞拉著	
	59孤獨的迷宮	奧塔維奧・帕斯著	
	60貴客	娜汀・葛蒂瑪著	
	61奧梅羅斯	德里克・瓦爾科特著	
	62所羅門之歌	東尼・莫里森著	
	63萬延元年的足球隊	大江健三郎著	
	64希尼詩選	席慕・希尼著	
	65辛波絲卡詩選	維絲拉娃・辛波絲卡著	
	66不付賬	達里奧・福著	
	67失明症漫記	若澤・薩拉馬戈著	
	68狗年月	君特・格拉斯著	
	69		
	70		

《諾貝爾文學獎全集》精裝80鉅冊，定價36,000元

O 上海風華

	1上海老歌名典	陳鋼編著	1200元
	2玫瑰玫瑰我愛你	陳鋼編著	390元
	3三隻耳朵聽音樂	陳鋼著	240元
	4我的媽媽周璇	周偉・常晶著	390元
	5摩登上海	郭建英繪・陳子善編	280元
	6雨輕輕地在城市上空落著	毛尖著	240元
	7上海大風暴	蕭關鴻著	280元
	8上海掌故（一）	薛理勇編著	280元
	9上海掌故（二）	薛理勇編著	280元
	10上海掌故（三）	薛理勇編著	280元
	11海上剪影	鄭祖安著	280元
	12滬瀆舊影	張偉著	280元
	13歇浦伶影	張德亮著	280元
	14淞南俗影	仲富蘭著	280元
	15滬濱閒影	羅蘇文著	280元
	16春申儷影	戴云云著	280元
	17上海俗語圖說（上）	汪仲賢著	280元
	18上海俗語圖說（下）	汪仲賢著	280元
	19上海怪味街	童孟侯著	240元
	20老上海	宗部策劃	2500元
	21		
	22		
	23		
	24		
	25		
	26		
	27		
	28		
	29		
	30		

P 柯賴二氏探案（賈德諾著）

	1來勢洶洶	周辛南譯	180元
	2招財進寶	周辛南譯	180元
	3雙倍利市	周辛南譯	180元
	4全神貫注	周辛南譯	180元
	5財源滾滾	周辛南譯	180元
	6失靈妙計	周辛南譯	180元
	7面面俱到	周辛南譯	180元
	8不是不報	周辛南譯	180元
	9一髮千鈞	周辛南譯	180元
	10因禍得福	周辛南譯	180元
	11一目了然	周辛南譯	180元
	12驚險萬狀	周辛南譯	180元
	13一波三折	周辛南譯	180元
	14馬失前蹄	周辛南譯	180元
	15網開一面	周辛南譯	180元
	16峰迴路轉	周辛南譯	180元
	17詭計多端	周辛南譯	180元
	18自求多福	周辛南譯	180元
	19一誤再誤	周辛南譯	180元
	20禍福無門	周辛南譯	180元

Q 阿嘉莎・克莉絲蒂探案（三毛主編）

	1A.B.C謀殺案	宋碧雲譯	180元
	2加勒比海島謀殺案	楊月蓀譯	180元
	3東方快車謀殺案	楊月蓀譯	180元
	4鏡子魔術	宋碧雲譯	180元
	5魔手	張艾茜譯	180元
	6第三個女郎	楊月蓀譯	180元
	7諜海	陳紹鵬譯	180元
	8此夜綿綿	黃文範譯	180元
	9不祥的宴會	陳紹鵬譯	180元
	10鐘	張伯權譯	180元
	11謀殺啓事	張艾茜譯	180元
	12死亡約會	李永熾譯	180元
	13葬禮之後	張國禎譯	180元
	14白馬酒店	張艾茜譯	180元
	15褐衣男子	張國禎譯	180元
	16萬靈節之死	張國禎譯	180元
	17鴿群裡的貓	張國禎譯	180元
	18高爾夫球場命案	宋碧雲譯	180元
	19尼羅河謀殺案	林秋蘭譯	180元
	20艷陽下的謀殺案	景翔譯	180元
	21死灰復燃	張國禎譯	180元
	22零時	張國禎譯	180元
	23畸形屋	張國禎譯	180元
	24四大魔頭	陳惠華譯	180元
	25殺人不難	張艾茜譯	180元
	26死亡終局	張國禎譯	180元
	27破鏡謀殺案	鄭麗淑譯	180元
	28啤酒謀殺案	張艾茜譯	180元
	29七鐘面之謎	張國禎譯	180元
	30年輕冒險家	邵均宜譯	180元
	31底牌	宋碧雲譯	180元
	32古屋疑雲	張國禎譯	180元
	33復仇女神	邵均宜譯	180元
	34拇指一豎	張艾茜譯	180元
	35漲潮時節	張艾茜譯	180元
	36空幻之屋	張國禎譯	180元
	37黑麥奇案	宋碧雲譯	180元
	38清潔婦命案	宋碧雲譯	180元
	39柏翠門旅館之秘	張伯權譯	180元
	40國際學舍謀殺案	張國禎譯	180元
	41假戲成真	張國禎譯	180元
	42命運之門	李永熾譯	180元
	43煙囪的秘密	陳紹鵬譯	180元
	44命案目睹記	陳紹鵬譯	180元
	45美索不達米亞謀殺案	陳紹鵬譯	180元
	46天涯過客	孟華譯	180元
	47無妄之災	張國禎譯	180元
	48藍色列車	張國禎譯	180元
	49沉默的證人	張國禎譯	180元
	50羅傑・亞克洛伊命案	張國禎譯	180元

R 史威德作品集

	1經濟門楣	史威德著	240元
	2經濟家學	史威德著	240元
	3投資族譜	史威德著	240元
	4一脈相承	史威德著	240元
	5投資漫談	史威德著	240元

S 遠景藝術叢書

	1要藝術不要命	吳冠中著	240元
	2梵谷傳	常濤譯	320元
	3夏卡爾自傳	黃翰荻譯	240元
	4雷諾瓦傳	黃翰荻譯	320元
	5音樂大師與世界名曲	劉璞編著	450元

遠景出版事業公司圖書目錄(五)

7銀波翅膀	七等生著	240元
8重回沙河	七等生著	240元
9譚郎的書信	七等生著	240元
10一紙相思	七等生著	240元

L 金學研究叢書

0金庸傳	冷夏著	350元
1我看金庸小說	倪匡著	160元
2再看金庸小說	倪匡著	160元
3三看金庸小說	倪匡著	160元
4讀金庸偶得	舒國治著	160元
5四看金庸小說	倪匡著	160元
6通宵達旦讀金庸	薛興國著	160元
7漫談金庸筆下世界	楊興安著	160元
8諸子百家看金庸（第一輯）	三毛等著	160元
9談笑傲江湖	溫瑞安著	160元
10金庸的武俠世界	蘇墱基著	160元
11五看金庸小說	倪匡著	160元
12韋小寶神功	劉天賜著	160元
13情之探索與神鵰俠侶	陳沛然著	160元
14析雪山飛狐與鴛鴦刀	溫瑞安著	160元
15諸子百家看金庸（第二輯）	羅龍治等著	160元
16諸子百家看金庸（第三輯）	翁靈文等著	160元
17諸子百家看金庸（第四輯）	杜南發等著	160元
18天龍八部欣賞舉隅	溫瑞安著	160元
19話說金庸	潘國森著	160元
20續談金庸筆下世界	楊興安著	160元
21諸子百家看金庸（第五輯）	餘子等著	160元
22淺談金庸小說	丁華著	160元
23金庸小說評彈	董千里著	160元
24金庸傳說	楊莉歌著	240元
25破解金庸寓言	王海鴻　張曉燕　著	160元
26給金庸小說挑毛病（上）	閻大衛著	160元
27給金庸小說挑毛病（下）	閻大衛著	160元
28挑燈看劍話金庸	戈革著	240元
29解放金庸	餘子主編	240元
30金庸小說人物印譜	戈革著	800元

M 中國古典詩詞賞析

1青青子衿（詩經選）	林振輝選註	180元
2公無渡河（樂府詩選）	張春榮選註	180元
3世事波舟（古體詩選）	李正治選註	180元
4冰心玉壺（絕句選）	李瑞騰選註	180元
5飛鴻雪泥（律詩選）	簡錦松選註	180元
6重樓飛雪（宋詞選）	龔鵬程選註	180元
7杜鵑啼情（散曲選）	汪天成選註	180元
8相思千行（明清民歌選）	陳信元選註	180元
9秋雁邊聲（杜甫詩選）	張敬校訂	180元
10滄海曉夢（李商隱詩選）	朱梅生選註	180元
11寒月松風（五言絕句選）	鄭騫校訂	180元
12江帆千里（七言絕句選）	鄭騫校訂	180元

N 諾貝爾文學獎全集

1緣起、普魯東詩選	普魯東著
米赫兒	米斯特拉爾著
2羅馬史	蒙森著
3超越人力之外	班生著
大帆船	葉卻加萊著
4你往何處去	顯克維支著
5撒旦頌、基姆	卡度齊、吉卜齡著
6人生的意義與價值	奧鏗著
青鳥	海特靈克著
7尼爾斯的奇遇	拉格洛芙著
驕傲的姑娘	海才著
8織工、沉鐘	霍普特曼著
祭壇佳里	泰戈爾著
9約翰克利斯朵夫（三冊）	羅曼羅蘭著
10查理士國王的人馬	海登斯坦著
奧林帕斯之春	史比德勒著
11樂土	龐陀彼丹著
明娜	傑洛拉普著
12土地的成長	哈姆生著
13天神們口渴了	法朗士著
利害牽制	貝納勉特著
14農夫們（二冊）	雷蒙特著
15聖女貞德、母親	蕭伯納、德蕾達著
16葉慈詩選	葉慈著
創造的進化	柏格森著
17克麗絲汀的一生（二冊）	溫茜特著
18布登勃魯克家族（二冊）	湯瑪斯·曼著
19白璧德	劉易士著
卡爾菲特詩選	卡爾菲特著
20密賽特世家（三冊）	高爾斯華綏著
21鄉村、舊金山一紳士	布寧著
六個尋找作者的角色	皮藍德婁著
長夜漫漫路迢迢	奧尼爾著
22尚·巴華的一生	杜嘉德著
23大地、兒子們、分家	賽珍珠著
24聖者的悲哀	西蘭帕著
荒原	艾略特著
25玻璃珠遊戲	赫塞著
26僞幣製造者、窄門	紀德著
27西瑪蘭短篇小說集	密絲特拉兒著
柏拉特羅與我	希蒙聶茲著
28聲音與憤怒、熊	福克納著
29西洋哲學史（二冊）	羅素著
30巴拉巴	拉格維斯特著
苔蕾絲、毒蛇之結	莫里亞克著
31第二次世界大戰回憶錄	邱吉爾著
32老人與海、戰地春夢	海明威著
33獨立之子	拉克斯內斯著
34墮落、異鄉人、瘟疫	卡繆著
35齊瓦哥醫生	巴斯特納克著
36人生非夢、遠征	瓜西莫多、佩斯著
37德里納河之橋	安德里奇著
38不滿的冬天、人鼠之間	史坦貝克著
39阿息涅的國王	謝斐利士著
嘔吐、牆	沙特著
40靜靜的頓河（四冊）	蕭洛霍夫著
41訂婚記	阿格農著
伊萊	沙克絲著
42總統先生	阿斯杜里亞斯著
等待果陀	貝克特著
43雪國、古都、千羽鶴	川端康成著
44第一層地獄（二冊）	索忍尼辛著
45一般之歌	聶魯達著
九點半的彈子戲	鮑爾著
46人之樹	懷特著
47詹生短篇小說選	詹生著
馬丁遜詩選	馬丁遜著
孟德雷詩選	孟德雷
48阿奇正傳	索爾·貝婁著
亞歷山卓詩選	亞歷山卓
49莊園	以撒·辛格著
50伊利提斯詩選	伊利提斯著
米洛舒詩選	米洛舒著
被拯救的舌頭	卡內提著
51一百年的孤寂	賈西亞·馬奎斯著
52蒼蠅王、啓蒙之旅	威廉·高定著
53塞佛特詩選	魯斯拉夫·塞佛特著
54豪華大酒店	克勞德·西蒙著
55解釋者	沃爾·索因卡著
56布洛斯基詩選	約瑟夫·布洛斯基著
57梅達格胡同	納吉布·馬富茲著

遠景出版事業公司圖書目錄(四)

21夢遊者的外甥女	方能訓譯	180元
22口吃的主教	魏廷朝譯	180元
23危險的富孀		
24跛腳的金絲雀		
25面具事件		
26竊貨者的鞋		
27作偽證的鸚鵡		
28上餌的釣鉤		
29受蠱的丈夫		
30空罐事件		
31溺死的鴨		
32冒失的小貓		
33掩埋的鐘		
34蚊惑	詹錫奎譯	180元
35傾斜的燭火		
36黑髮女郎	李淑華譯	180元
37黑金魚	張國禎譯	180元
38半睡半醒的妻子		
39第五個褐髮女人		
40脫衣舞孃的馬		
41懶惰的愛人		
42寂寞的女繼承人		
43猶疑的新郎		
44粗心的美女		
45變亮的手指		
46憤怒的哀悼者		
47嘲笑的大猩猩		
48猶豫的女主人		
49綠眼女人		
50消失的護士		
51逃亡的屍體	魏廷朝譯	180元
52日光浴者的日記		
53膽小的共犯		
54最後的法庭	詹錫奎譯	180元
55金百合事件		
56好運的輸家	呂惠雁譯	180元
57尖叫的女人		
58任性的人		
59日曆女郎	葉石濤譯	180元
60可怕的玩具		
61死亡圍巾		
62歌唱的裙子		
63半路埋伏的狼		
64複製的女兒		
65坐輪椅的女人	黃恆正譯	180元
66重婚的丈夫		
67頑抗的模特兒		
68淺色的礦脈		
69冰冷的手		
70繼女的祕密		
71戀愛中的伯母		
72莽撞的離婚婦人		
73虛幻的幸運		
74不安的遺產繼承人		
75困擾的受託人		
76漂亮的乞丐		
77憂心的女侍		
78選美大會的女王	詹錫奎譯	180元
79粗心的愛神		
80了不起的騙子	張艾茜譯	180元
81被圍困的女人		
82擱置的謀殺案		

H台灣文學叢書

1亞細亞的孤兒	吳濁流著	180元
2寒夜三部曲—寒夜	李喬著	320元
3寒夜三部曲—荒村	李喬著	320元
4寒夜三部曲—孤燈	李喬著	320元
5邊秋一雁聲	吳念眞著	180元
6台灣人三部曲	鍾肇政著	900元
7遠方	許達然著	160元
8濁流三部曲	鍾肇政著	900元
9魯冰花	鍾肇政著	160元
10含淚的微笑	許達然著	160元
11藍彩霞的春天	李喬著	180元
12波茨坦科長	吳濁流著	180元
13一桿秤仔	賴和等著	240元
14一群失業的人	楊守愚等著	240元
15豚	張深切等著	240元
16薄命	楊華等著	240元
17牛車	呂赫若等著	240元
18送報伕	楊逵等著	240元
19植有木瓜樹的小鎮	龍瑛宗等著	240元
20閹雞	張文環等著	240元
21亂都之戀	楊雲萍等著	240元
22廣闊的海	水蔭萍等著	240元
23森林的彼方	董祐峰等著	240元
24望鄉	張冬芳等著	240元
25市井傳奇	洪醒夫著	160元
26大地之母	李喬著	390元
27殺生	何光明著	200元
28紅塵	龍瑛宗著	240元
29泥土	吳晟著	180元
30沒有土地．那有文學	葉石濤著	240元
31文學回憶錄	葉石濤著	240元
32土	許達然著	160元

I 遠景大人物叢書

1生根．深耕	王永慶著	220元
2金庸傳	冷夏著	350元
3王永慶觀點	王永慶著	180元
4黎智英傳說	呂家明著	180元
5李嘉誠語錄	許澤惠編著	99元
6倪匡傳奇	沈西城著	180元
7辜鴻銘印象	宋炳輝編	240元
8辜鴻銘（第一卷）	鍾兆雲著	450元
9辜鴻銘（第二卷）	鍾兆雲著	450元
10辜鴻銘（第三卷）	鍾兆雲著	450元

J 歷史與思想叢書

1西洋哲學史（二冊）	羅素著	600元
2羅馬史	蒙森著	480元
3王船山哲學	曾昭旭著	380元
4奴役與自由	貝德葉夫著	280元
5群眾之反叛	奧德嘉著	180元
6生命的悲劇意識	烏納穆諾著	240元
7奧義書	林建國譯	180元
8吉拉斯談話錄	袁東等譯	180元
9中國反貪史（二冊）	王春瑜主編	900元
10現代俄國文學史	湯新楣譯	320元
11歷史的跫音	李永熾著	180元
12鄉土文學討論集	尉天驄編	550元
13末代皇帝	愛新覺羅．溥儀著	320元
14當代大陸作家風貌	潘耀明著	480元
15第二次世界大戰回憶錄	邱吉爾著	360元

K 七等生全集

1初見曙光	七等生著	240元
2我愛黑眼珠	七等生著	240元
3僵局	七等生著	240元
4離城記	七等生著	240元
5沙河悲歌	七等生著	240元
6城之迷	七等生著	240元

遠景出版事業公司圖書目錄(三)

	27諸世紀（第二卷）	諾斯特拉達姆士著	180元
	28諸世紀（第三卷）	諾斯特拉達姆士著	180元
	29諸世紀（第四卷）	諾斯特拉達姆士著	180元
	30諸世紀（第五卷）	諾斯特拉達姆士著	180元
	31鑿空行—張騫傳	齊桓著	280元
	32宰相劉羅鍋	胡學亮編著	280元
	33都是夏娃惹的禍	陳紹鵬譯	180元
	34都是亞當惹的禍	陳紹鵬譯	180元
	35都是裸體惹的禍	陳紹鵬譯	180元
	36文學的視野	胡菊人著	180元
	37小說技巧	胡菊人著	180元
	38紅樓水滸與小說藝術	胡菊人著	180元
	39諾貝爾文學獎秘史	王鴻仁譯	240元
	40張愛玲的書	陳子善編著	240元
	41把水留給我	盧嵐著	180元
	42多少英倫新事(一)	魯鳴著	240元
	43多少英倫新事(二)	魯鳴著	240元
	44中國經濟史(一)	葉龍編著	240元
	45中國經濟史(二)	葉龍編著	240元
	46歷代人物經濟故事(一)	葉龍著	240元
	47歷代人物經濟故事(二)	葉龍著	240元
	48歷代人物經濟故事(三)	葉龍著	240元
	49太平廣記豪俠小說	楊興安著	240元
	50行止・行止	駱友梅等著	240元
	51天怒	陳放著	280元
	52淚與屈辱	九皐著	240元
	53十年浩劫	九皐著	240元
	54逝者如斯夫	丁中江著	390元
	55林行止作品集目錄	沈登恩編	240元
	56亂世文談	胡蘭成著	240元
	57石破天驚逗秋雨	金文明著	280元
	58香港情懷	文灼非著	320元
	59事實與偏見	黎智英著	240元
	60我退休失敗了	黎智英著	240元
	61我的理想是隻糯米雞	黎智英著	240元
	62水清有魚	練乙錚著	240元
	63說Ho—Ho的權利	練乙錚著	240元
	64斷訊官司	尤英夫著	240元
	65饞遊四海(一)	張建雄著	160元
	66饞遊四海(二)	張建雄著	160元
	67另類家書	張建雄著	160元
	68說不盡的張愛玲	陳子善著	240元
	69張愛玲短篇小說論集	陳炳良著	180元
	70箱子裡的男人	安部公房著	120元
	71饞遊四海(三)	張建雄著	160元
	72六四前後（上）	丁望著	240元
	73六四前後（下）	丁望著	240元
	74初夜權	丁望著	240元
	75蘇東坡	丁望編著	240元
	76前九七紀事一：矮人看戲	戴天著	240元
	77前九七紀事二：人鳥哲學	戴天著	240元
	78前九七紀事三：群鬼跳牆	戴天著	240元
	79前九七紀事四：囉哩哩囉	戴天著	240元
	80中西文學的徊想	李歐梵著	240元
	81方術紀異（上）	王亭之著	280元
	82方術紀異（下）	王亭之著	280元
	83風眼中的經濟學	雷鼎鳴著	240元
	84用經濟學做眼睛	雷鼎鳴著	240元
	85紀德日記	詹宏志譯	180元
	86愛與文學	宋碧雲譯	240元
	87酒逢知己	楊本禮著	240元
	88皇極神數奇談	阿樂著	160元
	89蜀山劍俠評傳	葉洪生著	240元
	90佛心流泉	孟祥森譯著	180元
	91朱鎔基跨世紀挑戰	任慧文著	320元
	92戰難和亦不易	胡蘭成著	280元
	93藤夢花落	京梅著	280元

	94大宅門（上）	郭寶昌著	280元
	95大宅門（下）	郭寶昌著	280元
	96如夢如煙恭王府	京梅著	280元
	97餘力集	戈革著	280元
	98張愛玲與胡蘭成	王一心著	240元
	99一滴淚	巫寧坤著	280元
	100飲水詞箋校	納蘭性德撰	280元

F 王度廬作品集

	1鶴驚崑崙（上）	王度廬著	180元
	2鶴驚崑崙（中）	王度廬著	180元
	3鶴驚崑崙（下）	王度廬著	180元
	4寶劍金釵（上）	王度廬著	180元
	5寶劍金釵（中）	王度廬著	180元
	6寶劍金釵（下）	王度廬著	180元
	7劍氣珠光（上）	王度廬著	180元
	8劍氣珠光（下）	王度廬著	180元
	9臥虎藏龍（上）	王度廬著	180元
	10臥虎藏龍（中）	王度廬著	180元
	11臥虎藏龍（下）	王度廬著	180元
	12鐵騎銀瓶（一）	王度廬著	180元
	13鐵騎銀瓶（二）	王度廬著	180元
	14鐵騎銀瓶（三）	王度廬著	180元
	15鐵騎銀瓶（四）	王度廬著	180元
	16鐵騎銀瓶（五）	王度廬著	180元
	17風雨雙龍劍	王度廬著	
	18龍虎鐵連環	王度廬著	
	19靈魂之鎖	王度廬著	
	20古城新月（上）	王度廬著	
	21古城新月（中）	王度廬著	
	22古城新月（下）	王度廬著	
	23粉墨嬋娟	王度廬著	
	24春秋戟	王度廬著	
	25洛陽豪客	王度廬著	
	26綉帶銀鏢	王度廬著	
	27雍正與年羹堯	王度廬著	
	28寶刀飛	王度廬著	
	29風塵四傑	王度廬著	
	30燕市俠伶	王度廬著	
	31紫電青霜	王度廬著	
	32金剛王寶劍	王度廬著	
	33紫鳳鏢	王度廬著	
	34香山俠女	王度廬著	
	35落絮飄香（上）	王度廬著	
	36落絮飄香（下）	王度廬著	

G 梅森探案（賈德諾著）

	1大膽的誘餌	張國禎譯	180元
	2倩影	鄭麗淑譯	180元
	3管理員的貓	張國禎譯	180元
	4滾動的骰子	張慧倩譯	180元
	5暴躁的女孩	張國禎譯	180元
	6長腿模特兒	張艾茜譯	180元
	7蟲蛙的貂皮大衣	張國禎譯	180元
	8艷鬼	施寄青譯	180元
	9沉默的股東	宋碧雲譯	180元
	10拘謹的被告	施寄青譯	180元
	11淘氣的娃娃	張艾茜譯	180元
	12放浪的少女		
	13不服貼的紅髮		
	14獨眼證人	張國禎譯	180元
	15謹慎的風塵女子	鄭麗淑譯	180元
	16蛇蠍美人案	葉石濤譯	180元
	17幸運腿		
	18狂吠之犬		
	19怪新娘		
	20義眼殺人事件		

遠景出版事業公司圖書目錄(二)

15黛絲姑娘	哈代著	180元
16山之音	川端康成著	160元
17齊瓦哥醫生	巴斯特納克著	360元
18飄（二冊）	宓西爾著	360元
19約翰·克利斯朵夫（二冊）	羅曼、羅蘭著	750元
20傲慢與偏見	珍·奧斯汀著	160元
21包法利夫人	福婁拜著	240元
22簡愛	夏綠蒂·白朗特著	180元
23雪國	川端康成著	160元
24古都	川端康成著	160元
25千羽鶴	川端康成著	160元
26華爾騰——湖濱散記	梭羅著	160元
27神曲	但丁著	240元
28紅字	霍桑著	160元
29海狼	傑克倫敦著	180元
30人性枷鎖	毛姆著	390元
31茶花女	小仲馬著	160元
32父與子	屠格涅夫著	160元
33唐吉訶德傳	塞萬提斯著	180元
34理性與感性	珍·奧斯汀著	180元
35紅與黑	斯湯達爾著	280元
36咆哮山莊	愛彌兒·白朗特著	180元
37瘟疫	卡繆著	180元
38預知死亡紀事	賈西亞·馬奎斯著	180元
39基姆	吉卜齡著	240元
40二十年後（四冊）	大仲馬著	800元
41塊肉餘生錄（二冊）	狄更斯著	400元
42附魔者	杜斯安也夫斯基著	480元
43窄門	紀德著	160元
44大地	賽珍珠著	160元
45兒子們	賽珍珠著	160元
46復活	托爾斯泰著	180元
47分家	賽珍珠著	160元
48玻璃珠遊戲	赫塞著	240元
49天方夜譚（二冊）	佚名等著	500元
50鹿苑長春	勞玲絲著	180元
51一見鍾情	愛倫·坡著	180元
52獵人日記	屠格涅夫著	180元
53憨第德	伏爾泰著	160元
54你往何處去	顯克維支著	390元
55農夫們（二冊）	雷蒙特著	500元
56獨立之子	拉克斯內斯著	420元
57異鄉人	卡繆著	160元
58一九八四	歐威爾著	160元
59第一層地獄（二冊）	索忍尼辛著	500元
60還魂記	愛倫·坡著	180元
61娜娜	左拉著	180元
62黑貓	愛倫·坡著	180元
63鐵面人（八冊）	大仲馬著	2000元
64羅生門	芥川龍之介著	240元
65細雪	谷崎潤一郎著	360元
66浮華世界	薩克萊著	360元
67靜靜的頓河（四冊）	蕭洛霍夫著	1000元
68僞幣製造者	紀德著	180元
69鐘樓怪人	雨果著	280元
70嘔吐	沙特著	180元
71希臘左巴	卡山札基著	180元
72浮士德	歌德著	280元
73死靈魂	果戈里著	240元
74湯姆·瓊斯（二冊）	菲爾汀著	400元
75聶魯達詩集	聶魯達著	120元
76基度山恩仇記（二冊）	大仲馬著	400元
77奧德賽	荷馬著	320元
78少年維特的煩惱	歌德著	120元
79白璧德	辛克萊·劉易士著	280元
80坎特伯雷故事集	喬叟著	200元
81兒子與情人	D.H·勞倫斯著	200元
82謝利	夏綠蒂·白朗特著	480元
83明娜	傑洛拉普著	240元
84十日談（二冊）	薄伽丘著	360元
85我是貓	夏目漱石著	240元
86罪與罰	杜斯安也夫斯基著	280元
87小婦人	阿爾柯特著	160元
88尙·巴華的一生	杜嘉德著	280元
89明暗	夏目漱石著	280元
90悲慘世界（五冊）	雨果著	900元
91酒店	左拉著	240元
92憤怒的葡萄	史坦貝克著	360元
93凱旋門	雷馬克著	240元
94雙城記	狄更斯著	240元
95白癡	杜斯安也夫斯基著	280元
96高老頭	巴爾扎克著	160元
97人世間	阿南達·杜爾著	360元
98萬國之子	阿南達·杜爾著	360元
99足跡	阿南達·杜爾著	360元
100玻璃屋	阿南達·杜爾著	360元
101伊甸園東	史坦貝克著	280元
102迷惘	卡內提著	280元
103冰壁	井上靖著	180元
104白鯨記	梅爾維爾著	280元
105國王的人馬	羅伯特·潘·華倫著	360元
106克麗絲汀的一生（二冊）	溫茜特著	560元
107草葉集	惠特曼著	240元
108人之樹	懷特著	480元
109莊園	以撒·辛格著	280元
110里斯本之夜	雷馬克著	180元
111被拯救的舌頭	卡內提著	240元
112戰地春夢	海明威著	240元
113阿奇正傳	索爾·貝婁著	480元
114土地的成長	哈姆生著	240元
115九點半的彈子戲	鮑爾著	240元
116熊	福克納著	100元
117一位年輕藝術家的畫像	喬埃斯著	180元
118聲音與憤怒	福克納著	180元
119戰地鐘聲	海明威著	180元
120洛麗塔	納布可夫著	180元

E 遠景叢書

1預言者之歌	劉志俠譯著	300元
2兩性物語	何光明著	160元
3桃花源	陳慶隆著	180元
4溪邊往事	陳慶隆著	180元
5水鬼傳奇	陳慶隆著	180元
6結婚的條件	陳慶隆著	180元
7閒遊記饞	張建雄著	160元
8錢眼見聞	張建雄著	160元
9商海興亡	張建雄著	160元
10饞話連篇	張建雄著	160元
11一元五角車票官司	尤英夫著	160元
12請問芳名(一)	周平譯	200元
13請問芳名(二)	陳生保譯	200元
14請問芳名(三)	譚晶華譯	200元
15請問芳名(四)	莫邦富譯	200元
16縱筆	張文達著	160元
17洋相	蕭芳芳著	160元
18饞遊偶拾	張建雄著	160元
19陸鏗看兩岸	陸鏗著	280元
20點與線	松本清張著	180元
21霧之旗	松本清張著	180元
22由莎士比亞談到碧姬芭杜	陳紹鵬等譯	180元
23濟慈和芳妮的心聲	陳紹鵬等譯	180元
24現代俄國短篇小說選	高爾基等著	180元
25天仇	鄭文輝著	240元
26諸世紀（第一卷）	諾斯特拉達姆士著	180元

遠景出版事業公司圖書目錄㈠

遠景出版事業公司

A遠景文學叢書

1今生今世	胡蘭成著	280元
2山河歲月	胡蘭成著	180元
3遠見	陳若曦著	180元
4懺情書	鹿橋著	160元
5地之子	臺靜農著	180元
6人子	鹿橋著	160元
7酒徒	劉以鬯著	180元
8一九九七	劉以鬯著	180元
9建塔者	臺靜農著	180元
10小亞細亞孤燈下	高信譚著	180元
11花落蓮成	姜貴著	180元
12尹縣長	陳若曦著	180元
13邊城散記	楊文璞著	160元
14再見·黃磚路	詹錫奎著	180元
15早安·朋友	張賢亮著	180元
16李順大造屋	高曉聲著	180元
17小販世家	陸文夫著	180元
18心有靈犀的男孩	祖慰著	180元
19藍旗	陳村著	240元
20男人的一半是女人	張賢亮著	240元
21男人的風格	張賢亮著	240元
22萬蟬集	孟東籬著	180元
23電影神話	羅維明著	180元
24不寄的信	倪匡著	160元
25心中的信	倪匡著	160元
26羅曼蒂克死啦	高信譚著	180元
27大拇指小說選	也斯編	180元
28生命之愛	傑克·倫敦著	180元
29成吉思汗	董千里著	280元
30馬可波羅	董千里著	180元
31董小宛	董千里著	180元
32柔福帝姬	董千里著	180元
33唐太宗與武則天	董千里著	180元
34楊貴妃傳	井上靖著	180元
35續愛眉小札	徐志摩著	180元
36郁達夫情書	郁達夫著	180元
37郁達夫卷	王潤華編	180元
38我看衛斯理科幻	沈西城著	160元

B高陽作品集

1緹縈	高陽著	260元
2王昭君	高陽著	180元
3大將曹彬	高陽著	160元
4花魁	高陽著	140元
5正德外記	高陽著	160元
6草莽英雄（二冊）	高陽著	360元
7劉三秀	高陽著	160元
8清官冊	高陽著	140元
9清朝的皇帝（三冊）	高陽著	600元
10恩怨江湖	高陽著	140元
11李鴻章	高陽著	180元
12狀元娘子	高陽著	240元
13假官眞做	高陽著	140元
14翁同龢傳	高陽著	280元
15徐老虎與白寡婦	高陽著	280元
16石破天驚	高陽著	210元
17小鳳仙	高陽著	280元
18八大胡同	高陽著	160元
19粉墨春秋（三冊）	高陽著	420元
20桐花鳳	高陽著	160元
21避情港	高陽著	120元
22紅塵	高陽著	140元
23再生香	高陽著	160元
24醉蓬萊	高陽著	160元
25玉壘浮雲	高陽著	150元
26高陽雜文	高陽著	150元
27大故事	高陽著	150元

C林行止政經短評

1身外物語	林行止著	240元
2六月飛傷	林行止著	240元
3怕死貪心	林行止著	240元
4樓台煙火	林行止著	240元
5利字當頭	林行止著	240元
6東歐變天	林行止著	240元
7求財若渴	林行止著	240元
8難定去從	林行止著	240元
9戰海蜉蝣	林行止著	240元
10理曲氣壯	林行止著	240元
11蘇聯何解	林行止著	240元
12民選好醜	林行止著	240元
13前程未卜	林行止著	240元
14賦歸風雨	林行止著	240元
15情迷失位	林行止著	240元
16沉寂待變	林行止著	240元
17到處風騷	林行止著	240元
18撩是鬥非	林行止著	240元
19排外誤港	林行止著	240元
20旺市蓄勢	林行止著	240元
21調控神州	林行止著	240元
22熱錢興風	林行止著	240元
23依樣葫蘆	林行止著	240元
24人多勢寡	林行止著	240元
25局部膨脹	林行止著	240元
26鬧酒政治	林行止著	240元
27治港牌章	林行止著	240元
28無定向風	林行止著	240元
29念在斯人	林行止著	240元
30根莖同生	林行止著	240元
31股海翻波	林行止著	240元
32劫後抖擻	林行止著	240元
33從此多事	林行止著	240元
34幹線翻新	林行止著	240元
35金殼蝸牛	林行止著	240元
36政改去馬	林行止著	240元
37衍生危機	林行止著	240元
38死撐到底	林行止著	240元
39核影幢幢	林行止著	240元
40玩法弄法	林行止著	240元
41永不回頭	林行止著	240元
42誰敢不從	林行止著	240元
43變數在前	林行止著	240元
44釣台血海	林行止著	240元
45粉墨登場	林行止著	240元

D世界文學全集

1魯拜集	奧瑪·開儼著	180元
2人間的條件（三冊）	五味川純平著	720元
3源氏物語（三冊）	紫式部著	720元
4蒼蠅王	威廉·高定著	180元
5查泰萊夫人的情人	D·H·勞倫斯著	180元
6安娜·卡列尼娜（二冊）	托爾斯泰著	400元
7戰爭與和平（四冊）	托爾斯泰著	800元
8卡拉馬佐夫兄弟（二冊）	杜斯妥也夫斯基著	660元
9三劍客（三冊）	大仲馬著	600元
10一百年的孤寂	賈西亞·馬奎斯著	180元
11美麗新世界	赫胥黎著	160元
12麥田捕手	沙林傑著	160元
13大亨小傳	費滋傑羅著	160元
14夜未央	費滋傑羅著	180元

我愛黑眼珠

七等生全集 K②

作者 七等生
主編 張恆豪
發行人 沈登恩
出版者 遠景出版事業有限公司
郵撥：0765255—8
電話：（02）8226—9900
傳真：（02）8226—9907
網址：http://www.vistagroup.com.tw
台北郵局7—501號信箱
香港發行所 遠景（香港）出版集團
九龍旺角西洋菜街62號2樓
總代理 藍圖出版事業有限公司
台北縣板橋市中正路13號
印刷 加斌有限公司
台北市復興南路二段210巷30號
定價 新台幣240元・港幣80元
初版 2003年10月

行政院新聞局登記證局版台業字第0105號

ISBN 957-39-0631-7